L'ULTIMA CHANCE PER L'AMORE

(Hollywood Hearts, 5)

Jean C. Joachim

Romance contemporaneo

Moonlight Books

Dedica

A JM, ovunque tu sia

.

L'ULTIMA CHANCE PER L'AMORE
(Hollywood Hearts, 5)
Jean C. Joachim
Capitolo Uno

AEROPORTO DI LOS ANGELES

Dorrie abbassò la testa, coprendosi il volto con i suoi capelli ramati per confondersi tra la folla, sperando di evitare di imbattersi in Gunther Quill. *Accidenti!* Mentre scendeva dall'aereo, si maledisse per essersi portata così tanti bagagli. *Ora, dovrò aspettare al ritiro bagagli. Mi troverà sicuramente.*

Lei lanciò uno sguardo furtivo su e giù per il corridoio, poi fece un sospiro di sollievo. *Non vi era alcuna traccia di lui.* Lei raddrizzò la schiena e si avviò con passo sicuro verso il ritiro bagagli. *Immagino che abbia cambiato idea sul fatto di incontrarmi qui. Bene. Non abbiamo nulla di cui parlare oltre al film. Forse, invece, potrò parlare con uno degli altri produttori del film.*

Dopo aver scartato una gomma da masticare, se la mise in bocca.

"Ne hai una anche per me?"

Dorrie alzò lo sguardo e vide Grace Brewster, la sua compagna di volo, in piedi accanto a lei, con la mano tesa. Ne diede una a Grace e sorrise. "Masticare una gomma mi trattiene dal mangiare troppo."

"Potrei anche riuscire a perdere un po' di peso."

Era una vecchia abitudine di Dorrie per gestire il suo nervosismo ed evitare di buttarsi sul cibo consolatorio, soprattutto quando faceva la ballerina professionista. Sebbene i coreografi non debbano essere altrettanto magri, devono comunque essere in forma. Lei masticava rapidamente, ancora timorosa di potersi imbattere in Gunther.

"Lui è qui?" chiese Grace, guardandosi intorno.

Dorrie scosse la testa. "Non ancora. Spero di poter prendere le mie valigie e andarmene prima del suo arrivo."

"Anch'io."

"Conosci Gunther?"

"Non chiedermelo."

Dorrie annuì. "Capisco."

Grace arrossì.

"Ne sono sicura. Preferirei non parlarne più."

"Non ti biasimo. Lui trova sempre il modo di...avvicinarsi."

Grace arrossì ulteriormente. "Non è finita bene."

"Non finisce mai bene con Gunther." Dorrie lanciò un'occhiata alla porta per la decima volta.

"È piuttosto arrabbiato con me."

Dorrie sollevò le sopracciglia. "Davvero? Di solito è il contrario."

Grace smise di sorridere. "Credimi, non è l'unico a essere arrabbiato."

"Mi suona familiare," disse Dorrie, scrutando l'area. "Farò la guardia mentre tu prendi i nostri bagagli. La mia è a fantasia scozzese blu scuro."

Il nastro dei bagagli fece uno scatto e cominciò a muoversi, mentre i bagagli scivolavano lentamente giù dalla rampa e venivano trasferiti sul nastro trasportatore. Grace si diresse verso il nastro trasportatore e prese una valigia.

Mentre Dorrie distoglieva lo sguardo dall'ingresso per dare un'occhiata ai suoi bagagli, i capelli le si rizzarono sulla nuca e sentì un formicolio sulla pelle. Un soffio di alito caldo le scaldò l'orecchio, avvertendola dell'arrivo di Gunther. Lei sobbalzò.

"Se fossi insicuro, penserei che mi stai evitando," sussurrò lui, restando troppo vicino a lei.

Il battito del cuore di Dorrie aumentò, mentre l'adrenalina le scorreva nelle sue vene. *Lotta o fuga? Fatemi uscire da qui.* Facendo un profondo respiro per calmarsi, lei si incollò un sorriso sulle labbra e si voltò verso di lui.

"Oh, Gunther, che sorpresa!"

"Piccola bugiarda. Ti ho mandato un messaggio."

"Davvero? Non si possono ricevere messaggi in aereo."

"Stai ancora giocando con la verità," ringhiò lui sottovoce. "Mi stai evitando." Lui le afferrò i bicipiti con forza, trattenendola. Lei intravide Grace Brewster che si allontanava, fermandosi per fare un rapido saluto.

"Non so cosa intendi dire. Oops, ecco il mio bagaglio." Lei si liberò il braccio e si avvicinò al nastro trasportatore. La mente di Dorrie cercò di elaborare rapidamente una scusa per scappare. Ma Gunther era dietro di lei.

"Quella blu?" le chiese. Lei annuì. Lui allungò il braccio e prese la grande valigia senza alcuno sforzo. Lei vide i suoi muscoli tesi sulla manica della sua giacca sportiva e si ricordò il momento in cui quella vista l'aveva entusiasmata. *Non più. Sì, ha un fisico magnifico, ma niente cuore.*

"Posso prenderlo da qui." Lei si avvicinò alle sue valigie, ma lui le teneva saldamente in mano.

"La mia auto è proprio qui fuori. Lasciami fare." Lui fece un mezzo inchino, con fare gentile. Tuttavia, lo sguardo acuto dei suoi occhi scuri e socchiusi rivelava le sue vere intenzioni. Dorrie l'aveva capito. Non le avrebbe permesso di uscire dal suo campo visivo. Lei lasciò cadere la sua gomma da masticare in un cestino e deglutì. Cercando di scorgere Grace, vide la sua amica dirigersi verso l'uscita.

"C'è Grace Brewster. Devo raggiungerla."

"Dubito che la signorina Brewster voglia incontrarmi."

"Non possiamo dare un passaggio anche a lei?"

Gunther si voltò verso Grace, che guardò indietro una volta, poi attraversò rapidamente la porta.

"Ahh. Troppo tardi. Accidenti!" disse lui, con un pericoloso bagliore negli occhi.

Dorrie era bloccata nella sua trappola. *Nessuno sfugge a Gunther Quill.* Lo seguì fino alla limousine e salì in auto. L'aria era fresca, quasi fredda. Gunther le offrì da bere, ma lei rifiutò.

"Hai intenzione di restare in quell'appartamento squallido con le tue squallide coinquiline?

"L'affitto aumenterà il mese prossimo."

"Bene. Perché non mi permetti di cercarti un appartamento?"

Lei lo esaminò, cercando di capire cosa avesse in mente. "E perché dovrei farlo?"

"Perché me la passo molto bene economicamente. Posso permettermi...un appartamento extra."

"Oh? E cosa dovrei fare per viverci?" Lei lo guardò aggrottando la fronte.

"Lo sai."

"Dimmelo chiaramente."

"Forza, andiamo, Dorrie. Non fare così. Tu sei un bel bocconcino. Potremmo divertirci insieme...proprio come facevamo prima." Lui le fissò il petto.

"Non penso proprio. Grazie, ma no, grazie. Ho abbastanza soldi per prendermi un appartamento." Lei si incrociò le braccia sul petto per impedirgli di guardarle il seno.

"Mi deludi. Non vedevo l'ora di essere di rivederti."

"Non sei fidanzato?"

"Intendi Elsa Marquette? È una donna molto comprensiva."

"Non è ciò che mi ha detto Grace Brewster." Dorrie prese tutto il coraggio che aveva e lo affrontò.

"Grace? Perché dovrebbe avere un'opinione su Elsa?"

"Non lo so, Gunther. Perché non me lo dici tu? Grace è una mia cara amica…e non mi ha detto delle cose molto carine su di te."

"Quella puttanella ha cercato di rovinare uno dei miei film. Ma sono stato io a ridere per ultimo. Ho distrutto la sua relazione."

"Lo pensi davvero? Lei e Jake stanno per sposarsi."

Lui aggrottò la fronte vedendo il suo sorriso compiaciuto. "Quel ragazzo è uno zerbino. Uno stupido attore."

"Dovresti avere un po' più di rispetto per le persone che contribuiscono al successo dei tuoi film."

"Pfff! È solo un bambino. Lei lo ha adescato con il suo corpo. La sua condanna a morte."

Che ne sai tu del corpo di Grace? Forse non voglio saperlo. Dorrie si appoggiò allo schienale e guardò fuori dal finestrino, cercando di ignorare l'uomo seduto accanto a lei, ma la sua presenza emanava elettricità, creando calore. L'auto passò davanti a diversi palazzi, tutti molto più belli di quello in cui lei viveva. Stipata in un minuscolo appartamento con due camere da letto e altre tre donne, aveva dovuto adattarsi per i tre anni trascorsi dal suo incidente.

Dato che all'epoca era il suo fidanzato, Gunther era stato caritatevole dopo la caduta che aveva portato alla distruzione della sua carriera, almeno all'inizio. Il suo comportamento premuroso era svanito rapidamente quando era ormai chiaro che lei non avrebbe mai più potuto ballare professionalmente.

Lui aveva rotto il loro fidanzamento. Forse motivato da una coscienza sporca, l'aveva aiutata a trasferirsi e le aveva mandato i soldi per l'affitto per i primi sei mesi. Poi, era scomparso dalla sua vita come se fossero stati solo due conoscenti.

Col cuore infranto, lei aveva cercato di ricominciare da zero. Sebbene il suo orgoglio fosse stato gravemente ferito quando lui l'aveva scaricata, la disperazione l'aveva costretta ad accettare ciò che lui le aveva offerto. Ignorare l'umiliazione che arrivava insieme ai suoi assegni mensili non era stato facile.

Ma Dorrie era rimasta da sola. I suoi genitori erano morti e suo fratello minore era nell'esercito in Afghanistan. Non essendo autonoma, aveva bisogno di aiuto. I soldi di Gunther erano stati una manna dal cielo. In un angolino del suo cuore, lei provava gratitudine nei suoi confronti.

Le sue amiche avevano subito precisato che poche migliaia di dollari erano piuttosto convenienti rispetto alla possibilità di una causa che lei avrebbe potuto intentare contro di lui. Lei era caduta nella sua casa al mare, quando la ringhiera aveva ceduto. Fare causa al suo fidanzato non era qualcosa che Dorrie avrebbe mai fatto, nemmeno se le sue amiche l'avessero spinta a farlo. I suo genitori non le avevano insegnato a vendicarsi e a portare rancore e lei non avrebbe potuto cambiare il suo cuore.

Dopo che il dolore era diminuito, lei si era chiesta se Gunther avesse avuto una ragione segreta per abbandonarla quando era così vulnerabile. Tuttavia, lui non le aveva mai rivelato alcuna ragione per questo, se non quella di volere una fidanzata di successo, e una ballerina distrutta non andava bene.

Lui le accarezzò i capelli con la mano. "Mi manchi, coniglietta," disse Gunther, pronunciando dolcemente il suo soprannome.

Dorrie si allontanò da lui. "Smettila con queste stronzate, Gunther. Hai avuto la tua occasione. E non chiamarmi mai più in quel modo."

"Ti aspettavi davvero che un produttore di grande successo come me sposasse un'istruttrice di yoga...un'insegnante di danza?"

Dorrie trattenne il respiro per un secondo, per evitare che una risposta tagliente le uscisse dalla bocca. *Non ha senso iniziare un'altra lite. Dobbiamo lavorare insieme.*

"Ricominciamo," disse lui, usando tutto il suo fascino.

Ormai, Dorrie era immune al suo fascino - quasi immune. Si voltò di scatto verso di lui, con la rabbia che le bruciava in petto.

"Come tua ragazza? Tua amante? Non sono abbastanza brava per essere tua moglie? Hai proprio una bella faccia tosta!"

"Non riesco a dimenticarti. Ci ho provato."

"Provaci ancora un po'. Elsa non può aiutarti a dimenticare? Presto la sposerai, non è vero?" Dorrie si sentì arrossire sul collo, mentre la sua rabbia era alimentata dal dolore che le era rimasto dentro dopo la loro rottura.

"Elsa diventerà una stella. Farà una buona carriera, se non commetterà errori stupidi. Una moglie va bene per alcuni anni. Ma un'amante va bene per sempre." sogghignò lui, con lo sguardo carico di lussuria. Le sue labbra perfette e il suo bel viso seducevano facilmente le donne. *Non me. Non questa volta.*

Dorrie sapeva che non si sarebbe lasciata abbindolare facilmente da Gunther una seconda volta. *Sono immune al suo fascino, no?*

"Trovati un'altra ragazza." Riconoscendo il suo sguardo tipico di quando voleva fare sesso, lei si voltò dall'altra parte per rompere l'incantesimo. *Quell'ipnotico sguardo da serpente mi farà cedere.*

"Coniglietta...sei così dolce e soffice, proprio come un coniglietto."

"Sta' zitto, Gunther. Questa roba non funziona più con me." Dopo che lui l'aveva lasciata, lei aveva sentito dei pettegolezzi sui suoi tradimenti durante il loro fidanzamento. Il suo doppio tradimento aveva indurito il suo cuore.

Era come se lei gli avesse gettato addosso un secchio di acqua fredda. Il suo sguardo convincente divenne freddo, scintillante in un misto di rabbia e passione. "Te ne pentirai. Credimi."

"Non penso proprio. Sono andata avanti benissimo senza di te, finora."

"E tu definisci 'andare avanti benissimo' il posto in cui vivi e la tua misera esistenza?" Lui fece una risata seria.

"Sto benissimo. Sono indipendente."

"Ma ora lavori per me. Non vuoi essere licenziata, vero?"

Dorrie si sentì impaurita per un attimo, ma poi ritrovò il suo coraggio. "Non sei l'unico produttore. Non puoi licenziarmi senza una ragione. Ho un contratto e anche gli altri produttori dovrebbero essere d'accordo."

"Cosa ti fa pensare che non possa farlo?"

"Perché loro sanno tutto delle tue piccole vendette personali. Inoltre, mandar via il coreografo nel bel mezzo di un film può costare una fortuna." Lei sorrise. *Sto imparando a parlare la sua lingua - dollari e centesimi.*

Il suo disgustoso sorriso gli sparì dalla faccia. La sua finzione si sgretolò. "Non sfidarmi, Dorrie."

"So che mi hai sostenuta in passato, Gunther." Lei gli appoggiò la mano sull'avambraccio. "E sono grata per questo. Tu e io eravamo grandi una volta. Ora, entrambi siamo andati avanti. Per favore, lascia perdere... lasciami andare."

Lui le strinse le dita intorno alla mano, mentre i loro sguardi si incrociavano. "Riesci a fare il lavoro?"

"Mi hai assunta, ma non sai se riesco a farlo?"

"Pensavo che, se tu non ce la facessi, potremmo licenziarti e trovare qualcun altro. Volevo darti una possibilità. Sapere che sgobbi ogni giorno con quelle lezioni è doloroso."

"Risparmia le tue lacrime. Mi piace insegnare e ho conosciuto dei nuovi amici. Sono brava in quello che faccio."

"Puoi fare la coreografia *di Hustle and Dance?*"

"Certo. Ho studiato lo spettacolo, sono andata a vederlo almeno venti volte. Sono preparata. Non ti dispiacerà avermi assunta."

"Speravo che l'appartamento potesse essere parte dell'accordo."

"Speravi male."

Lui le lasciò la mano, permettendole di allontanarsi da lui.

La limousine si fermò davanti al suo palazzo fatiscente, considerato un edificio *storico*, sulla Hollywood Boulevard, e Dorrie balzò fuori dall'auto. L'autista prese le sue valigie dal bagagliaio, mentre Gunther si allontanava lentamente dal veicolo. Si chinò per baciarla.

"Buona fortuna, Dorrie. Stendili tutti."

"Non ti dispiacerà avermi assunta." Lei lo abbracciò rapidamente, poi prese il suo bagaglio e si diresse verso il portone. Mentre l'auto si allontanava, Dorrie si voltò a guardare. Una lieve sensazione di rimpianto le attraversò il cuore. *Oh, la vita lussuosa della signora Quill!* Lei sospirò ed entrò. *E le sue infinite infedeltà che la accompagnano.* Lei fece un breve sorriso mentre portava le valigie al secondo piano e infilava la chiave nella serratura.

Fortunatamente, le sue coinquiline non erano in casa, così poteva evitare di conversare. Dorrie disfece rapidamente la valigia e accese il suo laptop. Programmò un viaggio a New York per tre settimane per girare una scena di ballo a Central Park. Avrebbe fatto anche qualche giorno di vacanza lì. Mentre leggeva le sue e-mail, pregò di trovare le risposte alle sue domande sui tre uomini che si era lasciata alle spalle cinque anni prima.

Non riusciva a togliersi dalla mente il ricordo di quei ragazzi, chiedendosi se avrebbe fatto la differenza trascorrere un altro giorno con ognuno di loro. *Ora sarei felicemente sposata con uno di loro, invece di vivere tutta sola a Los Angeles? Spero di scoprirlo in questo viaggio a New York. Amore, questa è la tua ultima occasione.*

Un sorriso comparve sul suo viso. Eccola lì, una risposta del suo vecchio amico, Drake Cunningham.

> *Ho trovato le informazioni che volevi. Innanzitutto, Archer Canfield lavora ancora alla Moonlight Books. Si è trasferito a New York dal Canada. Ora è il vicepresidente senior. Con il secondo è stato facile. Incontriamo Rick Tarlock alle feste. Vive qui ed è ancora single. Non c'è da stupirsi. Poi il terzo, il più semplice di tutti. Sì, Johnny Flanagan è ancora qui. Adesso però si chiama John. È ancora single e anche questo non mi sor-*

prende. Sì, lui verrà al weekend per la rimpatriata a Fire Island. Vuoi che gli dica che verrai o è una sorpresa? Ci vediamo al ritiro bagagli. Fammi sapere i dettagli del tuo volo.

Drake

Grazie mille, Drake. È fantastico! Lo apprezzo molto. Per favore, non dirlo a Johnny, voglio che sia una sorpresa. Ti comunicherò i dettagli del mio volo la prossima settimana. Salutami Chrissy.

Dorrie

Il buon vecchio Drake. Uno che non spreca mai le parole. Non vedo l'ora di vedere lui, Chrissy e i ragazzi. Una scarica di trepidazione e impazienza le attraversò il corpo. *Cosa succederà se non si ricorderanno…o se non vorranno vedermi? E se tutto andasse a male? Allora, sparò di aver preso la decisione giusta a lasciarmeli alle spalle.* Lei sospirò. *Non si tratta di ritrovarmi con uno di loro, vero?*

Prima che lei potesse rispondere alla sua stessa domanda, Serena entrò dalla porta.

"Ho ottenuto un provino! Ho ottenuto un provino!" Lei urlò, agitando una bottiglia di champagne.

Dorrie si abbandonò alla buona notizia della sua coinquilina. Le due ragazze brindarono alla nuova opportunità di Serena. Parlarono e risero fino a mezzanotte passata e Dorrie crollò dalla stanchezza prima che lei organizzasse la vera missione per il suo viaggio di ritorno a New York.

DUE MESI DOPO, AEROPORTO Kennedy, New York

Dorrie sorrise vedendo Drake Cunningham in attesa al ritiro bagagli. Il suo vecchio amico le fece un cenno con la mano e le sorrise quando la vide.

"Pensavo che restassi solo tre settimane!"

"Infatti."

"Hai abbastanza cose per un anno."

"Bitch, bitch, bitch. If you can't handle it..." canticchiò lei, prendendo la valigia.

Drake gliela strappò dalle mani. "Volevo solo dire che... che ti sei portata un sacco di roba. Accidenti."

"Chrissy non si porta troppa roba quando partite?"

"Non così tanta. Ci hai messo dentro anche l'armadio?"

Dorrie gli diede un colpetto sulla spalla. Si misero in fila in attesa di un taxi, ma non dovettero aspettare molto. Drake mise le sue valigie nel bagagliaio e si precipitarono verso Manhattan.

"Qual è il tuo programma?" le domandò Drake, appoggiandosi al sedile.

"Vediamo...prove per due settimane, riprese per una, il weekend per la rimpatriata a Fire Island - tra la prima e la seconda o tra la seconda e la terza settimana? Poi tornerò a Los Angeles."

"Non ti resta molto tempo per...uscire."

"Solo un paio di notti dopo le prove. Durante le riprese, lo facciamo finché non si fa sera. In questo periodo dell'anno, finiamo circa alle nove."

"Non sarai troppo stanca?"

"Non per quegli appuntamenti."

"Con chi uscirai?"

"Prima, con Archer Canfield."

"Il ragazzo per il quale hai posato come modella?"

Lei annuì. "C'è stato qualcosa. Tuttavia, non potevamo fare niente perché si trattava di lavoro."

"E allora?"

"Allora chiamerò Rick Tarlock."

"Pensavo che l'avessi scaricato."

Lei annuì. "È il momento giusto per le seconde possibilità."

Drake scosse la testa. "E l'ultimo?"

"Conosci l'ultimo...Johnny."

"Si chiama 'John' adesso."

Lei lo guardò aggrottando la fronte. "Non per me. Per me è sempre Johnny. È diventato... un uomo d'affari di successo? Va ancora a letto con tutte le donne che incontra?"

Drake scoppiò a ridere. "Non esattamente. E se alcuni di loro non volessero vederti?"

"A meno che non siano fidanzati, sono sicura che accetteranno di fare una cena amichevole con me."

"Adoro la tua fiducia in te stessa."

"È solo una cena."

"Se ricordo bene, farai fatica a tenere Rick e John lontani dalla camera da letto."

Dorrie si sentì arrossire sulle guance. "Non esagerare."

"Da quello che mi hai detto..."

"Drake!" Lei gli diede un buffetto in faccia. Lui sollevò le mani in posizione difensiva e ridacchiò. Dorrie si rilassò, appoggiando la schiena sul sedile.

"Questa è l'ultima volta che mi confido con te," mormorò lei, in parte arrabbiata, in parte divertita.

"Andiamo. Puoi biasimarmi? Il tuo piano era davvero buono." Lui le strinse la spalla e lei gli sorrise.

Dorrie rivolse lo sguardo al panorama di New York, ormai sempre più vicina. "Ah, New York! È bello tornarci."

"È bello che tua sia tornata," disse Drake, cercando di mantenere il suo tono di voce leggero.

Attraversando in taxi Central Park per raggiungere il West Side, Dorrie sorrise osservando il lussureggiante verde intenso degli alberi e gli occasionali scorci di rose rosa chiaro e di gerani rosso brillante.

Il taxi si fermò davanti a un alto edificio sulla West 88th Street. Lei pagò l'autista mentre Drake portava dentro le sue valigie.

Dorrie era stata con Drake e sua moglie Chrissy anche durante il suo ultimo viaggio a New York. Lei aveva vissuto lì per diversi mesi e aveva pagato loro un piccolo affitto per una comoda camera nel loro appartamento con due camere da letto. Questa volta, Drake si rifiutò di accettare denaro. Chrissy accolse Dorrie con un grande abbraccio e un piatto di brownies fatti in casa.

A mezzanotte, Dorrie non riusciva ancora a dormire. Si infilò una vestaglia e andò in soggiorno. La finestra era aperta. Si sedette a gambe incrociate sul pavimento a guardare la luna. La fresca brezza della sera di luglio le accarezzava il viso. Sorrise pensando ai tre uomini che intendeva cercare. *Un altro appuntamento, o forse due, e capirò se lasciarli è stata la cosa giusta. Lo capirò, no?*

Un rumore la fece sussultare. Fece un balzo e voltò i suoi occhi pieni di paura verso l'arco che portava all'ingresso. Un'imprecazione familiare e un Drake zoppicante, che indossava solo i pantaloni del pigiama, la fecero scoppiare a ridere.

"Che cosa fai sveglio?" gli chiese, noncurante del suo petto robusto e della sua vita stretta.

"Potrei chiederti la stessa cosa. E mi sono anche fatto male."

"Sopravviverai."

"È la sua prognosi, dottoressa?"

Dorrie scoppiò a ridere e si coprì la bocca con la mano per attutire il rumore.

Drake si sedette accanto a lei.

"Non riesci a dormire?"

Lei scosse la testa. "Sto pensando a quei tre ragazzi."

"John è cambiato."

"Davvero?" Lei lo guardò aggrottando la fronte.

"Non fa più il provolone con tutte."

"Vedremo. Avrà la sua occasione, come gli altri," sospirò lei. Le ombre le impedivano di vedere i suoi occhi, ma percepì il suo sguardo su di lei. "Come va tra te e Chrissy?"

"Bene. Ci parliamo ancora."

"Voi due siete i miei modelli di riferimento."

Drake si schiarì la voce e cambiò posizione. "Che cosa ti aspetti esattamente?"

"Non lo so. Spero di capire se ho preso la decisione giusta lasciandoli in passato."

"E se avessi preso la decisione sbagliata?"

"Allora proverò a ricominciare da dove eravamo rimasti. Ognuno ha qualcosa di...speciale dentro di sé."

"Buona fortuna. Non sono sicuro che si possa riconquistare il passato."

"Forse no. Ma posso provarci, no?"

"Cavolo...puoi provare a fare qualsiasi cosa."

Un colpo di tosse li fece voltare. Chrissy era in piedi all'ingresso, con i lunghi capelli biondo cenere che brillavano al chiaro di luna. Drake si alzò in piedi. "Ehi, tesoro. Che ci fai sveglia?" Lui si passò una mano tra i capelli.

"Non ho sonno. Ma so come farcelo venire... Drake. Vieni a letto?" disse lei, lanciando un'occhiata civettuola a suo marito. Dorrie nascose un sorriso dietro la sua mano e si voltò.

"Cavolo, sì!"

"Notte, Dorrie," disse Chrissy, intrecciando le dita con quelle di Drake.

Ah, l'amore da sposati. Forse un giorno avrò un marito che farà l'amore con me finché non mi addormento. Lei sorrise e sbadigliò. Dopo un'ultima occhiata alla luna, si alzò e tornò nella sua stanza. Le immagini di quattro uomini danzavano nella sua testa. *Gunther, che ci fai qui?* Il sonno cancellò quelle immagini dalla sua mente.

Capitolo Due

La mattina dopo, lei si alzò presto e accese il suo computer. Dopo aver indossato gli abiti da allenamento, preparò il caffè e si lasciò cadere sul divano con una tazza in una mano e il computer in grembo. C'era un'e-mail di Marsha Strong, la proprietaria dello studio di danza dove Dorrie aveva lavorato per qualche mese.

Ciao, Dorrie,

ho saputo che sei a New York. Hai tempo per un caffè veloce con me? La mia partner, Joanne, ha avuto un bambino e ha deciso di dedicarsi alla maternità a tempo pieno. Sto cercando una nuova partner e mi sei venuta subito in mente tu. Hai fatto un ottimo lavoro sostituendomi qualche mese fa. Ti amavano tutti. Che ne dici di tornare come mia partner? Parliamone.

Un abbraccio,

Marsha

Un'opportunità di lavoro a New York! Dorrie era elettrizzata. Ora, se avesse ripreso i contatti con uno di quei tre uomini, poteva tornare dopo il film e sistemarsi...*Forse sposarsi?* La felicità sembrava a portata di mano. *Archer Canfield potrebbe essere quello giusto. Potrei fare molto peggio che finire con lui.*

Era entusiasta per le due strade che la sua carriera poteva prendere. *Guadagnerò molto di più a Hollywood. Avrò la libertà di fare le core-*

ografie che voglio. Se faranno la serie - un grosso 'se,' dato che possono ancora cancellarla. Ma la scuola di yoga/danza esiste da anni. È un lavoro fisso, anche se guadagnerei molto meno.

Lei si mordicchiò il labbro, pensando alle decisioni che doveva prendere. *Molto dipenderà dai ragazzi. Perché tornare, se non c'è nessuno da cui tornare? Ma è la mia carriera e dovrei fare ciò che è giusto per me. Voglio di nuovo allontanarmi da quei ragazzi? Se lo faccio, non tornerò.* Ebbe un sussulto mentre il suono della voce di Drake interruppe i suoi pensieri.

"Sembri seria," le disse lui, grattandosi il mento ispido.

"Oh, mio Dio, non ti avevo sentito."

"Scusa. Non volevo spaventarti. Che succede?"

Dorrie gli parlò brevemente delle nuove opportunità per la sua vita e della decisione che si profilava davanti a lei.

"Non prendere le tue decisioni basandoti su un ragazzo. I ragazzi sono inaffidabili. Possono cambiare idea. Fa quello che vuoi per la tua carriera."

Guardando il suo orologio, lei si rese conto di non avere più tempo. "Grazie per il consiglio, Drake." Gli diede una pacca sulla spalla, si infilò le scarpe e si diresse verso la porta.

"Inoltre, non puoi mai sapere quando conoscerai un'altro uomo," le disse.

Ho già abbastanza uomini con cui avere a che fare adesso. Il tempo per pensare era finito. Doveva andare avanti con le prove, altrimenti le riprese sarebbero state un disastro e le sue opzioni per la carriera si sarebbero improvvisamente ridotte a una. Alzò la mano per salutare Drake mentre raggiungeva il corridoio.

Mentre raggiungeva la scuola di danza, chiamò Grace Brewster per parlarle del suo dilemma di lavoro.

"È bello avere una scelta," disse Grace.

"Suppongo di sì. Ma che mi dici dei ragazzi?"

"Scelte difficili."

"Credo che, se avessi una relazione, potrebbe essere meglio tornare qui."

"E rinunciare alla serie TV?"

"Forse." Dorrie si mordicchiò il labbro.

"Perché non vedi prima come va con i ragazzi? Poi deciderai."

"Ottimo consiglio. Grazie."

Lei mise giù il telefono e continuò a camminare. *Non dirò ai ragazzi del lavoro a New York. Voglio vedere come andrà se penseranno che tornerò in California. Se avremo una relazione, allora glielo dirò. Per vedere se vogliono impegnarsi.*

La soddisfazione di avere un piano solido fece sorridere Dorrie e le fece accelerare il passo. Camminando più velocemente, procedette con fiducia fino alla sala prove. All'ora stabilita, fece fare alla compagnia i loro esercizi e iniziò a programmare le riprese nel parco. Trasmetteva forza. La speranza di ritrovare l'amore a New York incoraggiava il suo spirito e le forniva nuove energie, di cui aveva bisogno per guidare i ballerini.

Farò brillare questa coreografia. I ballerini sono concentrati e nella troupe non ci sono molte prime donne. Conosco la routine. La sua caviglia indebolita resistette agli allenamenti del mattino, aumentando le sue sensazioni positive nei confronti di quel lavoro.

Vedrai, mister Gunther Quill, se non sono in grado di creare coreografie originali e stupende per far risplendere il tuo film. Non ti dispiacerà avermi assunta. Sentendosi forte e intelligente, Dorrie non era preoccupata di parlare con Archer Canfield. *Stamattina non posso sbagliare.*

La pausa pranzo era il momento perfetto per contattare Arch. Dorrie si era portata un piccolo sandwich e trovò un posto vicino nel parco dove mangiare. Mangiò un po' di yogurt come dessert e digitò il numero della Moonlight Books.

"Ufficio di Archer Canfield," rispose la voce fresca della segretaria di Archer.

"Potrei parlare con il signor Canfield?"

"Il suo nome?"

"Dorrie Rodgers."

"Solo un momento, per favore."

Il cuore le batteva fortissimo. *E se avessi frainteso tutto? E se fosse solo un inglese educato? E se...e se...*

"Dorrie! Sei davvero tu?" Una voce profonda con un forte accento britannico interruppe i suoi pensieri.

"Sono io."

"Che bello sentire la tua voce! Dove sei? Puoi venire a pranzo?"

"Sono a New York. Oggi ho le prove, ma sono libera per cena. È troppo—?"

"Niente affatto," la interruppe lui. "Per cena sarebbe magnifico. Dove vorresti andare?"

"Che ne dici di quel delizioso ristorantino vicino al tuo ufficio?"

"Intendi il Maison Rouge?"

"Proprio quello!"

"Vuoi che venga a prenderti?"

"Non è necessario. Ci vediamo lì alle sette?"

"Perfetto. Non vedo l'ora di vederti, mia cara."

"Anch'io." Dorrie mise giù il telefono. Sentì un brivido lungo la schiena, ma un'occhiata al suo orologio le disse che sarebbe arrivata in ritardo alle prove se non si fosse mossa entro cinque minuti. Percorse la West End Avenue canticchiando. *Non vedo l'ora di rivedere Arch.*

La sala prove si era riscaldata, con tutti i ballerini che si stavano allenando e il caldo estivo che penetrava dall'esterno. Lei diminuì la temperatura dell'aria condizionata. Chaz Duncan entrò dopo di lei. L'aveva incontrato dopo aver visto *Hustle and Dance* a Broadway. Lui le piaceva. Anche se era una grande star, era molto umile, proprio come sua moglie Meg.

Dorrie disse al gruppo di fare un po' di stretching prima di spiegare loro la scena e di mostrare loro la coreografia. La sua caviglia indebolita continuava a reggere. Poteva ancora ballare, solo non per molte ore e non tutti i giorni. Chaz si unì a loro, poiché avrebbe ballato nel film proprio come aveva fatto nello spettacolo di Broadway.

Dopo le prove, lei tornò di corsa nell'appartamento dei Cunningham e si infilò sotto la doccia. Dopo aver asciugato con l'asciugamano con i suoi folti capelli bruno-rossastri, li rese più vaporosi con le dita. I suoi lunghi riccioli le ricadevano sulle spalle. Rimase in piedi, ferma davanti alla porta dell'armadio, per decidere cosa indossare. Un colpetto alla porta precedette l'ingresso di Chrissy.

"Spero che non ti dispiaccia..."

"Entra pure. Sto cercando di decidere cosa indossare."

Le due ragazze esaminarono ogni abito con occhio critico.

"Che cosa vuoi ottenere esattamente? Seduzione o conversazione educata?" le chiese Chrissy.

Dorrie scoppiò a ridere. "Non lo so. Credo di voler apparire al meglio senza essere volgare o esplicita."

Chrissy annuì e tirò fuori un vestito. "Con la tua bellissima carnagione, questo viola dovrebbe essere perfetto." Il vestito aveva due bretelle larghe, un corpetto aderente e una scollatura a cuore. Il tessuto di rayon era molto soffice. Quella ricca e calda tonalità di viola faceva da sfondo a dei fiorellini rosa e verde chiaro, che contornavano la scollatura e l'orlo leggermente increspato.

"Ottima scelta." Dorrie se lo infilò e Chrissy le alzò la cerniera sulla schiena.

"Sei favolosa!"

Dorrie sorrise alla sua amica e si mise davanti allo specchio per indossare un ciondolo a goccia in ametista. Indossò gli orecchini coordinati fece un giro su sé stessa.

"Stupenda! Se quel ragazzo riuscirà a resisterti, sicuramente è gay."

Dorrie ridacchiò, poi prese la sua trousse per il trucco. "Ora gli ultimi ritocchi."

Lei si truccò a regola d'arte - eyeliner, mascara, un po' di fard e un rossetto rosa. Qualche goccia del suo profumo preferito di lillà completò il tutto. Affibbiò i suoi sandali neri di vernice e prese una piccola clutch di raso nero.

Raggiungendo i suoi amici nel soggiorno, chiese la loro opinione. "Allora? Che cosa ne pensate?"

"Penso che tu sia bellissima," disse Chrissy.

Drake fece un fischio, arrossendo un po' sulle guance mentre esaminava la sua figura. "Immagino che non dovremo aspettarti stasera, vero?"

"Drake!" Lei gli diede una pacca sulla spalla. "È solo una cena."

"Sì, certo. Vestita così? Non credo proprio."

Dorrie prese il suo scialle dalla sedia e si diresse verso la porta. Dopo aver sorriso ad Angus, il portiere, si diresse in centro, verso il ristorante La Maison Rouge. Era una serata calda, ma la brezza era abbastanza fresca da rendere piacevole la passeggiata.

Dorrie guardò tutte le vetrine dei negozi, con la loro varietà di oggetti esposti. *Ci sono sempre molte cose da vedere passeggiando per New York.* Passò davanti alle vetrine piene dei vestiti più alla moda, di eleganti confezioni di deliziosi cioccolatini e di scarpe di ogni stile e colore. Tentata di fare un po' di acquisti in alcuni negozi, si ricordò di avere poco tempo e pochi soldi sul suo conto. *Archer odia quando le persone arrivano in ritardo.*

Entrando nell'elegante ristorante, l'aroma invitante ma leggero del buon cibo le fece brontolare lo stomaco. Dopo aver comunicato il suo nome al maître, fu condotta al tavolo di Archer. Mentre attraversava lentamente la sala da pranzo, il suo battito accelerò. Iniziò a respirare più rapidamente per la tensione e un po' di sudore gocciolò sul suo labbro superiore. Lo asciugò con un dito, mentre cercava Archer con lo sguardo.

Lui si alzò mentre lei si avvicinava al suo tavolo. I suoi capelli color caramello non erano cambiati. Li portava ancora leggermente più lunghi sul davanti, dove ricadevano in un'onda perfetta e gentile, riversandosi sulla sua fronte. Sentì i suoi occhi grigi che accarezzavano le sue curve, proprio come quando lei aveva posato come modella per la sua azienda.

Indossava un costoso abito blu scuro, la cui giacca, ben modellata, si adattava al suo corpo snello. Tuttavia, i pantaloni erano leggermente larghi, il che faceva trasparire la sua scarsa vanità. *Archer era così, niente arroganza né interesse per le ultime mode.* Lei ridacchiò tra sé e sé.

Le piccole rughe agli angoli dei suoi occhi quando lui sorrideva entusiasmaavano Dorrie. *Tra trenta e quarantaquattro non c'è molta differenza. È un uomo così bello.* Archer le prese la mano e gliela baciò. Il maître le spostò la sedia e, quando si sedette, le porse un tovagliolo.

"Incantevole come sempre, Dorrie. Come stai?" Archer incrociò il suo sguardo, dopo una breve occhiata alla sua piacevole scollatura.

"Sto bene. E tu come stai, Archer?"

"Benissimo. Sono stato promosso. Le vendite sono aumentate e sono sicuro che quelle splendide copertine con la tua foto hanno contribuito molto."

"Quelle foto risalgono a cinque anni fa."

"Ma sono senza tempo. Vestita in costume, potevamo usare le tue foto ancora molte volte… e così abbiamo fatto."

"Svestita sarebbe il termine più corretto," disse lei scherzando, poi arrossì quando si rese conto di ciò che aveva detto.

"Splendidamente svestita, potrei aggiungere." Le prese la mano e i suoi occhi brillarono di desiderio.

Un piccolo brivido le attraversò il corpo al suo tocco. Quando lei si rilassò, le sue dita snelle e lunghe si incurvarono, stringendo leggermente le sue. La sua mente tornò alla sensazione delle sue dita sulla sua pelle, quando lui le spostava i capelli o le faceva leggermente scivolare il vestito verso il basso per scoprirle le spalle.

All'epoca, le sue mani le facevano venire i brividi. Lui la faceva tremare con una semplice carezza, preparandola per il passo successivo. Il modo in cui il suo sguardo si perdeva nel suo o i suoi occhi accarezzavano le sue curve la scaldavano e le facevano desiderare di più. Ma non si erano mai spinti oltre. Soprattutto, Archer Canfield era un gentiluomo e un professionista. Il loro rapporto doveva rimanere solo un rapporto di lavoro.

Sospirò mentre quei ricordi le danzavano in testa. Lui le accarezzò il dorso della mano col pollice, riportando la sua attenzione al presente. Il cameriere si fermò al loro tavolo.

"Zinfandel bianco fermo?" le chiese Archer.

Lei annuì, felice che lui se lo ricordasse. Lui ordinò una bottiglia e due bicchieri.

"Niente più martini?"

Lui arrossì. "Ne ho preso uno mentre ti aspettavo."

"Pensavo di essere in orario."

"Oh, lo eri. Sono arrivato in anticipo. Probabilmente avevo bisogno di qualcosa che mi desse un po' di coraggio."

"È così difficile rivedermi?"

Lui scoppiò a ridere. "Mia cara, niente affatto. Scusa se ti ho dato quest'impressione. È solo che...beh, devo controllarmi. Questo è il problema."

"Controllarti?" Dorrie lo guardò aggrottando la fronte.

Lui si avvicinò e le sfiorò le labbra con le sue. "Ecco. Forse questo è il modo migliore per rompere il ghiaccio. Pensavo, o piuttosto speravo, che tu volessi vedermi per questioni non professionali." Lui ridacchiò, arrossendo un po' sulle guance. Le sue labbra erano morbide e calde. Il profumo del suo dopobarba non era troppo forte e solo leggermente dolce. Archer non aveva la barba, ma il suo viso era perfettamente rasato. *Troppo all'antica per portare la barba incolta. Troppo corretto.*

Dorrie rimase senza parole. Si sentì arrossire in viso. Aveva voluto che lui lo facesse già diverse volte, ma non c'era mai stata l'occasione appropriata. Finalmente, le ritornò la voce.

"Ragioni personali, hai ragione," disse lei a fatica, mentre il cameriere si avvicinava per stappare la bottiglia. Versò un po' di vino nel bicchiere di Archer, che l'assaggiò e approvò. Dopo che il cameriere riempì i loro bicchieri, ordinarono la cena. Dorrie scelse le punte di bistecca in salsa di marsala. Archer ordinò il pesce.

"È lo stesso piatto che hai ordinato cinque anni fa."

"Suppongo che non cambino spesso il menu. Hai un'ottima memoria."

"Io ricordo *tutto ciò* che ti riguarda." Lui sollevò un sopracciglio e le lanciò un'occhiata lasciva. L'imbarazzo ebbe il sopravvento su di lei mentre si ricordava la seduta che aveva fatto per il libro "*Disonore con il duca*". Si era messa in topless per le foto. Essendo la sua prima volta, lei era timida, nervosa e imbarazzata.

Anche se era il fotografo a scattare le foto, Archer era lì, davanti a lei, per sistemarle i capelli in modo da nascondere buona parte del suo seno destro. Bevve un sorso del suo vino per coprire il silenzio. Rabbrividì al ricordo delle sue dita che la sfioravano dolcemente mentre le sistemava i capelli. Il desiderio di sentire di nuovo il suo tocco le fece aumentare il battito del cuore.

Con un sorriso enigmatico, Archer sorseggiò il suo Zinfandel mentre la fissava.

"Non essere imbarazzata, mia cara. Sei la modella più adorabile che abbiamo mai avuto. Chi potrebbe dimenticare la tua innocenza e la tua bellezza?"

Il calore del suo sguardo la fece rilassare. *Lui prova dei sentimenti per me.* Lei allungò la mano verso la sua e lui gliela prese, intrecciando le dita con le sue. Rimasero seduti a guardarsi, emettendo dei piccoli sospiri, finché il cameriere non arrivò con i loro piatti.

All'improvviso, Dorrie si sentì affamata. Si buttò sulla sua cena con una fame che non sentiva da giorni. Anche Archer sembrava godersi la sua cena quasi quanto la presenza di Dorrie. Il suo sguardo andava sempre a finire nello stesso posto, indugiando sul suo petto. *Chissà se anche lui si ricorda di quello scatto! Probabilmente non bene come me, ma forse sì.*

"Un penny per i tuoi pensieri," riuscì a dire lei, tra un boccone e l'altro della sua superba bistecca.

Ora, fu lui ad arrossire. "Oh, cara. Credo che me ne daresti anche cinque o dieci se sapessi cosa sto pensando *veramente*." La sua pelle chiara arrossì all'improvviso, facendo ridere Dorrie. *Scommetto che stava pensando a quello scatto.*

"*Disonore con il duca?*" sussurrò lei.

"Oh, Signore. Mi leggi nella mente!" Lui si finse sconvolto ed entrambi scoppiarono a ridere, mentre il colorito di Archer tornava alla normalità.

Il sommelier tornò a versare loro dell'altro vino e Dorrie iniziò a rilassarsi. Aveva sempre amato la compagnia di quell'affascinante uomo più grande di lei, e quella serata non faceva eccezione. Le sue attenzioni e la sua intelligenza lo rendevano superiore ad altri uomini. Archer spostò la conversazione da quei pensieri audaci alle loro vite lavorative.

Le parlò della sua promozione e della buona salute della Moonlight Books. Dorrie gli raccontò del suo incidente e della sua nuova carriera. Lei sorvolò sul suo fidanzamento fallito con una frase o due, non rivelando la sua relazione con Gunther Quill o il motivo della loro rottura. Archer, comportandosi come sempre da gentiluomo, non le fece altre domande. Lei fece un sospiro di sollievo quando lui accettò la sua spiegazione, senza indagare ulteriormente.

"Dessert?" chiese loro il cameriere.

Dorrie scosse la testa. "Sono piena."

"Non fai più la modella, quindi perché no? Ci sono dei dessert davvero squisiti qui. Gustaf, leggile la lista," gli chiese Archer.

Dorrie spalancò gli occhi sentendo menzionare il peccaminoso tortino al cioccolato col cure caldo e la panna montata.

"Aha! Vedo che abbiamo un vincitore!" sorrise Archer.

"Davvero, non dovrei."

"Che ne dici di condividerlo? Così ne mangerai solo metà."

Lei non riuscì a resistere e annuì con entusiasmo. Gustaf fece un breve inchino e si allontanò in silenzio.

"Devi nutrire la tua nuova figura."

"L'hai notato?"

"Come potevo evitarlo? Un bel miglioramento...non che prima tu non fossi altrettanto incantevole...ma questo...ehm... più pieno..." balbettò lui, arrossendo sempre di più.

Dorrie scoppiò a ridere. "Capisco. Ti piace un po' più...ehm, di carne intorno alle ossa?"

"Esattamente. Sì. Hai espresso perfettamente il concetto." Lui sospirò.

"Anche a me. È il vantaggio di non essere una ballerina. Non devo più essere così magra."

"Ti dona." Di nuovo, il suo sguardo scivolò sul suo corpo come una mano calda, provoncandole un lieve brivido lungo la schiena.

Il dessert arrivò con due forchette. Archer le lasciò prendere il primo boccone. Un po' di panna montata le sporcò il labbro. Lui le passò il pollice sopra il labbro superiore per togliere la panna, poi se lo mise in bocca.

"Che vergogna! Mia madre mi ha insegnato a non leccarmi le dita, soprattutto in pubblico. Non ho potuto farne a meno."

Nell'istante in cui il suo dito le toccò le labbra, lei desiderò che al suo posto ci fosse la sua lingua. Lei chiuse gli occhi per concentrarsi su quella sensazione, sentendo la pressione del suo dito sulla sua bocca. Divorarono rapidamente il tortino al cioccolato, mantenendo il contatto visivo. La temperatura tra di loro si alzava ad ogni boccone. Dorrie lo voleva, voleva sentire il contatto con il suo corpo snello e scolpito, voleva abbandonare le sue inibizioni con lui su un grande letto con le lenzuola morbide e un soffice piumino.

Archer tirò fuori la sua carta di credito e la mise sul conto. Con l'altra mano, le passò un dito sulla guancia. "Sei dolce come sempre. Dorrie, sei una boccata d'aria fresca."

E tu sei tremendamente sexy con i tuoi modi civili e formali, le tue camicie perfette e le tue cravatte sapientemente annodate. In preda alla passione, lei desiderava scoprire la bestia nascosta dentro di lui.

"Grazie per la deliziosa cena."

Uscirono dalla porta principale.

"È una bella serata. Posso accompagnarti a casa?"

"Certamente."

Lui le prese la mano e iniziarono a percorrere la Broadway, fermandosi a guardare vetrine dei negozi e a commentare gli allestimenti. Arch fece delle affermazioni argute e Dorrie ridacchiò. Dopo pochi isolati, la strinse a sé e continuarono la loro passeggiata, mentre lui le teneva un braccio intorno alle spalle e lei lo stringeva intorno alla vita.

La dolcezza dell'aria notturna, mescolata al suo dopobarba, la inebriava. Archer non era un atleta. Era snello. Le piacevano il suo fisico slanciato a la sua altezza media. Compensava la mancanza di muscoli con la sua gentilezza e la sua intelligenza.

"Hai un posto dove stare mentre sei qui?" La sua domanda non fu molto discreta. Lei riidacchiò tra sé e sé al suo goffo tentativo di scoprire se avevano un posto dove stare da soli.

"Sono ospite da una coppia di vecchi amici."

"Oh, capisco. Molto economico." Lui annuì, ma lei vide la delusione nei suoi occhi.

Vorrei avere un posto tutto mio per poter stare da soli. Lei sospirò. Mentre attraversavano un vicolo stretto, Archer lo imboccò, portandola con sé. Lui la prese tra le braccia e la baciò. Dopo aver intrecciato le mani dietro al suo collo, lei lo guardò negli occhi.

"Sei irresistibile," sussurrò lui, poggiando di nuovo le labbra sulle sue. Lui inclinò la testa per approfondire il bacio. Dorrie aprì la bocca e il loro bacio divenne più appassionato. Lui lasciò scivolare le mani lungo la sua schiena, fino a toccarle il sedere, stringendola a sé finché non si ritrovarono talmente vicini da non lasciar passare nemmeno un filo d'aria tra i loro corpi. Lei si abbandonò tra le sue braccia, cedendo al suo desiderio, volendolo con tutta sé stessa.

Lui le avvicinò la mano al torace e la sollevò fino a toccarle il seno. La sua leggera stretta la fece gemere di piacere al suo tocco. Lui staccò da lei, le baciò il collo e continuò a baciarla fino alla scollatura del vestito. Come se il suo fuoco interiore venisse improvvisamente spento da un secchio di acqua fredda, Arch sollevò la schiena e fece un passo indietro.

"Mi dispiace molto. Sono imperdonabile. Temo di aver perso la testa." La sua voce era bassa dolce, ma il fuoco ardeva ancora nei suoi occhi.

"Ti dispiace per cosa?" Il suo respiro si fece più leggero e lei si appoggiò contro il muro di mattoni.

"Per...essermi preso queste libertà. Non avrei dovuto... toccarti in quel modo." Lui abbassò lo sguardo.

"Volevo che tu lo facessi."

Lui spalancò leggermente gli occhi mentre i loro sguardi si incrociavano. Lui sollevò un sopracciglio. "Davvero?"

Dorrie si riavvicinò a lui, afferrandogli il bavero della giacca e stringendolo a sé per un altro bacio. Questa volta, lei lasciò scivolare la lingua nella sua bocca. Lui reagì immediatamente, stringendola al suo petto. Lei perse la cognizione del tempo e del luogo per le sensazioni che la sua bocca e le sue mani le facevano provare. Non c'era niente per Dorrie, al di fuori di Archer Canfield e del calore che le scorreva nelle vene mentre sentiva aumentare il suo bisogno di lui.

"Ehi, amico. Questo non è il posto adatto. Andate da un'altra parte..."

Gli aspiranti amanti si separarono, respirando a pieni polmoni. Guardando verso la strada, scorsero un agente di polizia, con le gambe divaricate e le mani sui fianchi.

"Mi dispiace, agente. Certamente. Lei ha ragione. Le chiedo scusa." Archer si aggiustò la cravatta e si spostò i capelli dalla fronte mentre indietreggiava nell'ombra.

Dorrie riusciva a malapena a respirare. Lei fissò il poliziotto, cercando di nascondere il rossore sulle sue guance. Sistemandosi il vestito, tornò sul marciapiede.

L'agente di polizia annuì alla coppia e proseguì per la sua strada. Archer e Dorrie rimasero in piedi per un secondo prima di intracciare le mani e dirigersi verso l'appartamento dei Cunningham. Si fermarono sulla soglia. Angus sollevò il cappello e aprì il portone in ferro battuto.

"Quanto starai a New York? Posso rivederti?" le chiese Archer, a voce bassa.

"Per qualche settimana. Mi piacerebbe rivederti."

"Bene. Fammi controllare la mia agenda domani e ti richiamerò."

"Farò le prove per tutto il giorno, quindi meglio un messaggio o un'e-mail."

"Odio quelle dannate cose."

"Devi tenerti al passo con i tempi, Arch."

Lui si mise a ridacchiare. "Lo so, lo so. Ok. Mi metterò in contatto con te in un modo o nell'altro."

"Sono stata molto bene stasera." Lei lo baciò dolcemente.

"Anch'io." Lei gli toccò le labbra prima di voltarsi verso il marciapiede. Lui sollevò la mano per fermare un taxi. Lei lo guardò mentre il veicolo si allontanava. Un piccolo sospiro le sfuggì dalla bocca mentre Archer raggiungeva il suo appartamento in centro.

"Buona sera, signorina," disse Angus.

"È stata una bellissima serata. Grazie. Buonanotte." Lei si diresse verso l'ascensore.

Drake e Chrissy stavano guardando la televisione quando Dorrie entrò nell'appartamento.

"Com'è andato il tuo appuntamento?" le chiese Chrissy, mentre Drake bloccava l'immagine sullo schermo della TV.

"Bene."

"Niente rossetto. Deve essere proprio andata bene," ridacchiò Chrissy.

"Grazie per l'osservazione," ridacchiò Dorrie.

Drake si voltò per guardarla. "È andata come pensavi?"

"Molto di più. Sono stanca. Buonanotte."

Dorrie si tolse le scarpe ed entrò nella sua stanza. Dopo essersi distesa nuda tra le lenzuola, lei fissò la luna piena fuori dalla finestra. *Se mi voleva così tanto, perché non mi ha chiesto di salire in taxi con lui e di andare a casa sua? Forse voleva prima sondare il terreno. Forse al prossimo appuntamento?*

Lei era pronta ad andare a letto con lui. *Ma ne avrò la possibilità?* Si addormentò chiedendosi di Archer Canfield, ma le sue domande rimasero senza risposte.

Capitolo Tre

A pranzo, Dorrie controllò la sua e-mail e trovò un messaggio di Archer.

È stato bellissimo vederti ieri sera. Che ne dici di andare a teatro? Prenderò i biglietti per qualsiasi cosa tu voglia vedere. O magari la Filarmonica? Suoneranno la musica dei classici Disney. Sembra strano, ma potrebbe essere interessante. Giovedì?

Archer

Lei rispose—

I classici Disney sembrano divertenti. Giovedì va bene. Proverò fino alle 7, quindi non c'è tempo per la cena. Ti va bene se ci vediamo al Lincoln Center?

Da Archer—

Fatto! Ho acquistato i biglietti. Alle otto. Posso portarti fuori dopo? Dovrai pur mangiare.

La risposta di Dorrie—

Perfetto! Ci vediamo alle otto. Grazie.

Lei mangiò un sandwich mentre parlava con il cast. Chaz Duncan, la star, riuscì a prenderla in disparte.

"Possiamo ripassare la parte che hai aggiunto?" le chiese, sorseggiando un caffè freddo.

"Certo. Adesso?"

"Finisci di mangiare."

Lei diede un altro morso al suo panino con prosciutto e formaggio svizzero.

"Dove alloggi?"

"Da amici."

"Se hai bisogno di un posto dove stare, Megan e io abbiamo una stanza in più. Meg sarebbe felice di rivederti."

"Grazie. Per adesso, va bene così. La porterai con te alle riprese a Los Angeles?"

"Lei viene dappertutto con me." Dorrie aggrottò la fronte. "Non è che non si fida di me. Non ci piace stare separati. Lei può lavorare ovunque, purché ci sia il collegamento a Internet."

"Che cosa romantica!"

Chaz arrossì. "Non mi piacciono le cose sdolcinate."

"Mi dispiace dirtelo, ma questa lo è. Gli sposi novelli stanno sempre incollati."

"Come mai non sei sposata?" Lui si appoggiò allo schienale.

Dorrie sbatté le palpebre. "È una domanda molto diretta."

"Scusa. Sono troppo diretto, a volte." Chaz si nascose dietro la sua tazza di caffè.

"Nessun problema. Non ho incontrato l'uomo giusto. Beh, forse l'ho incontrato, ma non me ne sono resa conto."

"Misteriosa..."

"Sto riprendendo i contatti con un paio di uomini che conoscevo qui."

"Oh?" Lui la guardò, sollevando un sopracciglio. "Qualcuno che conosco?"

"Nessuno dell'ambiente. Solo...uomini."

"Questo significa che sei a caccia di un marito?"

"Che termine orribile!" esclamò lei, facendo una smorfia.

"Seconda gaffe. Forse farei meglio a stare zitto." Lui si mise a ridacchiare.

"Sono pronta a innamorarmi... penso. Tuttavia, non posso forzare le cose."

"Lo troverai, prima o poi. Almeno, a me è successo così. Adesso, non posso vivere senza di lei. A chi spetta il primo posto?"

Lei scoppiò a ridere. "Non è una gara. E non li ho ancora rivisti tutti."

"Solo uno? Due?"

"Solo uno."

"E? Andiamo, raccontami tutto. Non farti pregare."

"Sei davvero un pettegolo! Gli uomini sono peggio delle donne. Lo giuro."

"L'evasività non funziona con me. Spara."

"Ho incontrato il primo. È magnifico. Usciremo di nuovo giovedì."

"Un possibile candidato?"

Lei annuì. Chaz si sfregò le mani. "Sembra interessante. Potrei accettare delle scommesse. Tre uomini che si contendono la tua mano. Piuttosto teatrale."

"Nessuno si sta contenendo niente. Non ancora. Sto esplorando."

"Esplorando? Sembra sexy," ridacchiò lui.

"Chaz, non volevi allenarti o qualcosa del genere?" Dorrie si alzò e si voltò per nascondere il suo imbarazzo.

"Ok, ok. Gaffe numero tre. Starò zitto. Puoi mostrarmi quell'ultimo passo prima di riprovare con la ballerina?" Lei si alzò e glielo mostrò. Chaz la seguì. Nel giro di dieci minuti, gli altri ballerini entrarono in sala e cominciarono a fare un po' di stretching. Le prove ricominciarono e Dorrie si concentrò per far migliorare quei giovani ballerini e ballerine.

Alle sette, tutti erano sfiniti. Prima che Dorrie raggiungesse la doccia, Chaz l'afferrò per un braccio. "Vieni a cena a casa nostra stasera."

"Sei sicuro?"

"Certo. Meg sta cucinando."

"Non è troppo tardi per avvisarla?"

"Non le dispiacerà. Sono sicuro che ci sia abbastanza cibo."

"Meglio chiederglielo prima."

Mentre Chaz chiamava sua moglie, Dorrie si asciugò il viso con un piccolo asciugamano, concentrandosi sulla lista di cose da fare per lo spettacolo. *Rivedere il numero di hip hop. Analizzare l'ambiente del parco. Fare in modo che Sam si metta al passo con Angela. Forse dovrei scambiare i partner?*

Chaz mise giù il telefono. "Fatto. Vuoi che ti aspetti?"

"Farò in fretta."

Dorrie fece una doccia e indossò un abitino turchese scuro con dei sandali bassi. Quindi, si mise la borsa delle prove su una spalla e si diressero insieme verso Central Park West, parlando dell'esibizione di danza e del film.

La serata passò rapidamente. Dorrie e Megan si ritrovarono. I tre scherzarono e risero delle persone dell'ambiente. Dorrie fece fare a Meg degli esercizi per allungare la schiena, in quanto il suo ruolo di consulente finanziaria la portava a svolgere un lavoro sedentario.

Dopo tre bicchieri di vino, Dorrie non provava dolore. Camminando per Central Park West, si mise a canticchiare una delle canzoni di *Hustle and Dance*. Quando trovava un semaforo rosso, si fermava, faceva un passo di danza e alzava le spalle se gli altri la guardavano.

Ora è il momento di chiamare Rick Tarlock. Adesso che ho il coraggio di farlo. Un piccolo tarlo nella sua mente le suggeriva che sarebbe stato meglio chiamarlo quando era sobria, ma lei lo ignorò. *Sono perfettamente in grado di parlare con Rick. E, se dovesse rifiutare la mia chiamata, mi farò una bella risata.*

Tirando fuori il cellulare, attraversò la strada e si sedette su una delle panchine davanti a Central Park. La luce del sole aveva lasciato il posto a un magnifico tramonto, con le sue sfumature di arancione, rosso e rosa. Compose il numero che Drake le aveva dato, ma il suo coraggio svanì nello stesso istante in cui udì la sua voce.

"Pronto? Pronto?"

"Rick?" Lei si mordicchiò il labbro.

"Sì. Con chi parlo?"

Lei inspirò profondamente. "Dorrie. Dorrie Rodgers. Ti ricordi di me?"

"Dorrie? Stai scherzando. È uno scherzo?"

"Sono davvero io."

"Dorrie?"

"Certo. Come stai?" Lei cercò di sembrare disinvolta, ma finì per suonare falsa alle sue stesse orecchie.

"Sono sorpreso. Non mi sarei mai aspettato di risentirti."

"Già, la nostra ultima conversazione non è stata esattamente...perfetta."

"La penultima. L'ultima è stata solo per dirmi che non saresti più uscita con me...mai più."

"Mi dispiace." *Perché sono stata così irrevocabile e insensibile?*

"Come mai mi hai chiamato?"

"Starò a New York per un paio di settimane e ho pensato che...magari... Beh, magari no. Voglio dire, lo capirei se tu non volessi vedermi. Non sono stata molto gentile."

"Vuoi uscire con me?" Il suo tono di voce sorpreso le giunse forte e chiaro.

"Solo una cena. Ti andrebbe di cenare insieme? Per rivederci."

"Quanto tempo ti fermerai a New York?"

"Un paio di settimane...ma forse ritornerò in futuro..." Lei chiuse gli occhi.

"Una cena? Certo che sì! Mi farebbe molto piacere rivederti."

Dorrie emise un respiro, inconsapevole di aver trattenuto il fiato. "Perfetto. Quando ti andrebbe bene?"

"Che ne dici di domani sera?"

"Va bene. Ho le prove fino alle sette." Lei alzò in piedi e percorse lentamente il viale.

"Le prove? Per uno spettacolo?"

"Come coreografa. È una lunga storia. Te ne parlerò domani sera."

"Ti va bene se ci vediamo al Ransom Café?"

"Esiste ancora?" *Sono davvero passati cinque anni?*

"Certo che sì. Ed è ancora il mio preferito."

"Alle otto?"

"Perfetto. Ti riconoscerò?"

"Ho messo su un po' di peso, ma per il resto sono sempre la stessa. Tu?"

"Ho perso un po' più di capelli... Dorrie con un po' di peso in più. Mmm. Sembra interessante."

Lei arrossì mentre la sua voce si faceva più bassa e più sexy. Aveva avuto una relazione piuttosto passionale con Rick. "Più o meno la stessa vecchia Dorrie," rispose lei debolmente.

Lui si mise a ridere e la salutò. Dorrie si sventolò con la mano. Aveva fatto ardere il fuoco dentro di lei con una sola frase. Nemmeno l'aria fresca della notte ridusse immediatamente il livello di calore nelle sue vene. *Rick riusciva sempre ad accendermi. Mi sembra che ci riesca ancora. Sarà interessante.*

Inebriata dall'aria della notte e dalla sua conversazione, Dorrie proseguì il suo cammino con uno stato d'animo tranquillo e contemplativo. Le sue ragioni per dire a Rick di non richiamarla le tornarono in mente. Il suo sorriso lasciò il posto a un'espressione accigliata. *Poteva essere cambiato così tanto in cinque anni? Non crescono tutti, prima o poi? Forse. Ma non tutti diventano persone altruiste. Questa è la sua seconda e ultima possibilità.*

Quando tornò nell'appartamento, si scusò con Drake e Chrissy per aver fatto tardi e andò a letto. Fissò la luna, chiedendosi cosa avrebbe trovato rivedendo Rick. Non ricevette alcune risposte dalla buona, vecchia luna, ma si fece solo altre domande. Le loro parole durante il loro ultimo appuntamento le tornarono in mente.

"Tu mi hai dato tutto e io non ti ho dato niente," aveva detto.

"Non tutti sono persone altruiste. Alcune persone non riescono a esserlo. E credo che tu sia una di quelle."

Trasalì ricordando il suo tono di voce freddo. Lui non le era sembrato ferito dalle sue parole. *Gli uomini spesso non mostrano le loro ferite. Non gli ho nemmeno chiesto se voleva un'altra possibilità. Non gli ho chiesto cosa pensava di potermi dare allora. Non gli ho dato modo di dire niente, mi sono solo allontanata. Sono stata così fredda.* La vergogna prese il sopravvento sul suo cuore. *Come ho potuto essere così crudele?*

Lui l'aveva chiamata un'altra volta e lei gli aveva detto che non avrebbe mai più voluto uscire di nuovo con lui.

Chiudere gli occhi non la aiutò. Dorrie riuscì a immaginare la scena nella sua mente. Rick le era sembrato patetico e un po' incapace. *Ma lui non aveva detto niente. Non le aveva detto di volere un'altra possibilità. Quindi...ma forse sono stata io a non dargliene. Chi può dirlo?* Sentendosi stordita dalle emozioni contrastanti che la travolgevano come un tornado, si voltò e si addormentò.

L'INDOMANI SAREBBE stata una giornata impegnativa. Per evitare il caldo di mezzogiorno, quella mattina lei accompagnò la troupe alla tribuna coperta per l'orchestra di Central Park. Aveva bisogno di analizzare i posti in cui avrebbero girato per poter apportare modifiche agli spazi, ai tempi e ai passaggi, dove necessario.

Tutti si impegnarono duramente, ma nessuno come Dorrie. All'una, riunì i ballerini in studio per allenarsi lontano dalla luce del sole. Alla fine, tutti erano esausti. La caviglia aveva cominciato a farle male, facendole capire che aveva bisogno di rallentare. Si sedette a gambe incrociate sul pavimento, massaggiandosi i muscoli e i tendini. *Non posso rallentare. Devo farcela. Anche se decidessi di accettare il lavoro a New York, devo far risplendere questa coreografia.*

Fece una doccia e indossò il suo abitino bianco, allacciato sul davanti, prima di truccarsi attentamente. *Cosa voglio da questa serata? Voglio sapere se un altro giorno mi farebbe cambiare idea, facendomi venir voglia di dargli un'altra possibilità. Sentirò la stessa cosa per lui?*

Era evidente che la sua attrazione per lei fosse ancora viva, anche se forse era sepolta dentro di lui. Tuttavia, aveva bisogno di sapere se, in passato, Rick era stato un ragazzo sexy ma superficiale, un idiota incorreggibile, o se fosse stata lei a non capirlo quando l'aveva lasciato. Incrociò le dita prima di alzare con riluttanza la mano per fermare un taxi. *È costoso, ma la mia caviglia ha bisogno di riposo. Non attraverserò la città a piedi stasera.*

Un taxi si fermò. Lei gli diede l'indirizzo, poi si appoggiò al fresco schienale e sorrise. *Il Ransom Café. Mi chiedo se fanno ancora quel vitello alla parmigiana.* Non si era mai permessa di mangiarlo quando ballava, per paura di ingrassare. Ora, le venne l'acquolina in bocca al solo pensiero. *Almeno mangerò bene, anche se sarò io a pagarmi la cena. Anche se non dovessi riprendere i contatti con Rick. Lo chiamavano Ricky lo scaltro. Devo chiedere a Drake se Rick ha ancora quel soprannome.*

Il Ransom Café aveva ancora la stessa facciata di cinque anni prima, ma la vernice color crema era stata rinfrescata. L'interno era buio e accogliente come sempre. Dorrie fece fatica a vederci per un attimo, finché i suoi occhi si adattarono. Il maître si avvicinò.

"Rick Tarlock?" gli chiese lei.

"Da questa parte."

La condusse a un tavolo tranquillo nell'angolo. Rick si alzò non appena la vide. *Sì, lui aveva perso un po' dei suoi bei capelli castano chiaro, ma era sempre alto e aveva un enorme sorriso.* Non era un uomo tradizionalmente bello, ma in lui c'era qualcosa che lei trovava estremamente attraente. Forse perché era sempre stato gentile con lei e l'aveva trattata bene quando stavano insieme.

Anche lui era bravo a baciare, se i suoi ricordi non la ingannavano. Il problema era che non passavano abbastanza tempo insieme e lui la escludeva dalla sua vita. I suoi numerosi weekend lontani da lei la facevano sentire insicura. Si era chiesta se lui andasse a letto con altre donne nella chalet di montagna o nella casa negli Hamptons.

Ecco, Rick. La tua seconda possibilità. Lui si avvicinò e le diede un bacio sulla guancia prima di spostarle la sedia.

"Hai un aspetto magnifico," disse lui, sedendosi.

"Anche tu." Lei mise il tovagliolo sulle gambe e lo guardò negli occhi.

"Hai messo su qualche chilo."

"Puoi dirlo forte."

"Stai...molto bene," disse lui.

Lui era sempre pronto a fare sesso. Vedo che questo non è cambiato. Lei ridacchiò tra sé, fingendo di tossire. Lui le strinse la mano.

"Raccontami un po' cosa stai facendo," disse lui, mentre il cameriere arrivava con due menu.

"Fate ancora quel meraviglioso vitello alla parmigiana?" gli chiese lei.

"Temo di no," disse il cameriere. "L'abbiamo sostituito con un vitello al marsala. Molto buono."

Dorrie sollevò le sopracciglia e guardò Rick.

Lui fece un cenno con la testa. "Io l'ho già assaggiato. È buono."

"Ok. Mi hai convinta. Lo proverò."

Rick ordinò lo stinco di agnello e una bottiglia di Cabernet. "È ancora il tuo preferito?"

"Te lo ricordavi," disse lei, mentre il piacere le scorreva nelle vene. *Forse l'ho lasciato troppo in fretta.*

"Mi ricordo tutto di te." Lui si guardò le mani.

"Di cosa ti occupi adesso?" *Chissà se frequenta qualcuno. Comunque, probabilmente non me lo direbbe. Ricky lo scaltro.*

"Sul lavoro? Sono stato promosso a vicepresidente. Mi occupo di supervisionare la distribuzione."

"Distribuzione? Devi viaggiare molto per visitare le fabbriche."

"Infatti, è così. A me piace viaggiare."

"Ti è sempre piaciuto."

"Facevo il lavoro che gli uomini sposati non volevano fare. Volevano stare a casa con le loro famiglie."

"È più facile quando sei single. È ovvio. Ma se tu volessi sposarti?"

Lui si mise a ridacchiare. "Non credo che possa accadere presto."

Lei cercò di mantenere il sorriso, ma il suo umore crollò all'improvviso. *Non si sposerà mai?*

"Davvero? Vuoi restare single per sempre?"

"Cavolo, ho solo trentadue anni. Che fretta c'è?"

Lei annuì come se avesse capito, ma non era così. *Lo dice senza esserne convinto.* Lei si scrollò di dosso la negatività della sua affermazione e fissò i suoi occhi blu. Prima che potessero affrontare un nuovo argomento, arrivarono i loro piatti.

Dopo circa metà della cena, Rick le chiese: "Allora, cosa ci fai qui?"

Dorrie gli parlò del suo lavoro come coreografa. Lui la ascoltava attentamente. *Era sempre stato bravo ad ascoltare.*

"Quando te ne sei andata, stavi per fare un film. L'hai fatto? Che cos'è successo? Da star del cinema a coreografa?" Dorrie mangiò altri due bocconi, poi iniziò a raccontargli la sua storia. Rick le fece delle domande interessanti e, quando lei evito di parlare di Gunther Quill, lui fu troppo educato per chiederle i dettagli.

"Fidanzato, eh?"

"Lui mi sembrava quello giusto...allora."

"È stato lui a perderci." Rick prese il suo ultimo boccone con la forchetta e fissò il suo piatto.

Forse non ha paura del matrimonio. Non essere così frettolosa a giudicare. Ecco perché eri scappata da lui. E ora te ne penti. Rilassati. Lei si appoggiò allo schienale della sedia e posò le posate. Rick sollevò il bicchiere per fare un brindisi.

"Al tuo successo *con Hustle and Dance,*" disse lui. Dorrie brindò con lui e bevve un sorso. Il vino era ottimo, inducendola a bere di più. Rick le riempì di nuovo il bicchiere. Una piacevole eccitazione le sollevò il morale e scatenò la sua libido. Lei lo osservò con uno sguardo più sensuale.

Lui ricambiò lo sguardo a intrecciò le dita con le sue. "Ai vecchi tempi," disse lui, sottovoce.

"Ai vecchi tempi. Tempi di passione," sussurrò lei, bevendo un altro sorso del suo vino.

Il suo sguardo passò dal caldo al bollente, mentre un sorriso consapevole si affacciava sul suo viso. "Tu eri la migliore."

Lei lo guardò aggrottando la fronte. "Davvero?"

"Senza dubbio."

I loro sguardi si incrociarono e smisero di parlare. Il silenzio si fece più intenso per la passione e il desiderio. Dorrie lo voleva di nuovo. *Andrà altrettanto bene questa volta?* Doveva scoprirlo, doveva fare l'amore con lui almeno un'altra volta per vedere se la loro passione era ancora viva.

Lui si leccò le labbra e le accarezzò il dorso della mano con il pollice. *Quello ero il suo gesto caratteristico. Lo faceva sempre prima di fare una mossa. Certe cose non cambiano mai.*

"Ti va un dessert?" le chiese.

"Sono abbastanza piena."

"Qui fanno la vera shortcake alle fragole. Non ti piacciono le fragole?"

Hai indovinato, Rick. A chi non piacciono le fragole? Almeno, ci sta provando.

"Basta così." Lei si pulì la bocca con il tovagliolo. "Andrà bene solo un caffè."

Rick ordinò due caffè e tornò a sedersi. "Hai paura di mettere su troppo peso?"

"Non voglio strafare. Penso che il mio peso sia giusto così com'è."

"Sono d'accordo." Ancora una volta, lei sentì il calore del suo sguardo che esaminava lentamente le sue curve. Sorseggiarono il loro caffè in silenzio, muovendo solo le loro dita, intrecciate tra di loro. Quando arrivò il conto, Rick lo prese come sempre e tirò fuori la sua carta di credito.

"Facciamo a metà."

"Non se ne parla." rispose lui, con un gesto della mano.

Sempre generoso. Lei sorrise, vedendo che quella parte di Rick non era cambiata. *Ricambierò la prossima volta.*

Percorsero il viale con la mano nella mano. Dopo cinque isolati, la caviglia iniziò a farle male. Lei fece una smorfia e si abbassò per massaggiarla.

"Va tutto bene?"

"A volte, dopo una giornata intensa, mi fa un po' male."

"Prendiamo un taxi. Possiamo andare da te?"

"Sto a casa di Drake e Chrissy."

"Oh. Niente hotel, eh?"

Accidenti! "E tu?"

"Ho ancora un coinquilino e a volte resta sveglio fino a tardi."

"Hai bisogno di lui?"

"Mi sono trasferito in un appartamento migliore. Dividere l'affitto mi permette di avere più denaro da spendere."

Sì, e una scusa per andare a casa di una ragazza senza restarci mai a dormire. Me lo ricordo bene.

"Andiamo. Puoi salutare e poi possiamo passare un po' di tempo da soli...per riprendere un po' i contatti in camera mia. Lo capiranno."

Lui fece un ampio sorriso e sollevò la mano. Dovettero aspettare solo pochi secondi prima che un taxi accostasse al marciapiede. Rick le aprì lo sportello. "Permettimi di massaggiarti la caviglia." Lui le prese il piede. L'autista accese il tassametro e partì.

DORRIE ERA SORPRESA che Drake facesse a Rick il terzo grado sulle sue intenzioni nei suoi confronti appena due minuti dopo il loro arrivo, come se fosse suo padre. Lei lo interruppe, rivolgendosi a Chrissy per avere sostegno. Ma Chrissy rimase stupita e imbarazzata quando capì perché lui era lì.

Prima che la situazione peggiorasse, Rick sollevò le sopracciglia e Dorrie colse il suo segnale, prendendogli la mano e conducendolo nella sua camera da letto. Non appena la porta fu chiusa, lui la prese tra le braccia per un timido bacio. *Non sembra molto sicuro di sé. Non come il Rick dei primi due appuntamenti.* Lei si strinse a lui, rilassandosi sul suo petto robusto e guardandolo negli occhi.

La seconda volta, lui le baciò le labbra con maggiore passione. La familiarità della sua lingua e del suo tocco fecero sia rilassare che eccitare Dorrie. Il suo respiro divenne affannoso, mentre il suo corpo le ricordava il piacere che la attendeva. Lui le strinse il sedere e poi lasciò scivolare le mani sul suo seno. Il suo sussulto si trasformò rapidamente in un gemito mentre le sue dita le stringevano il seno, in cerca dei suoi capezzoli.

"Oh, Dio, Rick," sussurrò lei. Lui la spinse lentamente verso il letto. Quando toccò il bordo con le ginocchia, lui le piegò, lasciandola cadere sul materasso. Perse l'equilibrio e cadde sopra di lei. Si misero a ridere mentre rotolavano insieme, poi lui la afferrò e si stese sotto di lei. Sollevandosi sulle braccia, lei lo fissò.

"Mi sei mancata," sussurrò lui.

Gli sono mancata? Oh, sì. Dorrie smise di pensare e si concentrò sul suo corpo. Le loro posizioni gli permettevano di avere le mani libere.

Lei si sollevò la gonna, gli prese la mano e lasciò scorrere le sue dita sotto l'elastico dei suoi slip. Lui strinse le mani intorno al suo sedere nudo, tenendola stretta a sé.

Lei inarcò la schiena e si sollevò sulle braccia. Il suo sguardo cadde sull'orlo del suo corpetto. Sollevando la testa, lui riuscì a tirare il laccetto con i denti. Lo tirò un paio di volte, fino a quando il nodo non si sciolse.

La pressione dei suoi seni spingeva contro quel soffice tessuto, permettendo loro di liberarsi dal corpetto. Lui si avvicinò per baciarli, poi la fece voltare e iniziò a concentrarsi sul suo vestito. Allentò l'allacciatura e aprì il corpetto. Quando i suoi seni allettanti furono completamente nudi davanti ai suoi occhi, lui emise un sospiro.

Lei fece scorrere le dita intorno al nodo della sua cravatta, allentandola e sbottonandogli la camicia. Lei cercò di essere il più veloce possibile, ma lui era molto più avanti di lei. Abbassandole le bretelle, le intrappolò le braccia.

"È così che mi piaci. Nuda e indifesa," ridacchiò lui, abbassando la testa per baciarle un capezzolo.

Dorrie chiuse gli occhi e si abbandonò alla passione. Rick era un amante esperto e tutto ciò che doveva fare era sdraiarsi e godersi quel momento. Sbirciando dalle palpebre aperte, lo vide togliersi la cravatta e gettarla sul pavimento. Poco dopo, la sua camicia e la sua maglietta la seguirono. Incapace di alzare le braccia, lei piegò la testa e fece scorrere prima le sue labbra, poi la sua lingua, sul suo petto. Una manciata di peli castani le solleticò il viso mentre glielo leccava. I suoi gemiti la fecero sorridere.

"Forse ti servono le mani?" Lui tirò giù il suo corpetto per liberarle le braccia. Lei seguì con i polpastrelli lo stesso percorso delle sue labbra. *Dio, è meraviglioso.* Dorrie sollevò un ginocchio e appoggiò il piede sul letto.

Rick non ci mise meno di un secondo a poggiare la mano sul suo ginocchio e a farla scivolare lentamente, stuzzicandola. Lui le strinse le dita intorno alla gamba, poi le lasciò scivolare sotto le sue mutandine per accarezzarle il clitoride. Lei ansimò al suo tocco e si mise a gemere, stringendosi al suo petto. Sollevandosi sulle ginocchia, lui le sfilò le mutandine e le tolse il vestito. Poi si alzò e lasciò cadere i pantaloni e i boxer.

Lei si sollevò su un gomito per guardarlo. Quando si tolse i vestiti, lui era perfettamente in erezione e Dorrie lo ammirò. Era ancora un uomo molto attraente con un fisico stupendo, tonico e in forma, ma non eccessivamente muscoloso. Lei esaminò con lo sguardo ogni centimetro del suo fisico, facendo un ampio sorriso.

"Sono cambiato molto?"

"Sei ancora tremendamente sexy," sussurrò lei. Lui scoppiò e ridere e tornò a letto insieme a lei.

"Tu sei bellissima, più bella che mai," disse lui, guardandola intensamente.

"Stai dicendo delle cose dolcissime. Baciami."

Lui fece come le aveva chiesto, prendendole la bocca con audacia e passione. Si interruppe solo per un secondo. "Sei protetta?"

"Prendo la pillola," rispose lei.

La prese tra le sue braccia, stringendola forte e baciandola. Quindi, cominciò magicamente a baciarle il seno, mentre le accarezzava il clitoride con le dita, con un ritmo dolce e sensuale. Dorrie fu sopraffatta dal desiderio, mentre la tensione cresceva dentro di lei. Lei spinse i suoi fianchi contro i suoi, chiedendogli di possederla.

"Non così in fretta," sussurrò lui, poi riprese a farla scaldare oltre ogni limite. Lasciò scivolare un dito dentro di lei, poi un altro.

"Santo cielo, Rick!"

Allungando il braccio, lei chiuse le dita intorno a lui e strinse delicatamente.

"Se hai intenzione di fare questo," iniziò a dire lui, spostandole la mano e mettendosi in ginocchio. "Ho intenzione di fargli prendere il posto del mio dito." Lui le spalmò un po' di lubrificante, poi le entrò dentro.

Lei ansimò mentre lui spingeva forte, fino in fondo. "Oh, mio Dio!"

Lui si passò una mano sulla bocca per un attimo. Poi, appoggiò le labbra sulle sue e lo tirò fuori quasi completamente prima di spingerlo di nuovo dentro, con forza. Dorrie gli mise una gamba intorno alla vita e sollevò i fianchi. Mordicchiandogli delicatamente la spalla, riuscì a trattenere abbastanza i suoi gemiti, per evitare che la sentissero fuori dalla stanza.

Rick mantenne un ritmo costante, finché Dorrie non pensò che avrebbe perso la testa. Lei inarcò la schiena e contrasse i muscoli, abbandonandosi alla passione. Il piacere le scorreva nelle vene. Lei gemette sul suo petto, assaggiando il suo sudore salato, mescolato al sapore di Rick.

Dopo che lei raggiunse il suo orgasmo, lui aumentò il ritmo e gemette insieme a lei, nascondendo il viso tra i suoi capelli per attutire il suono. Spinse dentro di lei altre due volte, poi si fermò per godersi il suo orgasmo. Abbassandosi dolcemente su di lei, le baciò il collo.

"Fantastico. Fantastico, Dorrie. " Il suo respiro caldo le diede i brividi, facendola sorridere. *Tra di loro c'era ancora chimica.* Lei gli strinse le braccia dietro la schiena, abbracciandolo. *Potrei fare molto peggio che passare le mie notti in questo modo per il resto della mia vita.* Lei sorrise.

Quando lui si stiracchiò, con le dita intrecciate dietro la testa, lei colse l'occasione e si strinse a lui. Appoggiando la testa sui suoi pettorali, lei sospirò.

"Pensavo che non sarebbe mai più accaduto," ammise lui.

"Forse sono stata un po'... frettolosa in passato," disse lei.

Si sdraiarono sul letto matrimoniale, condividendo qualche attimo di silenzio. Dorrie chiuse gli occhi, supponendo che Rick sarebbe rimasto per la notte. Poco dopo, lui la allontanò dal suo petto. Lei aprì gli occhi e gli vide guardare l'orologio. Lei si sollevò a sedere e inclinò la testa.

"Ho una riunione domani mattina presto." Lui si picchiettò il viso col dito.

Lei annuì. Lui si rivestì velocemente, mentre lei stava seduta a guardarlo, con le mani incrociate dietro la testa. *Sta facendo il furbo o ha davvero una riunione?*

"Fino a quando resterai qui?" chiese lui, mentre piegava la cravatta e se la infilava nella tasca della giacca.

"Altre due settimane, poi un ultimo fine settimana. Posso finire un po' prima sabato, se tu—"

"Sabato?" Lui scosse la testa. "È il mio weekend negli Hamptons. Parto venerdì a mezzogiorno."

"Oh."

"La casa è piena, altrimenti ti inviterei."

"Devo provare per tutto il weekend, sarò libera solo di sera."

"È un peccato. Magari facciamo una sera della settimana prossima?"

"Magari."

"Ti chiamerò." Lui si chinò e la baciò. Prima che lei potesse dire una parola, lui era già uscito dalla sua stanza e aveva raggiunto il corridoio. *Più veloce di un proiettile.* Lei sii lavò i denti, poi si infilò sotto le lenzuola e spense la luce. La luna la scherniva, con la sua luce argentata che la colpiva proprio negli occhi. Lei la fissò.

"Quindi lui è sempre lo stesso? Ricky lo scaltro?"

Il silenzio fu l'unica risposta alla sua domanda. *Vedremo se mi chiamerà. Non è venuto a letto con me per vendicarsi, vero? Nah. Un uomo non invita una donna a cena per vendicarsi. Era preso esattamente quanto me.* Altre domande senza risposta rovinarono il suo umore. Chiuse gli occhi e il sonno arrivò rapidamente.

Capitolo Quattro

Dorrie si svegliò pensando al lavoro. Uscì presto per prendersi il tempo necessario per arrivare alla scuola di danza a piedi, per esercitare dolcemente la sua caviglia. Fortunatamente, il riposo notturno le aveva fatto riposare i tendini e lei era pronta a ballare.

Alle tre in punto, qualcuno bussò alla porta della scuola, interrompendo la lezione. Un uomo consegnò a Dorrie un vaso di rose rosse. Lei lesse il biglietto.

Grazie per la bellissima serata.
Con amore, Rick

Dorrie sorrise e resistette alla curiosità e alle prese in giro dei ballerini.

Chaz le lanciò un'occhiata consapevole. "Da parte di Mister Uno o di Mister Due?"

"Di Mister Due."

Lui sollevò le sopracciglia. "Sembra che qualcuno sia andato in base ieri sera... e non intendo sul campo da baseball."

"Chaz!" Dorrie scoppiò a ridere e rabbrividì allo stesso tempo.

Non era solo sesso per lui. Lei fece un sospiro di sollievo, quindi tornò a concentrarsi sulle prove, accendendo la musica.

"Il numero di hip hop. Forza," urlò lei, battendo le mani. I ballerini e le ballerine si alzarono lentamente da terra e presero le loro posizioni. "Su, su! Forza." Dorrie si mise davanti a loro e guidò tutti, incluso Chaz Duncan, tra i loro passi.

Le prove proseguirono intensamente, finendo sempre più tardi ogni sera. Mangiare, dormire e guidare i ballerini giorno dopo giorno era la vita di Dorrie. Il mercoledì sera alle dieci, Dorrie si stava mettendo del ghiaccio sulla caviglia in cucina a casa dei Cunningham, quando Drake entrò nella stanza.

"Stai lavorando troppo, Dorrie."

"La coreografia deve essere perfetta. Cominceremo a girare tra dieci giorni."

"Così ti distruggerai la caviglia."

"Questo mi aiuta. Devo resistere."

"Almeno fino al weekend della rimpatriata a Fire Island?"

"Merda! È questo fine settimana, giusto?"

Lui annuì.

"Accidenti."

"I tuoi ballerini saranno felici di avere due giorni liberi."

"Due giorni e mezzo. Partiremo venerdì, giusto?"

"Già. E tu devi uscire domani sera, giusto?"

"Dio, me ne stavo quasi dimenticando! Devo incontrarmi con Archer alla Filarmonica. Spero di riuscire a restare sveglia."

"Non pensi di pretendere un po' troppo da te stessa?"

"Sto solo concentrando molte cose in poco tempo, tutto qui."

"Perché non lasci perdere quei ragazzi?"

"Oh? Per concentrarmi solo su Johnny Flanagan?"

"Beh, in un certo senso...o per essere aperta nel caso in cui tu conosca qualcuno di nuovo."

"Qualcuno di nuovo? Digli di mettersi in fila." Lei scoppiò a ridere. "Ho già a che fare con abbastanza uomini nella mia vita per adesso." Lei si alzò in piedi e gettò il ghiaccio rimasto nel lavello.

"Grazie di preoccuparti per me, Drake." Lei gli diede un bacio sulla testa prima di dirigersi verso la sua stanza.

Distesa sul letto, cercò di concentrarsi su Archer, ma il pensiero di Rick la tormentava. *Lui non mi ha chiamata. Ha detto che l'avrebbe fat-*

to tre giorni fa. Mi ha mandato i fiori e poi niente. Girandosi e rigirandosi nel letto, senza mai trovare una posizione comoda, Dorrie si abbandonò a un sonno agitato fino al mattino dopo.

Si svegliò tardi, dopo una notte agitata, di cattivo umore. Doversi preparare velocemente non migliorava il suo umore. Tre ballerini arrivarono in ritardo. Stressata per la mancanza di sonno, si mise a urlare contro di loro.

Le prove non andarono bene. I sollevamenti non furono abbastanza alti, un ballerino si tagliò un dito del piede e la concentrazione era ai minimi storici. Dorrie non vedeva l'ora che finisse la giornata per poter tornare a letto a dormire profondamente. Poi si ricordò del suo appuntamento con Archer. *Accidenti!*

Sebbene il suo corpo fosse stanco, la sua mente era incuriosita. *Passare più tempo con Arch poteva solo essere un bene.* Era felice di rivederlo. *È molto dolce ed è preso da me. È proprio quello di cui ho bisogno stasera.* Le lunghe prove non le avevano lasciato il tempo di tornare nell'appartamento, così doveva vestirsi alla scuola di danza. Si era preparata per quella possibilità e aveva messo un po' di cose nella sua borsa da danza.

Fece una doccia e indossò un abitino color pesca. *Una serata alla filarmonica avrebbe potuto rivelarsi riposante come dormire.* Sorrise al pensiero di stare con Archer. *Lui è perfetto per il mio cattivo umore. È gentile. Si prende cura di me.*

Il suo umore migliorò quando attraversò la porta del Lincoln Center e fu accolta da un caldo abbraccio e lui le mise un braccio intorno alla vita. Lui non aveva badato a spese e aveva prenotato dei posti fantastici, vicini ma non troppo.

Lei sperava di migliorare la sua prospettiva e di rivolgere la sua attenzione a qualcosa di diverso dal film. Ma non fu così. Dorrie si agitò per tutto il concerto, preoccupata per il fine settimana libero. *Allontanarsi per tre giorni senza poter fare le prove. La pagheremo per questo la prossima settimana o i ballerini hanno comunque bisogno di una pausa?*

La prossima sarà l'ultima settimana di prove, poi ci sarà una settimana di riprese. Spero che Gunther non sia il produttore.

Quando la musica finì, Archer le prese la mano.

"Che ne dici di andare a mangiare qualcosa prima di andare a letto?" Lui la stupì.

"A letto?" Lei si sentì arrossire sulle guance mentre un piccolo sorriso le sfiorava le labbra.

"Voglio dire, tu, nel tuo letto...da sola. Oh, capisco." La sua pelle chiara diventò rossa quasi immediatamente.

Dorrie scoppiò a ridere. "Ti sto mettendo in difficoltà, Arch. So cosa intendevi."

"Perbacco! Devi proprio farlo? Mi farai venire un infarto." Lui si appoggiò la mano sul petto.

"Preferirei prendere qualcosa di veloce da mangiare. Ho molte cose in mente." *Domani rivedrò Johnny Flanagan. Intrappolata a Fire Island per un weekend con lui. E potrebbe anche decidere di non parlarmi.* Lei sospirò. "Mi dispiace di essere così preoccupata."

"Nessun problema, mia cara. Conosco un posto perfetto. Bernie's Burgers."

"Esiste un posto simile?"

"Perché dovrei mentire? A circa tre isolati verso sud."

"Andiamo." Lei gli strinse la mano e si avvicinò a lui mentre passeggiavano in direzione sudovest, verso la Ninth Avenue. Bernie era molto affollato, ma c'era un séparé sul retro. Archer accompagnò Dorrie al tavolo e si sedette di fronte a lei.

Lei si sentiva lo stomaco in subbuglio, quindi ordinò delle uova. Archer prese un panino con la bistecca.

"Quanto tempo ti fermi?" le chiese, sorseggiando una tazza di tè.

"Dipende da come andranno le riprese, ma circa altre due settimane, se tutto andrà bene."

"Accidenti. Vorrei che ti fermassi di più."

Lei fissò per un attimo la sua forchetta, poi alzò gli occhi per incrociare il suo sguardo. "Anch'io."

"Non puoi prenderti qualche giorno?" Lui tagliò un pezzo di carne.

"Il produttore mi ucciderebbe. E se mi capitasse un lavoro a New York? Per esempio, come insegnante di yoga o di danza? Credi che dovrei accettarlo?"

"Che meraviglia! Certamente. Lo faresti, vero?"

"Forse." Lei prese un pezzo di bacon.

"Che cosa te lo impedirebbe?"

"Se questo film avrà successo, faranno un episodio pilota e poi una serie. Dovrei occuparmi di tutte le coreografie. È una grande opportunità." Dorrie lo fissò negli occhi, sperando di vedervi una scintilla.

"Capisco il tuo punto di vista." Da buon britannico, il viso di Archer non lasciava facilmente trapelare le sue emozioni.

"Resterei a New York se avessi... qualcos'altro." La sua voce si affievolì. Si rese conto che lo stava praticamente supplicando di sposarla, quindi si zittì. *Non c'era modo di dirglielo senza sembrare, nel migliore dei casi, una disperata. E, nel peggiore dei casi, una cacciatrice di mariti.*

"Qualcos'altro?"

"Una relazione." *Ecco. L'ho detto.* Lei chiuse gli occhi per un attimo.

"Capisco. Se è tutto qui, forse potresti prendere in considerazione l'idea di venire a vivere con me?"

Le pulsazioni di Dorrie aumentarono e il suo cuore iniziò a battere più forte. *Vivere con te? Non abbiamo mai nemmeno dormito insieme. Non è abbastanza permanente. Mi aspetto una proposta? È un po' presto.* Le si seccò le bocca, come se avesse mangiato segatura. Bevendo il suo bicchiere d'acqua, lei deglutì.

"Vivere con te?"

"Perché no? C'è chimica tra di noi. E ci piacciamo. Ci conosciamo da un po'. Tranquilla, non sono un serial killer."

"È un po 'prematuro, non credi?"

"E se ti prendessi un appartamento?" Lui si appoggiò allo schienale, fissandola freddamente.

"Come?"

"Prenderti un appartamento dove io possa venire a... trovarti... di tanto in tanto." Lui arrossì leggermente sulle guance.

"Come un'amante?"

"È una parola davvero brutta. Come un'amica, magari."

"Un'amica...di letto?"

"Questo è uno di quei nuovi termini. Sì, direi di sì, un'amica di letto."

Farmi mantenere da un uomo? Non lo farei mai. Perché no, se lui fosse single? Oh, mio Dio! E se fosse sposato? Lanciò un'occhiata furtiva alla sua mano sinistra, ma non portava nessun anello. *Tuttavia, non significa necessariamente che sia single. Non per un uomo.*

"Non è...non potrei...io non sono così, Archer."

"Ti ho messa in imbarazzo," disse lui, prendendole la mano. "Mi dispiace molto. Voglio che tu resti a New York. Con me."

Lei si allontanò e guardò l'orologio. "È tardi. Devo andare. Devo svegliarmi presto domani." Lei si mise in bocca l'ultima forchettata di uova e raccolse le sue cose.

"Oh, cara. Mi dispiace, ho rovinato tutto. Non volevo insultarti, Dorrie, tesoro. Tu sei speciale per me. Lo sei sempre stata. Per favore, dammi un'altra possibilità."

Lei notò la sua espressione sincera. *Lui si preoccupa per me. Ma c'è qualcosa di strano. Qualcosa che non so. Un'altra donna?* Lei si appoggiò allo schienale in vinile e rifletté per un momento, pur mantenendo il contatto visivo con lui.

"Sarò impegnata per le prossime due settimane, finché non me ne andrò. Perché non rifletti su di noi? Dammi ancora due settimane, quando tornerò a Los Angeles, per riprendere fiato, poi chiamami. Allora, potremo discutere della possibilità di stare insieme. Che ne pensi?" *In questo modo, avrà il tempo di fare una scelta tra me e l'altra donna che sta frequentando.*

"Mi sembra più che giusto, tesoro." Le prese la mano e la baciò. "Devi andartene?"

"Domani mattina presto avrò qualche ora di prove, poi prenderò un traghetto per Fire Island."

"Oh? Hai un appuntamento galante?" La sua espressione si rabbuiò.

"Solo una riunione del gruppo con cui ho condiviso una casa per alcune estati. Sei geloso?" Lei lo guardò aggrottando la fronte.

"Forse." Ancora una volta, il suo volto divenne illeggibile. "Non che io abbia alcun diritto di esserlo."

Infatti non ce l'hai. Lei controllò il suo telefono. Una chiamata persa da Rick.

"Devo andare. Parleremo tra un paio di settimane."

"Non te ne dimenticherai, vero?" Lui aggrottò la fronte.

"Impossibile," disse lei, facendogli un caloroso sorriso. "Sei speciale per me, Arch. Lo sei sempre stato." Quando lei si alzò, lui la strinse a sé per un bacio d'addio, poi lei se ne andò. Seduta in un taxi sulla strada per Cunningham, si chiese cosa volesse Rick. *Arch è davvero meraviglioso. Eppure. Non prenderò una decisione fino a quando non avrò parlato con Rick.*

Seduta sul letto, stringendosi le ginocchia al petto, compose il numero di Rick.

"Ehi, bellezza, come va?"

"Potrei chiederti la stessa cosa."

"Mi chiedevo se tu fossi disponibile lunedì sera. Per una cena e...qualsiasi altra cosa," ridacchiò lui.

"Non ti sento da una settimana."

"Non hai ricevuto i miei fiori?"

"Oh, sì. Grazie."

"Quella notte è stata la migliore. Possiamo rifarlo?"

Lei esitò. "Mi aspettano due settimane difficili. Prima le prove, poi le riprese. Non mi aspetto di finire la sera prima delle nove o anche più tardi."

"Posso aspettare."

"Che ne dici se decidiamo di volta in volta?"

"Certo, piccola. Chiamami quando sei libera."

"E questo weekend?"

"Vado di nuovo a casa mia negli Hamptons."

"Pensavo che ci andassi ogni due weekend?"

"Alcuni non potranno venire, quindi mi hanno invitato."

"Frequenti qualcuna laggiù?" Lei si mangiucchiò le unghie.

"Non penserai mica che io sia rimasto ad aspettare che tu tornassi per cinque anni? Certo, ho frequentato altre donne. Alcune laggiù, altre in città. Comunque. Dai, Dorrie. Non puoi fare l'ex fidanzata gelosa dopo tutto questo tempo."

"Suppongo di no." *Ha ragione. Tuttavia, non mi piace condividere un uomo.*

"Buon fine settimana. Spero che tu possa dedicarmi un po' di tempo la settimana prossima. Ti chiamerò."

Certo che lo farai. "Bene. Buonanotte, Rick." Lei si lasciò cadere sul materasso e fissò la luna con fare accusatorio. "So che ce l'hai con me, ma non ho intenzione di arrendermi. Ancora un altro incontro, poi deciderò cosa fare."

ECCOLO LÌ. DIO, LE *sue spalle sono più larghe di quanto ricordassi.* Reggendosi alla ringhiera del traghetto per Fire Island, Dorrie si ritrovò a circa sei metri dietro di lui. Lei sinumidì le labbra secche mentre osservava Johnny, che non vedeva da cinque anni.

Il cuore le batteva forte e si strinse più forte alla ringhiera per reggersii. Poi, lui si voltò. *Cazzo!* Lo sconosciuto rispose alla sua espressione stupita con un sorriso caloroso. Molto caloroso. Lei spostò lo sguardo verso il suo amico, Drake, in piedi al suo fianco, con i capelli scuri arruffati dal vento.

"Quello non è John, se è per lui che ti stai scaldando tanto."

"Non mi sto scaldando per nessuno. È agosto." Spostò lo sguardo da Drake verso la fresca acqua salata, sperando che questa le spruzzasse in viso, alleviando il suo calore.

"Sì, certo, Dorrie. Ammettilo, che cosa c'è di male? Sei ancora attratta da John."

"La mia attrazione per lui è finita quell'estate, e tu lo sai."

"Continua a ripetertelo."

Dorrie si mise a frugare nel suo portafoglio e nella sua borsa di tela per nascondere il suo disagio. *Drake arrivava sempre dritto al punto. Accidenti a lui!* "Ma lui—"

"Sì, verrà. Aveva detto che non sarebbe mancato. Una riunione estiva dopo cinque anni? Accidenti." Drake ridacchiò e scosse la testa.

"Che cosa c'è di così buffo?" Lei si aggrappò alla ringhiera per non cadere mentre il traghetto virava a sinistra.

"Penseresti che siamo andati al college insieme, invece di limitarci a sprecare insieme qualche weekend estivo, bevendo troppo e facendo i cretini."

"Parla per te," disse lei, tirando su col naso.

"Parlo per tutti noi." Drake la urtò mentre la barca sobbalzava sulla scia di una nave più grande.

"Allora perché sei venuto?" Lei si allontanò da lui.

"Mi mancano quei tempi. Non vedo l'ora di fare di nuovo l'idiota insieme agli altri idioti." Lui si mise a ridacchiare.

Il mare si calmò. Dorrie sorrise appoggiando i gomiti sulla ringhiera e permise alla sua mente di prendere il volo. I ricordi dell'ultima estate trascorsa con Johnny le danzavano davanti agli occhi. Partite di beach volley, *frisbee* e picnic a suon di musica. Ballando sulla spiaggia e cantando tutti insieme sulle note di *Don't Stop the Music.* Spingersi a vicenda nell'oceano per smaltire la sbornia.

Poi, una notte magica con il ragazzo più bello che lei avesse mai visto e il suo migliore amico era diventato il suo amante.

Feste, feste infinite per tutta l'estate. Ogni fine settimana era una lunga festa, che iniziava con la birra sul traghetto per l'isola il venerdì pomeriggio e finiva con quintali di caffeina, sotto forma di caffè freddo, sul traghetto di ritorno a casa la domenica. Ogni tipo di bevanda che si poteva fare con succo di frutta, liquore ed enormi cubetti di ghiaccio era stata servita in un secchiello pulito. La birra scorreva a fiumi.

Panini enormi, ciotole gigantesche di spaghetti fatti in casa e chili di gelato aspettavano il gruppo di amici. Dorrie ebbe l'acquolina a quel ricordo. Chiudendo gli occhi, riusciva quasi a sentire il sapore del gelato alla menta con scaglia di cioccolato e delle calde labbra di Johnny Flanagan. *Aspetta. Come è entrato in questo ricordo?*

"Che cosa è successo veramente tra te e John?"

"Non importa. Ne è passata di acqua sotto i ponti." Dorrie osservò l'isola che, attimo dopo attimo, diventava sempre più grande.

"E allora perché sei qui?" Lui sollevò le sopracciglia.

Per fare l'idiota insieme agli altri idioti. Per ubriacarsi, nuotare e fare gli stupidi. Per quale altro motivo?" *Non te lo dirò mai, Drake.*

Drake rise e la strinse a sé per abbracciarla. "Dorrie, la ragazza che odia le feste. Mi fai morire dal ridere."

Mentre Dorrie accettava l'abbraccio del suo amico, pensò alla vera ragione per cui aveva deciso di andarci. *Voglio dare a Johnny un altro giorno, un'altra possibilità...la possibilità che non gli ho concesso cinque anni fa.*

Il traghetto rallentò mentre si avvicinava al molo di Fair Harbor. Avevano affittato le stesse due case che avevano preso ogni fine settimana per quella fatidica estate e per diverse estati precedenti. Drake era stato fortunato a trovarle entrambe, una per gli uomini e una per le donne, proprio come cinque anni prima.

Mentre il mozzo legava la corda, le persone si affollavano intorno al cancello. Drake e Dorrie non avevano fretta. *Era questo il bello di Fire*

Island. Nessuna scadenza, nessun posto dove andare, nessuna fretta. Relax e ancora relax. Leggere. Fare l'amore. Il paradiso del nord. Lei sorrise tra sé e si avviò lentamente verso l'uscita.

Furono tra gli ultimi a scendere. L'uomo sul molo si avvicinò per prendere la sua enorme valigia e portarla giù dalla nave. Dorrie lo ringraziò e si voltò per cercare Drake. Non lo vide, ma sentì una voce dolce e profonda alle sue spalle. "Posso aiutarti a portarla?"

Lei si voltò e si ritrovò davanti a Johnny Flanagan, che stringeva le sue lunghe dita intorno al manico della sua valigia. "Beh... ehm...no. Ce la faccio. Davvero. Nessun problema. Davvero. Voglio dire..." La luce si rifletteva sui suoi occhiali da sole, nascondendo completamente i suoi occhi.

Eppure, riusciva a sentire il calore del suo sguardo mentre lui la guardava. La pelle del suo petto, esposta dalla sua maglietta scollata, ardeva sotto il suo sguardo. Lei spostò il peso sull'altro piede. *Perché non ho indossato una maglia a collo alto?*

"Lascia che te la porti io, Dorrie." Percepì i suoi occhi scuri, che la guardavano sorridendo.

"Ok, ok, sì. Va bene. Grazie, Johnny." La borsetta le cadde dalle mani, così lei raccolse i suoi trucchi, il portafoglio e il porta carte di credito, che erano caduti, si rimise la borsa di tela sulla spalla e lo seguì, ignorando la sua risatina.

La stretta passerella con le assi di legno consentiva di camminare solo in fila indiana, senza lasciare alcuna possibilità di conversazione. Dorrie gli guardò la schiena. Lui sembrava un po' più muscoloso di cinque anni prima, come traspariva dalla sua t-shirt azzurra, che gli copriva a fatica le spalle. Un paio di bermuda blu navy evidenziavano i suoi fianchi stretti, il suo bel sedere e le sue cosce robuste. I suoi polpacci erano perfetti. *Aveva ancora un fisico mozzafiato.*

Mentre camminavano, le osservò la tranquilla baia. Le onde dell'oceano si infrangevano vigorosamente dall'altra parte della stretta isola. La vista dell'acqua calma le riportò la tanto agognata tranquillità.

Non so cosa troverò qui. Magari Johnny è sposato, fidanzato o innamorato. Non mi sorprenderebbe. Il battito del suo cuore continuava ad aumentare, mentre una sensazione di ansia ed entusiasmo le scorreva nelle vene. *È arrivato il momento di scoprirlo una volta per tutte. Me ne sono andata troppo presto o è stata la cosa giusta da fare allora?*

Johnny le portò la valigia nel piccolo bungalow con due camere da letto, affacciato su Blue Wave Street. "Qual è la tua stanza?"

"La stai già corteggiando?" gli chiese Drake.

Johnny arrossì. "Sto solo cercando il posto giusto per la sua valigia, coglione."

Johnny è fatto così. Mi aiuta sempre. Era sempre disponibile quando avevo bisogno di lui. Quasi sempre. Dorrie indicò la stanza sulla destra e lui vi portò la sua valigia. Lei si appoggiò al bancone, scrutando la stanza.

"Cazzo, questo postaccio non è cambiato per niente," disse lei.

"Già, e solo cinque anni fa noi pensavamo che fosse un castello," ridacchiò Johnny.

"Birra?" gli chiese Drake. Johnny indicò il frigorifero. Drake si servì, poi offrì agli altri due una birra Island, una marca locale.

Dorrie aveva iniziato a sudare tra i seni. Lei prese la bottiglia e ne bevve un sorso. La birra la rinfrescò. "Ah, perfetta."

Johnny seguì il suo esempio. "Puoi dirlo forte."

"Vado a controllare l'altra casa," disse Drake, lasciandoli da soli.

Dorrie guardò la mano sinistra di Johnny. *Nessuna fede. Non vuol dire nulla.* "Allora...non sei sposato, Johnny?" *Accidenti! L'ho detto veramente?*

"Né sposato, né fidanzato, non ho nemmeno una relazione." Lui tirò indietro la testa e bevve la sua birra.

"Non che questo mi cambi qualcosa," mormorò lei, cercando di nascondere un sorriso.

"E tu?" Lui sollevò le sopracciglia mentre il suo sguardo si posava sulla sua mano sinistra.

"No. Libera come l'aria."

"Che fine ha fatto quel famoso produttore con cui sei stata fidanzata? Divorzio lampo?"

"Rottura lampo." Lei si leccò un po' di schiuma dalle labbra e vide che Johnny le fissò la bocca per un momento.

"Davvero?" Lui inclinò leggermente la testa. *Sta aspettando che gli racconti i dettagli, bastardo curioso.*

"Lunga storia." Si appoggiò al bancone, poggiandovi sopra il piede.

"Raccontami solo gli eventi principali." Lui si spostò leggermente, poi bevve un altro sorso.

Verrà comunque fuori. Me lo chiederanno tutti, specialmente Mary. Brutta ficcanaso.

"Mi sono rotta la caviglia. Niente più carriera da ballerina...niente più fidanzamento. Capito?"

"È davvero crudele. Che idiota."

Dorrie si infastidì. "Cosa?"

"Per averti lasciata. Immagino che sia stato lui a svignarsela."

Lei arrossì di nuovo in viso. "Esatto. Ha rotto il fidanzamento." *Johnny — l'unico uomo in grado di insultarti mentre ti fa un complimento.* Lei ridacchiò.

"Che cosa c'è di così buffo? Non mi sembra una storia divertente."

"Non lo è stata."

Prima che lei se ne rendesse conto, Johnny si avvicinò e le mise il suo lungo braccio intorno alle spalle, stringendola al suo petto. Le mise l'altro intorno alla vita, stringendola forte. Dorrie si ribellò per un attimo, sorpresa per la sua tenerezza, poi si rilassò tra le sue braccia. *Sono passati tre anni. Mi fa ancora male parlarne.* Poi, con la stessa rapidità con cui lui l'aveva abbracciata, la lasciò andare.

Lui arrossì sulle guance. *Dio, è bellissimo.* Lui abbassò lo sguardo e lei colse l'occasione per esaminarlo. I suoi capelli scuri e ricci erano della giusta lunghezza. Lei sentiva il desiderio di passargli le dita tra i capelli. Senza i suoi occhiali da sole, i suoi occhi color cioccolato fondente brillavano per la malizia e qualcos'altro. *Affetto, forse? È contento di vedermi?*

"Scusa," sussurrò lui.

Lei gli diede un colpetto. "Ehi, non scusarti per un abbraccio. Non scusarti mai per un abbraccio." Lui alzò lo sguardo e il suo sorriso la abbagliò.

"Com'è l'acqua?" chiese lei, cambiando discorso.

"Finalmente si sta scaldando. È stata congelata per tutto il mese scorso."

"Andiamo." Lei posò la bottiglia vuota sul bancone.

"Hai già addosso il tuo costume?" Lui finì di bere le poche gocce di birra rimaste nella sua bottiglia.

"Cambierebbe qualcosa?" Lei lo guardò aggrottando la fronte.

"Non per me, ma non saremo soli questa volta." Poi lei lo vide chiaramente. Il desiderio gli faceva brillare gli occhi, facendola rabbrividire.

"Ci metto solo un minuto." Dorrie si ritirò nella comodità della sua stanza e si tolse il prendisole. Indossò il suo bikini verde smeraldo e si agganciò il reggiseno. All'improvviso, quello che al negozio le era sembrato un costume sexy, ora le sembrava troppo succinto davanti a Johnny. Deglutì e si mise il suo asciugamano di spugna celeste intorno alle spalle, prima di uscire.

Un leggero fischio attirò la sua attenzione su Johnny, appoggiato al bancone, dandole una rapida occhiata.

"Che cosa c'è lì sotto? Niente da mostrare?" Lui sollevò le sopracciglia e fece un sorriso salace.

"Un costume da bagno. Che cosa credevi?" Lei indossò le sue infradito.

"Va bene, fai crollare le mie illusioni." Lui aprì un armadio e tirò fuori due asciugamani. Ne tirò uno a lei. Lei si mise a ridere mentre si dirigeva verso la porta, seguita da lui.

Quella passerella con le assi di legno era più ampia di quella vicino alla baia. Lei e Johnny si misero a camminare fianco a fianco. I pini virginiani che crescevano nella zona costeggiavano quelle piccole case fornendo ombra ai piccoli animali e tenendo saldo il terreno sabbioso.

Dorrie e Johnny percorsero i due isolati fino alla spiaggia, accompagnati solo dal rumore delle sue infradito. Si ritrovarono in silenzio, come se quei cinque anni non fossero mai trascorsi. Johnny salì i ripidi gradini di legno, poi le porse la mano. Lei afferrò la sua mano calda e asciutta, permettendogli di aiutarla a salire.

"Non hanno ancora costruito una ringhiera qui?" commentò lei.

"Quante volte Drake è caduto da queste scale, ubriaco?"

"Centinaia, direi," rispose lei ridendo.

Lui le lasciò la mano quando raggiunsero le dune. Ogni anno le dune si erodevano un po', diventando più piccole. Dorrie si ricordò che erano abbastanza grandi da riparare Johnny e lei, distesi lì al tramonto per fare la pace. *Non più. Nemmeno un gatto sarebbe riuscito a nascondersi tra quelle dune.*

"Fire Island si restringe quando c'è una brutta tempesta. Quasi scompare dopo un uragano."

"L'ho notato. Le dune non sono più nemmeno dune. Solo piccole colline."

"Esatto. Troppo piccole per servire a qualcosa," ridacchiò lui, lanciando una rapida occhiata verso di lei.

Dorrie sorrise suo malgrado.

"L'ultimo che arriva puzza," urlò lui, togliendosi i mocassini e la t-shirt, lasciandola cadere sulla sabbia insieme all'asciugamano.

Dorrie fece una smorfia e si strinse al suo asciugamano. *Accidenti!* Alla fine, se la tolse e si mise a correre fino alla riva del mare. Johnny era in netto vantaggio e, considerando le sue lunghe gambe, lei non aveva modo di recuperare. Le onde stavano aumentando vicino alla riva, ma questo non lo fermò. Corse dritto dentro l'acqua e si tuffò a capofitto in una di esse.

Il mare dava vita a una magnifica combinazione di onde bianche e turchesi, con sfumature verdi e azzurre. Sembrava freddo, ma l'implacabile sole di agosto e lo sguardo di John Flanagan la facevano ribollire dentro. Dorrie lo seguì, facendo un profondo respiro e immergendo la testa nell'onda. Quando riaffiorò, Johnny stava nuotando, appena oltre il punto in cui si infrangevano le onde. Lei nuotò verso di lui.

"Hai ancora il tuo costume?" le chiese.

"Certo. Perché?"

"Accidenti, ho visto più tessuto su un portafoglio che su di te."

"Ti stai lamentando?" Lei si fermò lì vicino, galleggiando in acqua.

Lui scoppiò a ridere. "Mai! Mai lamentarsi di una donna seminuda."

Mi sta ancora guardando in quel modo. Probabilmente, sta anche guardando tutte le altre ragazze sulla spiaggia. Lei aggrottò la fronte, mentre la sua mente tornava alla realtà. Lei iniziò a nuotare verso la riva e Johnny la seguì. Mentre le gocce d'acqua cadevano dai loro corpi, lei sentì i brividi. *Dio, è così bello sentire freddo!*

"Andiamo. Stai congelando," disse lui, guardandola e porgendole la mano.

Lei la prese e insieme si incamminarono sulla sabbia dura e compatta fino al punto in cui diventava profonda, calda e morbida, dove giacevano i loro asciugamani. Lei stese il suo e si lasciò cadere a faccia in giù. Indossando i suoi occhiali da sole, gli diede una sbirciatina.

Rivoletti d'acqua gli scorrevano dai capelli scuri sul petto, facendole desiderare di asciugarlo con le sue mani. *Si è allenato. Ha sempre avuto un bel corpo, ma adesso è ancora meglio.*

Difficile credere che sia migliorato in cinque anni. Non riuscendo a smettere di fissarlo, lei sobbalzò quando la sua voce calma interruppe i suoi pensieri lussuriosi.

"Terra chiama Dorrie! Alloggi a Manhattan?" Lui si asciugò i pettorali con le mani, per togliersi di dosso l'acqua in eccesso. Dorrie trattenne il respiro mentre lui la guardava. *Lascia fare a me.*

"C'è qualcuno in casa?" le chiese Johnny a voce alta.

"Oh! Scusami. Sì. No. Devo tornare a Los Angeles tra un paio di settimane. Sono la coreografa di un nuovo film."

"Davvero? Fantastico. Nuova carriera?"

Lei annuì. "Dopo essermi rotta la caviglia, ho aperto una scuola di danza e di yoga."

"Ti stai trasferendo definitivamente in California?"

"Sembrerebbe di sì. Se questo film avrà successo, stanno pensando di farne una serie TV. Finalmente potrò ricominciare a guadagnare molto." *Non dirgli ancora di New York. Quella che ho visto nei suoi occhi era un'espressione delusa?*

"Congratulazioni. Questo è un vero successo. Diventerai famosa?"

"Così potrai dire di essere andato a letto con una celebrità? Probabilmente no."

"Ehi! Questo è ingiusto." Lui si voltò a fissare l'oceano.

"Mi dispiace. Sono stata troppo cattiva, eh?" Lei allungò una mano e gli diede una pacca sul braccio.

"Sto piuttosto bene anche da solo, sai?"

"Davvero?"

"Tra tre settimane, diventerò vicepresidente senior e direttore delle vendite per Atlantic Motors."

Lei raddrizzò la schiena. "Davvero *impressionante*. Ora devo essere io a congratularmi." Lei gli sfiorò la guancia con le labbra.

"Volevo solo sapere se riuscirai a recuperare la fama perduta. Tutto qui."

Lei gli mise una mano sul braccio. "Mi dispiace molto. Non so perché l'ho detto."

"Qualche piccolo risentimento che riaffiora?" Lui sollevò un sopracciglio.

Dorrie asciugò l'acqua salata dai suoi lunghi capelli ramati. "Che cosa intendi dire?"

"Sei ancora arrabbiata con me, vero?" Lui la guardò, cercando i suoi occhi con lo sguardo.

"Penso di no." Lei abbassò lo sguardo.

"Io penso di sì. E non so ancora perché." Lui tornò a sedersi lontano da lei.

Per avermi spezzato il cuore? Per essere venuto a letto con me e poi essere andato con un'altra il weekend successivo? Per aver voluto tornare nel mio letto il weekend seguente, come se fosse il mio turno nella rotazione? Davvero non lo sai?

Le lacrime le fecero bruciare gli occhi quando riaffiorò il ricordo del suo cuore spezzato. *Oh, Dio, è stato cinque anni fa. Non pensarci. Accidenti. Non piangere.* Lei fece un grande respiro tremante e si voltò per osservare le onde, osservando la marea che si alzava. "Questo è ancora uno dei posti più belli della mondo," disse lei, cambiando argomento.

"Già. Ed è ancora più bello quando si è abbastanza sobri da accorgersene." Lui si mise a ridacchiare.

Lei gli sorrise. *Forse è cresciuto un po', eh?*

Il movimento della sabbia distolse la sua attenzione. Alzò lo sguardo e vide Drake che si avvicinava con un grande telo da spiaggia.

"Com'é l'acqua?"

"Fredda, ma piacevole," rispose Dorrie.

"Asciugamano di ricambio? Dammelo," disse Johnny, strappandone uno più piccolo dalle mani di Drake.

"Ehi! Prendi il tuo!" Drake cercò di afferrare l'asciugamano, ma non ci riuscì.

Johnny balzò in piedi, con un bagliore malizioso negli occhi. "Lo vuoi? Vieni a prenderlo." Lui scattò all'inseguimento di Drake. Dorrie si appoggiò allo schienale, ridendo delle loro pagliacciate mentre correvano per la spiaggia, con Johnny sempre un passo avanti a Drake.

Johnny fece finta di spingerlo in acqua e Drake fece un salto per impedirglielo. Dopo un po', tornarono da Dorrie.

"Lei è la base," disse Johnny, respirando affannosamente mentre tornava a sedersi accanto a lei.

"Col cavolo che sono la base, dammi il mio asciugamano!" Drake cercò di strapparlo dalle mani di Johnny per metterlo tra le sue cose, ma Johnny non si mosse. Mise un braccio attorno a Dorrie, appoggiando la mano sulla sua spalla nuda, dandole i brividi.

"Tregua?" chiese lui, fissandola con i suoi occhi castani.

"Non sono arrabbiata con te." *L'ho perdonato?*

"Se lo dici tu. Ma potresti prendermi in giro. Neanche un bacio di saluto…dopo cinque anni!"

Johnny le si avvicinò. Lei notò il suo sguardo spostarsi sulla sua bocca. Istintivamente, lei gli appoggiò la mano sul petto. *Errore enorme!* Quando le sue dita gli sfiorarono la pelle, sentendo i forti muscoli sottostanti, lei capì che era inutile resistere. Il suo profumo, mescolato all'odore dell'acqua salata, la attraeva. Uno sguardo alle sue labbra e capì che lo avrebbe baciato.

Lui abbassò lentamente e attentamente la bocca sulle sue labbra. Lui premette delicatamente mentre la punta della sua lingua le accarezzava le labbra, poi vi entrò dentro per alcuni secondi quando lei le dischiuse. *Lento, sensuale, stuzzicante. Era sempre Johnny. Niente sveltine con lui. Sempre seducente. Sempre irresistibile.*

Lui si tirò indietro. Lei aprì gli occhi per scrutare i suoi occhi neri, che ricambiarono il suo sguardo con un'espressione inquisitoria. Ma lei non aveva risposte. Non ancora, comunque.

"Ora va meglio," sussurrò lui, così dolcemente che la brezza dell'oceano la trascinava quasi via.

"Ciao," mormorò lei, facendogli l'occhiolino con il cuore che le batteva all'impazzata.

"Ciao," disse lui, guardandola.

Drake tornò e schizzò l'acqua ghiacciata su di loro. La sensazione di freddo spezzò l'incantesimo.

"Ma che cavolo?" Johnny fece una smorfia a Drake.

"Sveglia, piccioncini," disse Drake ridendo.

"Non siamo piccioncini," ribatté Dorrie.

"Ah, davvero?" Lui si mise a ridacchiare. "Sembra proprio che lo siate."

"Dov'è Chrissy?" chiese Dorrie, nel tentativo di distogliere l'attenzione dal suo bacio con Johnny.

"Arriverà stasera. Starà nella casa delle donne," disse lui, sedendosi con un balzo sulla sabbia vicino a Dorrie, dando le spalle a John.

"Perché? "Tu sei sposato."

"Non la volevo in casa con tre uomini rozzi come voi. E non è giusto che io stia in casa con voi donne."

"Perché no?" Johnny fece scivolare le dita sulle sue e le strinse intorno alla sua mano.

"Potrei vedere...ehm...qualcuna di voi nuda."

"Non sarebbe la prima volta, Drake."

"Lo sarebbe con loro," ridacchiò lui.

"Dipende da te. Hai paura che tua moglie stia con noi stalloni, Drakie?" disse Johnny, prendendolo in giro.

"Stalloni? Asciugamani sporchi ovunque, uomini ubriachi che dormono per terra. A lei non piacerebbe affatto!"

I tre si alzarono dai loro asciugamani e li scrollarono per togliere la sabbia. Poi, si diressero verso casa. Drake e John erano persi nella discussione sulla cena, su chi sarebbe arrivato quella sera e chi la mattina dopo e sull'organizzazione delle feste che avevano in programma.

Dorrie indietreggiò leggermente, ascoltando il suono delle onde che si infrangevano sull'aria e respirando l'aria fresca e salata. *Qualunque cosa accada, è un vero toccasana essere qui, davanti all'oceano.* Lei sorrise, sentendosi più calma di quanto non facesse da tempo, mentre arrancava nella sabbia, tornando verso la casetta dove sarebbe rimasta per il weekend.

Capitolo Cinque

Quando Dorrie svoltò a sinistra nella sua strada, fu travolta da un ciclone di persone. Era finita la tranquillità che aveva assaporato appena due ore prima. Sospirò ed entrò, avviandosi mentalmente verso una rumorosa festa da rimpatriata. Arrivarono alcune persone nuove, mentre quelli che erano già lì preparavano una miscela letale di alcol e succo di frutta, all'interno di un secchio nuovo e pulito. Due donne stavano preparando un enorme sandwich a sei strati per cena. *Immagino che la festa di stasera si svolga a casa nostra.*

Allie e Mary erano arrivate. Bella sarebbe dovuta arrivare sabato mattina presto. Dorrie sapeva che Mary aveva avuto una cotta per Johnny cinque anni prima e si chiese se ce l'avesse ancora. *Diavolo, se io ho ancora una cotta, probabilmente ce l'ha anche lei. Comunque, non importa. Perché ci saranno un sacco di altre donne qui che Johnny possa conquistare. Non pensarci.*

Dorrie odiava che i suoi pensieri potessero rovinare una serata così bella. Mangiò il suo sandwich, ascoltando Mary vantarsi della sua ultima promozione. Allie stava disfacendo i bagagli. Quando il cibo finì, il calore della folla spinse Dorrie all'esterno accompagnata da un bicchiere di quel punch molto alcolico. Lei si sedette sui due gradini dell'ingresso, cercando di schiarirsi la mente e di godersi semplicemente la leggera brezza che la rinfrescava.

Drake arrivò con Chrissy, che aveva deciso dormire insieme a lui. La conversazione si fece più chiassosa quando finì il punch. *Gli ubriachi sono rumorosi e dissoluti. Anch'io ero così prima? Forse.*

Dorrie non era riuscita ad allontanare Johnny dai suoi pensieri o dai suoi sensi. Il suo fascino era più forte che mai. Lei lo voleva, ma non voleva competere con tutte le altre donne presenti per avere la sua attenzione. *Dejà vu. Perché resti seduta qui a piangerti addosso, permettendo a Johnny di farti di nuovo del male? Va' la fuori. Conosci altre persone. Ci sono un sacco di uomini qui.*

Lei si alzò lentamente, col suo drink in mano, e si avviò verso l'unico bar esistente in quella parte dell'isola.

"Ehi! Dove vai? La festa è dall'altra parte." Era Johnny, che si stava avvicinando a lei. Ovviamente, quel pomeriggio lui aveva preso un po' di sole, perché era leggermente abbronzato e aveva una lieve bruciatura sul naso. Indossava una maglietta rossa, che metteva in risalto la sua abbronzatura, e il suo costume da bagno. Le persone indossano sempre il costume a Fire Island, perché non sanno mai quando possono decidere di andare in spiaggia. *È così bello.*

"Sempre la stessa storia," disse lei con un cenno della mano.

"Non da cinque anni! Andiamo. Unisciti alla festa." Lui le afferrò il gomito e la riportò dentro.

"John! Drake mi ha detto che saresti venuto, ma non gli ho creduto. Come *stai*?" Mary si avvicinò con disinvoltura a Johnny, strusciandosi al suo braccio. Lui le sorrise e si allontanò leggermente. Dorrie stava per vomitare.

"Bene, Mary. Come ti vanno le cose?"

"Perché non mi mostri come vanno le cose a te, John?" disse lei, guardandolo con fare provocante.

Mary gli afferrò il braccio e lo trascinò sul divano. Lui si voltò per fare una smorfia e sollevò le spalle guardando Dorrie. *Accidenti a lui! Maledetti flirt!* Lei ricambiò con un falso sorriso e uscì dalla casa, diretta alla Ocean Tavern, a tre isolati di distanza.

La musica risuonava dal bar, attraversando la tranquilla atmosfera dell'isola, dove non c'erano né macchine, né traffico, né sirene a disturbare la sua pace, solo voci umane e strida di gabbiani. *Bella musica! Ma-*

gari resto per un paio di balli. Lei attraversò le porte in stile saloon ed entrò in una grande sala, dove alcune persone stavano, mentre altre stavano sedute e altre ancore stavano al bar a bere un drink. Sembrava che la birra fosse la bevanda preferita dei clienti della taverna.

Ragazze e ragazzi tra i venti e i trent'anni in costume da bagno bevevano e ballavano a piedi nudi. Dorrie ricevette parecchi sguardi e sorrisi dagli uomini mentre si avvicinava al bar. Un ragazzo, che secondo lei non aveva ancora trent'anni, le cedette il suo posto.

"Puoi sederti qui, tesoro, se mi permetti di offrirti da bere."

Dorrie sorrise al suo evidente tentativo di abbordaggio. "Certo. Ne sarei onorata," disse lei.

"Cosa vuoi da bere, bellezza?"

"Vino bianco." Il ragazzo fece un cenno al barista e ordinò, ma il rumore assordante le impedì di sentire le sue parole.

"Sono Mike." Lui si sporse per parlarle da vicino e le porse la mano con una stretta cordiale. Lei si sedette sullo sgabello e gli sorrise calorosamente. *Un gentiluomo, forse? Una vera rarità. Sono cinica?*

Dorrie si mise a giocherellare con un pretzel che aveva preso dalla ciotola sul bancone, mentre teneva un bicchiere di vino bianco nell'altra mano. Mike le raccontò la sua settimana a Fair Harbor e Dorrie lo ascoltò distrattamente. Lui non poteva sostituire Johnny.

"Dopo la nostra quarta cassetta di birra, abbiamo deciso di andare a fare bodysurf a mezzanotte..."

Mike si dilungava a parlare. Dorrie cercò di sembrare interessata. *Un'altra storia di un ragazzo ubriaco e stupido. Pensavo che smettessero a venticinque anni.* Poi se ne rese conto. Lui aveva venticinque anni. Una risatina le ribollì nel petto, rifiutandosi di placarsi. *Sono una cougar a trent'anni?* Lei fece una sonora risata.

"Non è stata quella la parte più divertente. Ma mi stai ascoltando?"

"Io sono più grande di te."

"Sì? E allora? Amo le donne più grandi. A loro piace insegnare...e io sono un bravo studente." Lui sollevò le sopracciglia, facendo piegare Dorrie in due dalle risate.

"E tu pensi che io ti mostrerò...ti insegnerò...come diventare un bravo amante per un bicchiere di vino?"

"Magari due o tre?"

Dorrie rise ancora più forte.

"Molte donne amano gli uomini più giovani. Che cosa c'è che non va in te?"

"Non c'è niente che non vada in lei ed è per questo che preferisce me. Ora vattene, è ora che tu vada a nanna." Dorrie si voltò verso la direzione dalla quale proveniva quella voce familiare e profonda e vide Johnny dietro di lei, con indosso una canottiera bianca e un costume da bagno e con un'espressione severa in volto.

"Quante volte ti ho detto di non uscire ad abbordare ragazzini? Ti arresteranno. Sarebbe adescamento di minori." Mike aggrottò la fronte, stringendo i pugni lungo i fianchi.

Dorrie, ancora ridacchiando, ma cercando di fermarsi, mise una mano sul braccio del ragazzo. "Oh, per favore non...non farti rompere il naso a causa mia. Non ne vale la pena. Credimi." *Johnny riuscì ad allontanarlo in un secondo.*

John le prese la mano e la aiutò ad alzarsi dallo sgabello. Lei posò il bicchiere mezzo vuoto sul bancone. Lui sollevò la mano per salutare Mike, mentre accompagnava Dorrie fuori dal locale. Una volta fuori, i suoi modi freddi svanirono. "Che cosa diavolo credevi di fare?"

"Stavo solo parlando con un ragazzo più giovane. Allora?"

"Puoi davvero metterti nei guai in quel modo."

"Pensi che avrebbe potuto farmi del male? Noooo. Era un bravo ragazzo. Forse un po' immaturo, ma innocuo."

"Non puoi saperlo. Andiamo. Gli altri hanno chiesto di te." Lui le strinse la mano.

"E che mi dici di te?"

"Io non devo chiedere di te. So dove sei. E tu verrai con me."

"Ne sei proprio sicuro?" Lei liberò con forza la mano dalla sua e se la appoggiò sul fianco. "Che cosa mi dici di Mary? Non sarà gelosa?" *Che cosa sto facendo?*

"L'unica gelosa qui sei tu," ribatté lui scherzando, con uno sguardo malizioso.

"È questo che pensi? A me è sembrato che quello geloso fossi tu...lì al bar." Lei lo fissò audacemente.

"E allora?" Lui aggrottò la fronte.

La sua confessione la pietrificò. Lei non ricevette alcuna risposta. La attirò a sé e la strinse tra le braccia. "Questo weekend, ne parleremo una volta per tutte, d'accordo? È da cinque anni che aspetto. È arrivato il momento di chiarire le cose, Dorrie," le sussurrò intensamente all'orecchio.

Lei si allontanò da lui, cercando di calmare il battito impazzito del suo cuore. "Non c'è niente da chiarire. Hai chiarito perfettamente quanto io contassi per te cinque anni fa."

"Non so di cosa tu stia parlando. Se tra di noi non c'è niente, che cosa ci fai qui? Sei venuta a partecipare a una rimpatriata di persone che nemmeno ti piacciono?"

Lui la spiazzò e il silenzio fu la sua unica risposta. Rimasero a guardarsi al chiaro di luna, finché lei non gli strattonò il braccio, poi si incamminarono verso casa.

"Andiamo. Ne riparleremo dopo. Ho fame. È rimasto qualcosa da mangiare?"

Le mise un braccio intorno alle spalle e continuarono a camminare.

QUANDO TORNARONO, IL gruppo aveva già iniziato a cenare. Johnny intrecciò le dita con le sue, mentre si facevano largo tra la folla. Dorrie salutò persone che non vedeva da anni. L'entusiasmo dei suoi vecchi amici incoraggiò il suo stato d'animo. Johnny strinse la mano ad alcune persone, mentre Dorrie si scambiava degli abbracci con il vecchio gruppo.

Il rumore della fragile porta a vetri che si richiudeva di tanto in tanto segnalava il frequente andirivieni degli uomini e delle donne presenti alla rimpatriata. Un po' di birra era stata versata sui gradini dell'ingresso e aveva creato delle piccole chiazze bagnate sull'erba, dove era stata immediatamente risucchiata dalla sabbia asciutta, in quello che veniva spacciato per un cortile anteriore.

Siccome mangiavano raramente prima delle nove, Mary aveva preparato un'enorme ciotola dei suoi famosi spaghetti. Tanti begli uomini e belle donne erano seduti sulle sedie, sul divano e persino a gambe incrociate sul pavimento, intenti a consumare una ciotola dopo l'altra di quella gustosa pasta.

I contenitori di cartone vuoti delle quattro casse di birra erano già accatastati accanto alla spazzatura. Dorrie prese un piatto per lei e uno anche per Johnny. Prese le ultime due birre dalla quinta cassa. Si ritrovarono sugli scalini anteriori.

"Troppo caldo e troppe persone là dentro," disse lei, porgendogli il suo piatto e sedendosi accanto a lui. Lui stappò entrambe le bottiglie e gliene porse una. Mangiarono in silenzio. Dorrie fissò le stelle che brillavano nel cielo limpido.

"Non ci sono stelle a Los Angeles. Troppo smog. Neanche a New York. Niente stelle. Stupendo." Lei sorrise e fece un respiro profondo. "Accidenti. Nemmeno l'aria fresca. I miei polmoni non sono abituati a tutto questo."

"Quindi, che cosa è successo davvero dopo che sei andata via da qui?"

"Eh?"

"Mi riferisco al tuo fidanzamento, alla tua vita." Johnny attorcigliò degli spaghetti intorno alla sua forchetta.

"Te l'ho già spiegato." La luce della luna proiettava delle ombre sul suo viso, mettendo in evidenza la sua mascella robusta e le sue labbra sensuali, quelle labbra che lei voleva assaggiare di nuovo.

"Spiegami i dettagli."

"Gunther era uno dei produttori del film in cui avrei ballato. Ci siamo conosciuti e abbiamo cominciato a frequentarci. Mi ha fatta innamorare. Lui è ricco e il nostro stile di vita era...fantastico, a dir poco. Limousine, ristoranti costosi, casa sulla spiaggia, weekend in Messico." Lei scrutò il suo volto, seminascosto nell'oscurità. *Gli interessa davvero tutto questo?* Eppure, la stava ascoltando attentamente, come in attesa di ogni sua parola.

"Ti sei innamorata di lui o di quello stile di vita?"

"Prima di tutto di lui. Era un uomo affascinante e premuroso. Intelligente. Sa tutto del business del cinema...e di chiunque ne faccia parte. Saremmo stati una squadra imbattibile. Fare film insieme, con lui come produttore e me come attrice e ballerina...avremmo potuto conquistare il mondo." Lei gesticolò con la mano libera. "Ero la sua nuova *scoperta*."

"E?" le chiese lui, bevendo un sorso di birra.

"Un giorno, sono caduta dalle scale della sua casa al mare. Mi sono rotta la caviglia."

"Non hai più potuto ballare?"

Lei scosse la testa. "Dovetti rinunciare al film e fu la fine della mia carriera." Johnny si leccò la birra dal labbro inferiore. Quel suo gesto la stregò.

"E lui, che cosa ti ha detto?"

"Niente. Mi ha aiutata a mantenermi, per un breve periodo. Mi ha permesso di restare in un paio di settimane. Quando mi sono ripresa, sono andata via e ho iniziato a insegnare yoga e danza. Mi ha pagato l'affitto di sei mesi per uno studio."

Lei si fermò. Il ricordo del dolore, fisico ed emotivo, per aver dovuto rinunciare alla danza, le lacerò di nuovo il cuore. Sbatté le palpebre per trattenere le lacrime.

"Deve essere stato dura." Johnny le prese la mano.

"Ballare era tutto ciò che volevo fare. E i film...il mio sogno più grande."

"E poi che cosa è successo a questo Gunther?" Lui le passò il pollice sul dorso della mano.

"Lui ha aspettato che mi sistemassi...aveva alcuni clienti e stava guadagnando abbastanza da affittarmi un piccolo appartamento. Poi mi ha scaricata. Mi ha spiegato che i suoi piani non includevano un'insegnante di yoga. Solo una star. Mi ha lasciato tenere l'anello, che ho venduto per pagarmi le spese quando ho cambiato casa."

"Deve essere stata dura. Io non l'avrei mai fatto." Lui si mise in bocca l'ultima forchettata di spaghetti.

Lei lo guardò aggrottando la fronte. "No? No, tu mi avresti scaricata *prima* che io mi rompessi la caviglia."

"Aspetta un attimo! Io non ti ho mai scaricata. Sei stata tu a scaricarmi!"

"Cosa? Questa è la cosa più folle..." Lei sollevò le sopracciglia. Poi, si voltò a guardarlo.

"È la verità. Ammettilo, Dorrie."

All'improvviso, la porta si spalancò e Mary uscì fuori. "Eccoti! Ti ho cercato dappertutto, Johnny! Dorrie ti sta monopolizzando di nuovo? Sì, ovviamente." Lei fece un'espressione acida e gli sorrise.

Dorrie guardò il suo piatto e arrotolò un po' di pasta sulla forchetta. Bevve l'ultimo sorso di birra e si alzò. "Ottimi spaghetti, Mary, come sempre. Grazie." Lanciò un'occhiata a Johnny, poi aprì la porta ed entrò in casa. Dopo aver lavato il suo piatto e la sua bottiglia di birra, prese un grande asciugamano e tornò fuori. Mary era seduta accanto a Johnny. Sembrava che lui la ascoltasse attentamente.

"E non ci sono uomini come te in Texas, Johnny..."

Lui alzò lo sguardo quando Dorrie passò in mezzo a loro e avanzò a grandi passi verso il sentiero di legno. Voltò a destra, diretta verso la spiaggia.

"Dorrie, aspetta—" disse Johnny, alzandosi in piedi.

"Non voglio interrompere niente." Lei sollevò la mano, poi proseguì rapidamente per la sua strada.

"Va bene così. Lasciala andare," disse Mary. "Allora, che cosa hai fatto? Hai trovato una ragazza?"

La loro conversazione animata, in contrasto con la quiete dell'isola, cominciò a svanire, mentre lei si avvicinava all'oceano e il fragore delle onde che si infrangevano sulla riva sovrastava la voce nasale di Mary. Lei salì i gradini, poi stese l'asciugamano sulle dune. Seduta con le ginocchia contro il petto, Dorrie vi appoggiò le braccia e sospirò. *Vorrei aver portato un maglione.*

"Merda." *Sì, sono ancora attratta da lui.* Fece alcuni respiri profondi, per far tornare il suo battito alla normalità. *Lui sembrava davvero bello seduto lì. Mentre ascoltava. Dio, volevo saltargli addosso. È così sexy quando un uomo ti ascolta. Poi Mary è uscita ed è ricominciato tutto da capo. Eppure, io lo voglio. Lui non ha idea di cosa sia successo. Devo dirglielo, o sarà una totale perdita di tempo.*

"Di nuovo da sola?" Una voce profonda fece sobbalzare Dorrie. Lei ebbe un sussulto.

"Merda! Mi hai spaventata a morte."

"Scusa," disse Johnny, abbassandosi accanto a lei.

"Dov'è Mary?"

"Hanno messo la musica e stanno ballando. Torna di là a ballare." Lui si alzò in piedi.

Dorrie scosse la testa. *Per stare a guardarti mentre ti strusci e ti dimeni con ogni ragazza del locale? Non penso proprio.*

"Sei la miglior ballerina del gruppo." Lui le porse la mano.

"Lo credi davvero?"

Johnny le prese la mano. "Andiamo. Non sei venuta qui per stare da sola. Sei venuta per divertirti. Niente broncio."

"Dobbiamo parlare."

"Non stasera. Stasera è...cavolo, grazie a Dio, oggi è venerdì, sai?"

Lei si alzò. "Sì, lo so."

"Che ne pensi di darci appuntamento qui domani sera, diciamo alle dieci?"

"Perfetto. Sarà uno sballo."

"Fino ad allora, possiamo mettere da parte tutte queste stronzate e pensare a divertirci?"

"Credo di sì."

Il ritmo di una delle sue canzoni preferite li raggiunse mentre scendevano le scale. Johnny iniziò a scendere per primo, poi la sollevò per aiutarla a scendere gli ultimi due ripidi gradini. Lei gli cadde sul petto e lui la resse finché non ritrovò l'equilibrio.

"Maledette scale" mormorò lui.

Il suo corpo caldo allontanò il gelo che l'aveva fatta rabbrividire un attimo prima. Voleva rimanere tra le sue braccia, forse per sempre. Lui profumava di doccia appena fatta, di sapone e di un leggero aroma di birra. Le accarezzò i capelli mentre appoggiava la bocca sulla sua. Il ritmo della musica le penetrò nel sangue, insieme a un desiderio incontrollabile, scatenato dalle sue labbra. *John Flanagan bacia ancora molto bene.*

Lei gli conficcò le dita nelle spalle, mentre la sua mano scivolava giù per stringerle il sedere. La sua lingua si fece strada tra le sue labbra quasi immediatamente e iniziò a danzare con la sua. Lui fece scivolare le dita sui suoi fianchi, allontanandosi lentamente da lei.

"Se non ci fermiamo..." disse lui, facendo una pausa per riprendere fiato.

"Già." Lei fece mezzo passo indietro, ma il suo calore la scaldava ancora. Lui allungò una mano e le accarezzò la guancia. Un campanello d'allarme le risuonò in testa. *Non farlo! Non essere dolce con me. Non farlo. Non riuscirei a resisterti. È già successo in passato. Non posso, non posso.* Lei gli tolse la mano dal viso e si diresse verso il sentiero. Lui la seguì.

Quando arrivarono, Mary, Maureen e Alice stavano aspettando sui gradini.

"Dove cavolo siete stati? Siete andati in spiaggia?"

Dorrie guardò John, mentre lui apriva la porta. "Calmati, Mary. Siamo tornati."

"Balla con me, Johnny."

"Certo, certo. Fammi solo prendere una birra."

"Poi tocca a me," intervenne Maureen, una ragazza dai capelli rossi.

"Mettetevi in fila, signore. La notte è giovane," ridacchiò Johnny, seguendo Dorrie all'interno.

Ecco, proprio come temevo. Accidenti.

La porta a vetri si richiuse e i gradini si liberarono di nuovo.

COME AL SOLITO, LA giornata a Fire Island iniziò con il cielo un po' coperto, alle sei del mattino. Tuttavia, le nuvole sparirono entro le nove, lasciando il posto a un intenso sole brillante e a un cielo terso e azzurro. Come ogni sabato, gli amanti del sole e i bodysurfer si recarono sulla spiaggia al mattino presto, quando l'aria era più fresca.

Johnny fu il primo ad alzarsi della sua casetta. Preparò il caffè, prese una tazza e uscì a godersi la fresca aria del mattino. Il sole era alto e stava già diventando aggressivo, costringendolo a indossare un cappellino da baseball. Passeggiò senza meta, pensando, inconsapevole che i suoi piedi avevano deciso di portarlo a casa di Dorrie.

Lei era seduta in veranda, intenta a sorseggiare da una tazza. Una mano snella e aggraziata si posò sul suo ginocchio. Il sole illuminò alcune ciocche ramate tra i suoi capelli, facendole brillare. Le sue labbra a forma di arco di Cupido erano di un colore rosa tenue a si abbinavano al leggero rossore delle sue guance.

Dio, è bellissima. Il sole tra i suoi capelli...la più bella combinazione di marrone e oro rossastro che io abbia mai visto. I suoi occhi verdi, così chiari da essere quasi trasparenti, erano nascosti dietro un paio di grandi occhiali da sole con la montatura tartarugata. *Sembra proprio una star del cinema.* Il suo battito cardiaco accelerò mentre le si avvicinava. *Si arrabbierà con me oggi o mi bacerà come ha fatto ieri sera? È stupenda.*

"Buongiorno," sussurrò lui, tanto che lei riuscì a malapena a sentirlo.

Lei sollevò la testa. "Oh! Giorno. Non ti ho sentito arrivare."

"La sabbia. Attutisce il suono."

"Ti sei ubriacato?"

"Non bevo più così tanto."

"Ricordo quando te ne facevi quindici in una notte."

Lui si mise a ridacchiare. "Di birre o di donne?"

"Non è divertente."

"Pensavo che lo fosse," disse lui. "Quei giorni sono passati. Sono un serio uomo d'affari, ora. Non si può essere sempre ubriachi e avere anche successo."

"Questo non è sempre. È il weekend di Fire Island."

"Immagino di non esserci più abituato." Lui si sedette sul gradino accanto a lei.

"Davvero? Nemmeno io. Troppa attività fisica.

Non posso essere sempre sbronza."

Mi piacerebbe fare qualche attività fisica insieme a lei. Il suo magrissimo fisico da ballerina è cambiato. Vorrei davvero metterle le mani addosso. La miglior amante di sempre, anche quand'era più magra.

Lui posò lo sguardo sul suo petto e il suo battito cardiaco aumentò all'improvviso. Le sue dita non vedevano l'ora di stringersi intorno a quei seni invitanti.

"Sei bellissima," sussurrò lui dolcemente. Ma lei lo sentì.

"Cosa?"

Il caldo gli faceva sudare le guance. *Che chiacchierone che sei! Le stai fissando il seno e ci stai provando con lei. Perderai tutte le possibilità che hai.*

"Niente."

Lei raddrizzò la schiena sulla sedia. "Non era niente. Hai detto...bellissima? Lei arrossì. "Oh mio Dio, ho appena detto così?"

"Sì." *Ti ho beccato. Ammettilo.* "Ora sei ancora più bella di quando facevi la ballerina. Non pensavo che fosse possibile."

Lei gli sorrise calorosamente e lui capì che, parlandole sinceramente, aveva fatto la stessa giusta. Pierre uscì dalla casetta degli uomini, risalì il sentiero e si fermò davanti alla casa. Il suo sguardo esplorò maliziosamente il corpo di Dorrie, prima di parlare.

"Dorrie. Sei più sexy che mai," disse lui, guardandola con desiderio.

Lei alzò la mano in segno di saluto, ma il broncio non lasciò mai le sue labbra.

"Hai letto il programma di oggi?" le chiese, ignorando la sua indifferenza.

"Il programma? Merda! Pensavo che sarebbe stato un weekend rilassante."

"Conosci Drake. Ama fare programmi. Anche se nessuno li prende mai sul serio," disse John.

"Vediamo se riesco a ricordare?" Pierre si sedette accanto a Dorrie, senza essere stato invitato, e le mise un braccio attorno alle spalle. "Uh, pallavolo alle undici, pranzo a mezzogiorno, body surfing all'una, di nuovo pallavolo alle tre...poi cocktail, la mia parte preferita, alle quattro e mezza."

Dorrie gli spostò il braccio. Johnny lanciò una rapida occhiata di avvertimento a Pierre, che alzò le mani in segno di arresa. "Ok, ok."

Lei si allontanò lentamente da Pierre e si avvicinò a lui.

"Ehi, guarda che non mordo."

"Lasciala in pace, Pierre. Te l'ho già detto..." Lui le mise un braccio intorno alla vita.

"Sì, alla spiaggia nudista. Ehi, se ci verrai, le persone ti guarderanno."

"Guardare qualcuno è molto diverso dal fissarlo fino a farlo sentire a disagio."

"Smettetela! Pierre, sei nel mio territorio. Vattene." Lei gli diede una spintarella. Lui si alzò e si tolse la sabbia dal sedere.

"Va bene, me ne vado. Sei la stronza più fredda di questo posto, sai?"

Johnny balzò in piedi. Afferrò la maglietta di Pierre e strinse il pugno, tirando quell'uomo più basso a pochi centimetri dal suo viso. "Chiamala in quel modo un'altra volta e ti prendo a pugni." *Stronzetto. Per due centesimi, ti stenderei comunque.*

"Ok, ok. Ho capito." Lui lanciò uno sguardo cupo a John e si allontanò. Johnny lo lasciò andare e tornò a sedersi accanto a Dorrie. Pierre sgattaiolò via, dirigendosi verso l'altra casa.

"Ti va di giocare nella mia squadra?" chiese a Dorrie.

"Quale squadra?"

"Pallavolo, ovviamente."

"Siamo rimasti imbattuti per tutta l'estate." Lei sorrise. "I Tigers, immagino. Giusto?"

"Sì, proprio così. I Tigers. Sei in squadra, allora. I nostri compagni di squadra sono tutti qui?" Lei si spostò i capelli sulla spalla.

"Vediamo, Stan, Bella, tu ed io...direi di sì." *Mi permetterai di accarezzarti i capelli?*

"C'era qualcun altro al mio posto?"

"Mary."

"Oh!" Lei aggrottò la fronte.

"Lei era nella squadra."

"Ok, ok."

"Non essere gelosa. Non può competere con te." *Nessuno può competere con te, tesoro.*

"Gelosa di Mary? Stai scherzando? Dov'è la palla? Dovremmo allenarci. È passato molto tempo da quando giocavamo insieme." Dorrie si alzò in piedi.

"È a casa nostra. Vado a prenderlo e ci vediamo in spiaggia?"

"Va bene."

Dorrie gli porse la mano e, dopo essersi alzato, la strinse tra le braccia. Lei non riuscì a resistere. Le baciò il collo e le strinse le dita intorno alla vita. Lei gli appoggiò il viso sulla spalla e sospirò. Quindi, lui proseguì.

"Chi è che fa tutto questo rumore?" La porta si aprì e apparve Mary. "Avrei dovuto immaginarlo. "Prendetevi una stanza."

Johnny e Dorrie si separarono lentamente. Lui lanciò un'occhiataccia a Mary.

"Cosa? Come se non lo facessi con tutte le ragazze che incontri. Prenditi una pausa, John."

Lui vide Dorrie rabbrividire alle parole di Mary. *Sta' zitta, Mary.* Dorrie lo guardò brevemente, prima di rientrare in casa. John fece a Mary un cenno del capo, poi percorse il sentiero per tornare a casa sua. *Non sono più quel tipo di uomo. Perché Dorrie non mi crede?*

Capitolo Sei

Con mezz'ora per riscaldarsi, i Tigers non vedevano l'ora di giocare, pronti a sfidare qualsiasi avversario. Johnny e Stan giocavano in attacco, mentre Bella e Dorrie giocavano in difesa. Le partite con Johnny le tornarono in mente come se avessero giocato ieri, non cinque anni prima.

Si sentiva bene, meglio di quanto non stesse da molto tempo. L'ambiente familiare, i vecchi amici e il potere curativo del mare contribuivano a calmare i suoi nervi. Aveva avuto molte cose per la testa, soprattutto le coreografie per il film. Sebbene non volesse ammetterlo, Dorrie era spaventata a morte di non riuscire a farcela. Era previsto che *Hustle and Dance* diventasse un film di successo. Le coreografie dovevano essere impeccabili.

Ce l'avrebbe fatta? Le sue coreografie sarebbero state fedeli allo spettacolo, ma fresche allo stesso tempo? Avrebbe avuto le energie per reggere tanta attività fisica, giorno dopo giorno? Anche se aveva trascorso tre anni a recuperare le sue forze, soprattutto per la caviglia, sarebbe riuscita a reggere un lavoro così impegnativo, che si sarebbe protratto per mesi?

Non aveva le risposte ed era preoccupata, perché aveva già visto dei piccoli segnali di debolezza. Dopo quelle lunghe passeggiate, la caviglia le faceva male per un'ora o due. Alcune posizioni di danza la facevano peggiorare più di altre. Quella sarebbe stata la sua sfida più importante.

Lei mise da parte le sue preoccupazioni, rifiutandosi di permette loro di rovinare la bellezza di Fire Island o il calore dei suoi amici. Per ora, la sua mente era sgombra, il suo sorriso genuino. Dorrie non stava prestando attenzione. Ignorò i campanelli d'allarme del suo cervello e iniziò a saltare e a correre sulla superficie irregolare della sabbia. Stava andando tutto bene e lei si sentiva bene.

Il punteggio della partita contro i Panthers era di otto a cinque, a favore dei Tigers. I giocatori fecero una pausa per rinfrescarsi nell'oceano. Tutti corsero dentro l'acqua, ma Dorrie si fermò in riva al mare.

"Dai, andiamo," urlò Johnny.

Tuttavia, lei esitò, indietreggiando dopo aver immerso il piede nell'acqua gelida. Johnny fece una smorfia e corse verso di lei "Se Maometto non va alla montagna...," sussurrò lui, prendendola in braccio.

Lei cominciò a urlare e a scalciare. Dopo un attimo, le sue grida si trasformarono in risatine acuta. Sopraffatta dalle risate, lei lottò invano, mentre Johnny la teneva stretta. La lanciò tra le onde e si tuffò dietro di lei.

Dorrie chiuse la bocca appena in tempo per evitare che si riempisse di acqua salata e sabbia. Andò sott'acqua, per riemergere poco più in là. Johnny tornò in superficie poco dopo. Lei lo schizzò e lui le si lanciò addosso, tirandola giù insieme a lui. Scoppiarono a ridere. Le mise un braccio intorno alla vita e la attirò a sé per darle un bacio. La sua bocca era impetuosa, come il mare, e le sue labbra erano fredde e salate.

Dalla spiaggia, Stan fece loro cenno di tornare. Uscirono dall'acqua, freschi e gocciolanti, per riprendere la partita. Johnny si mise a correre, lasciando Dorrie a camminare da sola. La sua personalità e la sua presenza occupavano tutto lo spazio intorno a lei, circondandola. Quando lui si allontanò, fu come se tutto l'ossigeno fosse stato risucchiato dall'aria circostante.

Mentre la partita continuava, i Tigers aumentarono il loro vantaggio. Prima delle dodici e mezza, avevano già vinto. Urlando e saltando, i vincitori si diedero il cinque. Fu in quel momento che accadde tutto. Dorrie atterrò sulla gamba sbagliata e la sua debole caviglia non riuscì a sostenere il suo peso, facendola scivolare su un pendio. Lei storse il piede e sentì uno strattone. Una fitta di dolore le attraversò la gamba. Lei cadde sulla sabbia e rimase lì, piagnucolando e tenendosi la caviglia. Johnny corse da lei.

"Che cos'è successo? Che cosa c'è che non va?"

Dorrie non riusciva a parlare, perché il dolore le toglieva il fiato. Lei indicò qualcosa col dito. Lui la prese in braccio e corse in mare, per immergerle la caviglia nell'acqua fredda. Si sedettero insieme e lui la tenne immersa, mentre la risacca li lambiva fino alla vita.

La bassa temperatura dell'acqua la intorpidì, riducendo il dolore. Dorrie si massaggiò la caviglia.

"La mia fascia."

"Hai una *fascia* elastica?"

Lei annuì. "In casa."

Johnny si alzò in un lampo e si diresse verso il sentiero.

"Davvero furba. Farti male per avere John Flanagan tutto per te."

"Sei un idiota, Mary." Dorrie fece una smorfia, cercando di ignorare la sua coinquilina.

Mary si spostò, facendo un brutto broncio col labbro inferiore. "Eccolo che arriva. Un cagnolino al tuo servizio. Non credevo che tu fossi così subdola." Mary sganciò il suo commento come una bomba e si allontanò. Dorrie non le prestò attenzione.

Johnny arrivò con la fascia. Le tolse la sabbia dalla pelle con la mano, poi le agganciò la fascia. Quindi, la prese in braccio e la riportò a casa.

"Questo non è necessario. Posso camminare, o almeno zoppicare."

"Non dire assurdità. Hai bisogno di ghiaccio e non dovresti camminare sulla sabbia."

Le mise una sedia all'ombra, preparò un impacco di ghiaccio e le porse una birra.

"Sto morendo di fame. Chi preparerà il pranzo oggi?" le chiese.

"Chiedilo a Drake. È lui ad avere il programma. Spero solo che non sia Pierre."

"Meglio accertarci che non ci avveleni." ridacchiò John.

In quel preciso istante, Drake apparve dal sentiero, con la fronte sudata. "Che cos'è successo? Che cos'è successo? Serve un elicottero per l'ospedale?"

"Calmati, Drake. Mi sono fatta un po' male alla caviglia. Andrà tutto bene. Cosa c'è per pranzo?"

"La tua caviglia? La tua caviglia malata? Accidenti." Lui si asciugò il viso con un piccolo asciugamano che portava intorno al collo.

John aggrottò la fronte. "Sarai in grado di fare il film?"

"Spero di sì." Lei nascose la sua preoccupazione. *Andrà tutto bene. Puoi farcela. Devi farcela.*

"Allora, che cosa si mangia?" John si rivolse a Drake.

"Sandwich, a casa nostra. Vuoi che io—"

"Ci penso io. Hai fame, Dorrie?" John si fece avanti, prima che Drake potesse offrirsi di farlo.

"Da morire!"

"Bene. Torno subito." John e Drake si allontanarono, parlando delle performance passate dei Mets e degli Yankees e di chi avesse una radio per ascoltare la partita.

Dorrie si mise il ghiaccio sulla caviglia, che aveva iniziato a gonfiarsi. Si appoggiò allo schienale e sorrise. *Fa un po' male. Si sta gonfiando, ma andrà tutto bene. Deve andare bene. Sarò in grado di fare la scena di Central Park. Ce la farò.* Con la determinazione nel cuore, si mise a sorseggiare la sua birra, cercando di rilassarsi.

NON APPENA FURONO ABBASTANZA lontani da Dorrie, Drake si rivolse a John.

"Che cosa sta succedendo tra voi due?"

"Che cosa intendi dire?"

"Hai intenzione di spezzarle di nuovo il cuore? Perché se tu sei...John..."

"Ehi! È stata lei a spezzare il mio."

"Sai benissimo che è una cazzata. So che ti piace andartene in giro a trombare. Perché non la lasci in pace?"

"Non sai un cazzo, Drake. Quindi stanne fuori. Questo non ti riguarda." John aggrottò la fronte e distolse lo sguardo dal suo amico.

"Invece mi riguarda."

"Oh? Davvero?" John sollevò le sopracciglia.

"Magari ci sono altri ragazzi...ragazzi più seri, che vorrebbero stare con lei."

"Tu, per esempio? Un uomo sposato? Fantastico. Sono sicuro che lei non si lascerà sfuggire quest'occasione."

"Se io potessi avere Dorrie? Lascerei Chrissy in un batter d'occhio."

"Ma che cazzo stai dicendo? È bello sapere che prendi sul serio il tuo impegno."

"Ho sempre amato Dorrie. Fino ad ora, lei ha voluto solo te. Forse stavolta sarà diverso."

"Chrissy lo sa?"

"Ha il sospetto che ci sia un'altra."

"Avere una cotta per Dorrie non vuol dire che lei ricambi i tuoi sentimenti. Dorrie sa quello che provi?"

"Ci ho provato con lei, una volta, cinque anni fa. Lei è scoppiata a ridere, pensando che fossi ubriaco e che stessi scherzando. Io sono stato al gioco."

"Non le hai più detto niente da allora?"

"Non l'ho vista spesso dopo la rottura del suo fidanzamento...adesso è a New York, poi andrà a Los Angeles...sai com'è."

"Quindi Dorrie non è d'accordo con questo?"

Drake scosse la testa.

"Amico, penso che dovresti farti da parte. Lei non si metterebbe mai in mezzo a un matrimonio."

"E secondo te preferirebbe un donnaiolo come te? Uno che non riesce a tenerselo nei pantaloni?"

John si fermò. Strinse le mani in pugno lungo i fianchi. "Non sono più in quel modo."

"Davvero? Il lupo perde il pelo ma non il vizio."

"Tu l'hai detto a Chrissy?"

Drake scosse la testa.

"Non voglio essere presente quando sgancerai quella bomba. Sei sposato da quattro anni e sei ancora innamorato di Dorrie?"

"Se lei mi desse una possibilità, staremmo benissimo insieme. Siamo amici da tanto tempo."

"Non rovinare tutto. Resta con Chrissy e lascia perdere, amico. Dorrie è mia."

Intanto, erano arrivati a casa. John prese due grossi pezzi di sandwich, li avvolse in dei tovaglioli di carta e si diresse verso la porta. Drake gli afferrò un braccio.

"Se la farai soffrire, te la farò pagare."

"E *tu*, a chi dovrai rendere conto quando distruggerai Chrissy e coinvolgerai Dorrie in questa situazione, alla quale lei è totalmente estranea?" John strinse la mano al suo amico, aprì la porta e si avviò lungo il sentiero.

Quando lui la raggiunse, Dorrie si era addormentata sul divano. John appoggiò il suo sandwich sul tavolino da caffè. Si sedette in silenzio su una sedia e la guardò dormire mentre mangiava. *È così dolce quando dorme! Sembra un angelo.* Lui ridacchiò tra sé. *Ma, quando è sveglia, è un gatto selvatico!* Lei si voltò e si stiracchiò. Aprì un occhio e lo guardò.

"Ehi, bella addormentata. Ecco il tuo pranzo." Lui le avvicinò il piatto. Lei raddrizzò la schiena, si stiracchiò di nuovo e sbadigliò.

"Grazie. La partita a pallavolo mi ha distrutta." Lei prese il suo cibo.

Piacerebbe anche a me "distruggerla" — in camera da letto. Johnny adorava la sua vulnerabilità. Si era stancato delle superdonne, che riuscivano a fare tutto meglio di un uomo e lo sottolineavano perché lui lo sapesse o, al contrario, delle donne totalmente incapaci, che ritenevano carino e femminile essere stupide.

Dorrie era forte, ma non così forte da non aver bisogno di nessuno. Lei aveva bisogno di *lui*. O forse era quello che lui voleva pensare. Lei era intelligente e piena di talento, ma non arrogante. Stava per fare un film, ma non stava lì a vantarsene con tutti. *Era modesta. Dorrie non si vantava mai.*

La Dorrie che amava da cinque anni prima era maturata meravigliosamente. Il suo fisico si era irrobustito, mentre i suoi momenti difficili l'avevano resa più umana. La sua patina di arroganza di cinque anni prima si era esaurita. *Forse sono solo innamorato di lei, tanto che potrebbe essere un mostro e non me ne accorgerei.* Lui smise di farsi domande e si appoggiò allo schienale della sedia, rilassato e sorridente.

"Basta pallavolo per te, signorina."

"Già. Giochi da tavolo..."

"Partite a carte. Penso che abbiamo ancora una partita di gin rummy da finire."

Dorrie si raddrizzò sul divano. "Gin rummy? Evvai! Mi sento in forma!"

John allungò la mano verso il mazzo di carte che si trovava sul tavolino. *Puoi dirlo forte.*

"Credi ancora di potermi battere?"

"Se lo credo? Lo so." Con un bagliore negli occhi, un ampio sorriso le accarezzò le labbra.

"Ti piacerebbe."

"Da' le carte, brutto gradasso. E smettila di parlare." Lei diede un morso al suo sandwich.

Lui scoppiò a ridere mentre mescolava il mazzo di carte.

DORRIE NON RIUSCIVA a credere con quanta facilità lei e Johnny avessero ripreso il loro vecchio rapporto. Prendersi in giro a vicenda, essere compagni di squadra a pallavolo e sfidarsi a carte la fece tornare indietro nel tempo. Anche se il suo battito accelerava quando i loro sguardi si incrociavano e quando lei sbirciava le sue spalle larghe o il suo bel culo, erano le sue attenzioni e la sua amicizia a farle battere il cuore.

Il fastidioso tarlo del dubbio che si era insinuato nella sua mente, che continuava a ricordarle i suoi atteggiamenti da donnaiolo, si stava affievolendo. Lei cercava di mantenersi sulla difensiva, ma i muri che aveva alzato continuavano a sgretolarsi ad ogni suo atto di gentilezza. *Ho un debole per i ragazzi gentili.*

Giocarono a carte finché il resto del gruppo non tornò dalla spiaggia. Era arrivata l'ora del cocktail. Collegarono il frullatore alla presa e iniziarono a preparare daiquiri di ogni tipo e per tutti i gusti. Stan portò una chitarra dalla casa degli uomini e alcuni iniziarono a ballare. Chrissy raggiunse Drake e rimase incollata a lui.

Dorrie si sdraiò sul divano, con il piede sollevato sul tavolino da caffè, e si mise a sorseggiare una bibita fresca. Le discussioni sulla partita di pallavolo e i disaccordi sul menu per la cena interruppero le risate e i sussurri, cercando di sovrastare la musica per ottenere l'attenzione di Dorrie. *Rumore assordante, come al solito.* Lei sorrise. *Alcune cose non cambiano mai.*

Lei si mosse per alzarsi in piedi e John le porse la mano. Lei fece una smorfia di dolore finché non riuscì a sollevarsi, poi si mise a zoppicare verso la sua stanza. "Vado a leggere un po'."

"Ci vediamo dopo." Lui si chinò e le diede un bacio sulla guancia.

Dorrie si sdraiò sul letto e chiuse la porta, ma non riusciva a concentrarsi sul libro e non aveva sonno. Il rumore si attutì. I pensieri di Johnny le affollavano la mente. Non riuscendo a formulare conclusioni definitive su di lui, fece un sospiro. *Stasera alla festa. Allora lo capirò.*

La casa sarà piena di donne e uomini di case vicine che fanno il giro delle feste di Fair Harbor. Avrebbe osservato Johnny con molta attenzione, per vedere se tendeva ancora a comportarsi come un gallo in un pollaio. Alla fine, Dorrie si addormentò.

Risvegliata dall'invitante profumo del cibo che proveniva dalla cucina, lei si alzò lentamente, cercando di appoggiarsi sulla caviglia dolorante. Un lieve sussulto, seguito da un dolore rapido e acuto, poi sembrò che la sua articolazione reggesse il suo peso. Spostò il peso sull'altra caviglia e tornò in soggiorno. Chrissy e Bella stavano preparando dello stufato di pollo col riso. Una casseruola di funghi, pomodori e carote emanava un aroma celestiale.

Dorrie fece una doccia, poi preparò due teglie di brownies. Dopo averli messi a raffreddare, qualcuno bussò alla porta.

"Siete tutte presentabili?" chiese una voce familiare.

"Avanti."

"Accidenti, che peccato." Johnny entrò scuotendo la testa.

Dorrie scoppiò a ridere. "Ti piace rischiare la vita, Flanagan."

"Ti dispiace se uso la tua doccia all'aperto? Da noi, sono occupate *sia* quella all'interno che quella all'esterno."

"Fa' pure. Le ragazze hanno appena finito."

"Grazie." Con la sua piccola trousse sotto il braccio, lui si recò sul retro della casa.

Dio, Johnny nudo sotto la doccia all'aperto. Dorrie cominciò a sudare. Il suo battito cardiaco aumentò all'impazzata. *Immagina di essere lì con lui.* Una visione dell'acqua che gli scorreva tra i capelli e sui muscoli del petto e degli addominali le balenò in testa. Chiuse gli occhi e si appoggiò al bancone, sentendosi indebolire le ginocchia.

La curiosità ebbe il sopravvento su di lei, attirandola all'esterno. Raggiunse il retro della casa, camminando silenziosamente sul terreno sabbioso. Sentì l'acqua che scorreva e la voce profonda di Johnny che cantava una melodia che non riconobbe. Poi, lui chiuse l'acqua. Stava per svignarsela, ma un improvviso dolore acuto alla caviglia la fece sobbalzare.

Si fermò e trattenne il respiro. *Non mi ha sentito, vero? Impossibile.* La porta si aprì e, all'improvviso, sentì un braccio intorno alla vita. Lui la tirò dentro la spaziosa cabina e chiuse la porta. Perdendo l'equilibrio, Dorrie cadde lateralmente, sedendosi sulla panca di legno. Johnny rimase in piedi, ridacchiando, con un asciugamano stretto intorno alla vita.

"Sei tornata qui per vedermi?"

Lei sospirò e si chinò per massaggiarsi la caviglia.

"Lascia fare a me." Lui si inginocchiò sull'erba sabbiosa e le prese il piede tra le mani. Le sue dita le massaggiarono delicatamente i muscoli e i tendini, mentre il suo sguardo si spostava lentamente, soffermandosi sui suoi occhi. Lei gli fissò il petto, ancora bagnato e ricoperto da una manciata di peli scuri.

"Ti dona molto quell'asciugamano."

"Mi hanno detto che sto ancora meglio senza," sussurrò lui, poi scoppiò a ridere.

Dorrie si coprì la bocca con la mano per attutire le sue risate.

"Johnny? Sei lì dentro? Sei da solo?" urlò Mary.

Dorrie si portò un dito alle labbra, cercando di non ridacchiare.

"Mary Manning, sei tu? Ti stai offrendo volontaria per entrare qui sapendo che sono completamente nudo?"

"Non ho detto che volevo entrare...volevo solo sapere..." balbettò lei.

"Accidenti, Mary! Sembra proprio che tu ci stia provando con me!" esclamò lui.

"No, no...non è così, mi stavo solo chiedendo...voglio dire, non riesco a trovare Dorrie...e ..."

"Mary, vergognati! Lascia almeno che io mi rivesta." Johnny si coprì la bocca con entrambe le mani, mentre lui e Dorrie cercavano di trattenere le risate. Ma non ci riuscirono.

"Sì, Mary. Sono qui. Mi dispiace per te," rispose Dorrie, prima di abbandonarsi alle risate.

"Dorrie! Brutta sgualdrina!" Ma quelle furono le uniche parole di Mary.

"Tra circa mezz'ora usciremo, come se avessimo fatto sesso qui dentro."

"Dici?" Dorrie spalancò gli occhi, sentendosi audace e lanciandogli un'occhiata allusiva. *Allora, facciamo in modo che diventi realtà. Che cosa mi viene in mente?*

"La tua reputazione sarà distrutta." Lui sorrise.

"Davvero? Povera me," schiamazzò lei, fintamente preoccupata.

"E, quel che è peggio...anche la mia reputazione ne risentirà!" I suoi occhi brillarono di malizia e Dorrie si piegò in due dalle risate.

Quando riuscì a respirare di nuovo, lei ribatté: "Quale reputazione? Non ne hai una."

"Sì che ce l'ho...ed è davvero pessima!" Passarono alcuni minuti prima che potessero riprendere a respirare normalmente.

"Forza, adesso esci. Lascia che mi rivesta." Johnny aprì la porta e lasciò uscire Dorrie.

Lei fece un'espressione imbronciata. "Vuol dire che non posso guardare?"

Lui si sporse per darle un bacio. "No. Fuori. Se non te ne vai subito, non risponderò delle mie azioni," disse lui, sollevando le sopracciglia.

Dorrie si fermò sulla soglia, gli strinse le dita intorno al collo e avvicinò il viso al suo, baciandolo sulle labbra. Johnny la strinse a sé, cingendole la vita con un braccio e richiudendo la porta con l'altro.

Il desiderio fece ribollire il sangue di Dorrie, facendole schiudere le labbra. Johnny le infilò la lingua in bocca, catturandola, assaggiandola, chiedendole di arrendersi. E lei obbedì, stringendosi a lui, con la schiena appoggiata sulla porta, tenendo le mani sul suo petto e affondando le dita sui suoi muscoli robusti.

Tutto finì con la stessa intensità con cui era iniziato. Quasi senza fiato, Dorrie si tirò indietro, gonfiando il petto. Lo sguardo di Johnny era carico di passione. Lui si sistemò l'asciugamano intorno alla vita, per evitare che cadesse.

"Ti avevo detto che non avrei risposto delle mie azioni. Ora vai." Aprì di nuovo la porta e, questa volta, Dorrie la attraversò. Johnny le diede scherzosamente una pacca sul sedere.

Appoggiandosi sulla caviglia, Dorrie sentì meno dolore. Lei rientrò lentamente in casa e si lasciò cadere sul divano.

"Che cosa c'è che non va con Mary? Era molto arrabbiata," disse Bella, sedendosi accanto a Dorrie.

"Un attacco di rabbia, suppongo," rispose Dorrie.

Nel giro di un'ora, la casa si riempì di vecchi amici. Johnny distribuì la birra, mentre Chrissy e Bella servivano lo spezzatino di pollo. I brownies erano disposti su un vassoio. Stan alzò la musica e, mangiando, si mise a ballare, mentre le pentole si svuotavano e i piatti sporchi si ammucchiavano nel lavello. Pierre rimase a lavare i piatti, mentre gli altri volteggiavano a suon di musica.

Alcuni estranei si unirono alla festa dalle altre case di Fair Harbor. Dorrie notò alcuni uomini bellissimi e alcune donne davvero stupende. Alcune di loro erano praticamente in topless e mostravano la loro mercanzia, come se dovessero esporla a ogni uomo disponibile. Dorrie teneva d'occhio Johnny. Il suo sguardo vagava da una donna prosperosa all'altra mentre portava la birra ai membri della casa e vendeva la birra agli estranei. *Come dargli torto? Sono praticamente nude.* Tutti gli uomini osservavano le donne. Dorrie indossava un semplice top a fantasia verde e blu e un paio di short bianchi. Lei controllò l'orologio. *Erano le nove. Si ricorderà del nostro appuntamento o se ne andrà in giro con una di loro? Chi può saperlo?* Le era passata la voglia di festeggiare e uscì fuori per sedersi sulle scale.

Prese un paio di compresse di ibuprofene con della birra e si appoggiò al muro, per ridurre la pressione sulla caviglia. Il gonfiore era diminuito e il dolore era quasi sparito. *Non posso ballare il tango, ma almeno posso camminare.*

Mary attraversò la porta, aprendola così forte da farla sbattere sul muro.

"Maledette stronze! Qualcuno dovrebbe chiamare la polizia. Stanno ballando nude in casa nostra!"

"Calmati, Mary."

"Calmarmi? Quelle sono come il pifferaio magico. Quando se ne andranno, si porteranno via tutti gli uomini migliori...compreso il tuo Johnny." Mary lanciò a Dorrie un'occhiata perfida.

"Vedremo. Possono gestirne solo uno alla volta."

"Mai sentito parlare di ménage?" ribatté Mary.

"Per favore, Mary. Non esagerare."

Mary accese una sigaretta e si sedette accanto a Dorrie. "Ehi! Non fumare vicino a me," disse Dorrie, sventolando la mano.

Mary si alzò e si allontanò di qualche metro. "Così va meglio?"

"Se tu non fumassi, sarebbe meglio," borbottò Dorrie, guardando il suo orologio. *Le nove e mezza.*

Il fumo fece rientrare Dorrie in casa. Johnny stava ballando con una delle donne quasi nude. Lui fece un cenno a Dorrie. *Rimettiti gli occhi nelle orbite, Flanagan. Non hai mai visto un seno prima d'ora?*

Lei si accorse che lui la stava riguardando, con un'espressione interrogativa. *Certo, stai solo ballando, vero?* Lei scrollò le spalle e aprì la porta dell'armadio. Dopo aver rovistato, trovò due asciugamani da spiaggia puliti e se li mise sotto il braccio. Ignorando Johnny, lasciò la casa e si diresse lentamente verso la spiaggia. La sua caviglia era delicata, quindi procedette con cautela. Osservare il luccichio delle stelle che brillavano nel cielo scuro la fece sorridere.

Mentre si avvicinava alle scale, si calmò, sentendo l'odore dell'acqua salata e il rumore delle onde che si infrangevano sulla riva. *Adoro questo posto. Se non ci fosse tanta finzione, resterei più a lungo.*

Salire quei ripidi gradini era scoraggiante. Dorrie si avviò lentamente e li salì uno alla volta. Facendo attenzione ai suoi passi, si diresse verso il punto in cui lei e Johnny si erano dati appuntamento. Tirando fuori un asciugamano, si sedette, indossò il maglione che aveva portato con sé, piegò le ginocchia e vi strinse le braccia intorno, fermandosi ad ascoltare i suoni della notte.

Erano le dieci passate adesso. Non poté fare a meno di lanciare un'occhiata verso i gradini, ma non apparve nessuna figura alta e ombrosa. Si sentiva un peso nel cuore. Lei sospirò e si distese, guardando il cielo. Dopo aver espresso un desiderio alla prima stella che vide, Dorrie si chiese se gli esseri che vivevano sugli altri pianeti provassero così tanto dolore nel tentativo di trovare la loro anima gemella.

"Hai espresso un desiderio?" Una voce profonda la fece trasalire. Dorrie si sedette.

"Johnny?"

"Stavi aspettando qualcun altro?"

"Sinceramente, non aspettavo *te*." Lei tornò a sdraiarsi. *Lui è qui, come mi aveva promesso. Non con una di quelle donne mezze nude.*

"Pensavo che avessimo un appuntamento. Mi sono sbagliato?" Lui le si avvicinò.

Dorrie cercò di controllare l'orologio al chiaro di luna. "Sì, l'avevamo, circa mezz'ora fa."

"Sì, lo so, sono in ritardo. Di circa un quarto d'ora. Le chiedo scusa...la regina Dorrie vuole che io spacchi il minuto e io non l'ho fatto. Mi inchino alla sua superiorità." Lui stese un asciugamano accanto al suo e si sedette.

"Non c'è bisogno di lanciarmi frecciatine."

"Frecciatine? Io ti lancio frecciatine? Guardati allo specchio, signorina, se vuoi vedere qualcuno che lancia frecciatine. Hai iniziato tu!"

"Voglio solo dire che..."

"Ascoltami, posso anche andarmene. Se non mi vuoi qui, ci sono un sacco di altre donne di là che vorrebbero stare con me."

"Perfetto! Vattene, allora!" Dorrie si sedette e gli voltò le spalle.

Johnny si passò una mano tra i capelli. Rimasero in silenzio per un po'. Lui si schiarì la voce.

"Sei ancora qui?" Dorrie sapeva che lui era ancora lì, ma non riusciva a smettere di provocarlo. *Che cosa sto dicendo?*

"Perché ti comporti così? Non vedevo l'ora di restare da solo con te." Lui le toccò la spalla, dandole un brivido lungo la schiena.

"Davvero?" La speranza accese una scintilla nel suo cuore.

"Certo. Sono arrivato in ritardo di qualche minuto. Non potevo andarmene all'improvviso senza essere scortese. Se questo basta a rovinare tutto, allora non abbiamo niente di cui parlare...e tu sei cambiata più di quanto pensassi." Lui si sollevò sulle ginocchia.

Lei si voltò verso di lui e gli mise una mano sul braccio. "Non andartene. Mi dispiace. Ho avuto un comportamento stupido."

"Puoi dirlo forte." Lui tornò a sedersi.

"Francamente, sono stupita che tu sia venuto all'appuntamento." *Che cosa stai facendo? Basta! Lo farai andare via.*

"Wow! Addirittura? Questa tua affermazione è una pugnalata al cuore."

"Con tutte quelle...donne mezze nude..." *Posso fargli ammettere di non essere interessato a loro? E se invece lo fosse?*

"Ehi, capisco che tu sia arrabbiata, ma questo è davvero troppo." Poi, cadde di nuovo il silenzio. "Che cosa ho fatto?" Lui sollevò le spalle.

"Niente."

"Quindi hai pensato che io potessi saltare il mio appuntamento con te per andare a letto con una di quelle donne? È un colpo basso...intanto che tu abbia pensato che avrei saltato il nostro appuntamento, che ti avrei dato buca...e poi che tu abbia pensato che mi piacessero le donne facili. Accidenti. Non lo so, Dorrie. Forse questo è tutto uno sbaglio." Lui si alzò in piedi.

"Aspetta! Aspetta. Non penso quelle cose di te...ma quando ho visto che ritardavi...e tutte quelle donne che ti gironzolavano intorno...Che cosa dovevo pensare?" Lei gli prese la mano.

"Che ne dici di avere un po 'di fiducia in me...in noi?"

"Non esiste nessun 'noi.'"

"Invece esiste." Johnny si risedette sull'asciugamano. "Vieni qua."

Dorrie lo guardò timidamente.

"Tu, vieni qua!" Johnny le fece un cenno e lei si avvicinò lentamente. Quando le fu abbastanza vicino, la afferrò da sotto le braccia e la fece sedere sulle sue ginocchia.

"Adesso va meglio," disse lui. Lei piegò le gambe e si appoggiò al suo petto. Johnny le accarezzò i capelli e le diede un bacio sulla testa.

"Di che cosa dovremmo parlare?"

"Lo sai benissimo," disse lui dolcemente.

"In che senso?"

"Tu pensi che io abbia scaricato te e io penso che tu abbia scaricato me."

"Oh." Dorrie non voleva parlare. Voleva restare tra le braccia di Johnny per sempre, senza parlare, senza spiegare, senza analizzare niente, ma abbandonandosi semplicemente ai sentimenti. Lei cominciò a emettere un lieve rumore costante, quasi come se facesse le fusa.

"Non possiamo solo rimanere così per un po'?"

"Certo che possiamo, tesoro. Come vuoi." Johnny si abbassò, fino a quando non si ritrovò disteso sulle dune, con Dorrie ancora appoggiata sul suo petto. Lui le mise la mano sulla schiena.

Capitolo Sette

Il tempo si fermò per Dorrie. Stretta tra le calde braccia di Johnny, fece scivolare la mano sotto la sua maglietta, per passargli le dita tra i peli del petto. Lui le accarezzò la schiena e si mise a giocherellare con le punte dei suoi capelli mentre le toglieva il maglione. Sopraffatta dalla contentezza, le sue paure si sciolsero. Lei sospirò, sorridendo al buio.

"Dorrie. Possiamo parlare adesso?"

"Ok. Spara." Lei gli strofinò il viso sul petto.

"Perché mi hai scaricato? Adesso dimmi la verità. Di qualsiasi cosa si tratti, posso sopportarlo. Devo sapere."

Dorrie si staccò da lui e si sedette a gambe incrociate, di fronte a lui. *Lui vuole sapere la verità. Potrai dirgliela? Riuscirai a trovare un modo di dirglielo senza rivelargli tutto? Probabilmente no. Glielo devi. Diglielo.*

"Ok. La verità. Nient'altro che la verità. Vediamo, da dove comincio..."

"Smettila di prendere tempo." Lui le strinse le dita intorno alla mano. Il chiaro di luna accarezzava le linee mascoline del suo viso, facendo nascere in Dorrie il desiderio di baciarlo e molto altro. Voleva fare l'amore con lui, per rivivere quella meravigliosa notte che avevano condiviso. Raccogliendo le sue forze, lei rispose alla sua domanda.

"È successo il fine settimana dopo che...dopo che abbiamo fatto l'amore."

"Cosa?"

"Shh, ci sto arrivando. Quella è stata la notte più bella della mia vita...e mi aspettavo che lo fosse anche il weekend successivo. Ma mi sono sbagliata." Lei lo sentì allontanarsi un po'. "Ricordati che sei stato tu a chiedermi di dirti tutta la verità."

"Ok." Lui le si riavvicinò.

"Il weekend successivo, hai passato il venerdì sera con Hazel e il sabato sera con Marsha. Così ho capito. Tu non mi volevi. Era come se la nostra notte non ci fosse mai stata." Lei si fermò a fare un respiro profondo per calmare il suo cuore agitato. *Calmati. È stato cinque anni fa.*

Lui rimase seduto in silenzio ad ascoltarla, comportandosi in modo molto diverso dal Johnny che conosceva.

"E allora?" le chiese.

"Poi, il weekend seguente sei venuto da me...sei venuto da me a dirmi quelle parole, quelle belle parole. Quelle parole che avrei tanto voluto sentirmi dire il weekend precedente."

"Me lo ricordo. Ti ho detto...'tu sei speciale per me.'"

Le lacrime inumidirono gli occhi di Dorrie. Quelle parole avevano significato molto per lei e l'avevano ferita allo stesso tempo. *Già, speciale, ma non abbastanza speciale. Era solo una delle tante per te, Johnny.*

Dopo aver fatto un respiro tremante, lei annuì e proseguì. "Già. Non l'ho mai dimenticato."

"Voglio dire, non ho mai dimenticato quelle parole."

"Davvero? Dopo aver scelto Hazel e Marsha invece di me nei weekend successivi...come se noi due non avessimo...non...voglio dire, non sono andata a letto con molti ragazzi. Non sono mai stata un genio del rimorchio. Essere venuta a letto con te aveva voluto dire qualcosa per me, ma non per te."

"Non è così. Non è così. Ero solo un coglione. Andavo a letto con chiunque respirasse. Non ero mai stato con nessuna come te...con nessuna a cui importasse di me. Che voleva che mi importasse di lei. Mi sono spaventato a morte."

"Sì, sei stato un idiota."

"Allora, se quelle parole erano state così importanti per te e quella notte era stata così importante per te, perché mi hai scaricato?"

"Ti ricordi cosa ti ho detto?"

"Non potrò mai dimenticarlo. 'Se non hai intenzioni serie, non ci sto.'" Johnny pronunciò quella frase come se l'avesse detta un milione di volte.

"Dovevo essere l'unica, la numero uno. Non potevo essere una delle tante e nemmeno una delle poche. Tu eri l'unico per me e io non ero…non potevo…essere…" Le sue difese crollarono e le lacrime cominciarono a scorrerle sul viso. L'emozione la soffocò.

"Mi dispiace," disse lui, facendo scorrere il dito sulla sua guancia per asciugarle le lacrime. "Scusa se ti ho ferita."

"Io non potrei competere con quelle ragazze. Con i loro seni enormi e la loro facilità a fare sesso. Io non ero così. Ero piatta come una tavola da surf e il mio fisico minuto da ballerina non poteva piacerti. Ho creduto che avresti preferito una donna prosperosa, con un po' di carne intorno alle ossa. E io non ero così."

"Oh, mio Dio! Lo pensavi davvero?"

Lei annuì, asciugandosi le lacrime con il dorso della mano.

"Non è così. Tu sei la migliore con cui io sia mai stato. Magra o no, eri molto brava a fare l'amore…diversamente da tutte le altre. Con te, non era solo una scopata. Eri molto dolce, tenera, generosa, e il modo in cui mi guardavi…accidenti. Nessuna mi hai mai dato quello che mi hai dato tu…né prima né dopo."

"Davvero?"

"Tutta la verità, ricordi?"

Lei sorrise. "Per cominciare, che cosa hai visto in me?"

Johnny abbassò lo sguardo. "Non voglio che tu abbia l'impressione che io mi stia vantando: è la verità, pura e semplice. Tutto è iniziato alle superiori. Ero un ragazzo grande e grosso. Giocavo a football. C'erano un sacco di ragazze che volevano farsela con il capitano della squadra di football. Mi sono lasciato prendere la mano. Potevo avere tutte le ragazze che volevo. E tutte mi volevano. Non mi rendevo conto di essere solo un simbolo. Volevano solo venire a letto con me. Dicevano che sarebbero venute a letto con me e poi se ne andavano. A loro non importava nulla di me."

"Perchè?"

"Non lo so. Per vantarsi o qualcosa del genere. Le donne! Non le capirò mai. Così ho cominciato a pensare che la maggior parte delle donne fossero facili. Ho giocato a football anche al college. Stessa situazione. Non ho mai avuto problemi a trovare una ragazza con cui uscire o da portarmi a letto. Ma non ho mai avuto una donna come amica, finché non ti ho conosciuta."

"Sono stata la tua prima amica?"

"Sì, sei stata la mia prima amica."

Lei allungò la mano e gli toccò la guancia. Lui le si avvicinò e le diede un tenero bacio sul naso.

"È un peccato."

"A me piaceva averti come amica. Non avrei mai immaginato di potermi divertire con una donna senza farci sesso."

"È per questo che ti ci è voluta tutta l'estate per portarmi a letto?"

"Ehi, tesoro, se ci avessi provato, non mi avresti resistito nemmeno per un secondo. Non mi sembravi ansiosa di portare le cose al livello successivo e non volevo rovinare ciò che avevamo. Mi piaceva stare con te. Nessuna delle solite stronzate, tipo lamentarti che ti si rovinassero il trucco o i capelli dentro l'acqua. Eri pronta a qualsiasi cosa, specialmente a fare sport."

"Già. Ero un maschiaccio." Lei annuì.

"In ogni caso, mi sembrava che ti piacessi. Io non ero un trofeo per te. Ero solo un ragazzo. E questo mi piaceva."

"Non che non mi fossi accorta di quanto tu fossi sexy..." disse Dorrie.

"Davvero?" Lei notò un sorriso appena accennato sulle sue labbra.

"Certo. Ma non vado a letto con chiunque. Volevo conoscerti. Ci siamo divertiti molto. Mi sentivo a mio agio con te, quindi mi sono lasciata sedurre."

"Tu *ti* sei lasciata sedurre?" Lui scoppiò a ridere. "Quando decisi che ti avrei avuta prima della fine dell'estate, tu eri già cotta."

"Davvero? Pensi di avermi sedotta così facilmente?"

"Perché, non è stato così?"

"E se fossi stata io a sedurre te?" La rabbia si accumulò nel petto di Dorrie. *Ma che cazzo sto dicendo?*

"Non contraddirmi, Dorrie. Ti volevo e dovevo assolutamente averti entro la fine dell'estate. Essere amici era grandioso, ma era ora di fare un passo avanti."

"E?"

"È stato bellissimo. Tu sei stata grande. Avevo ragione. Sapevo che saresti stata migliore delle altre. E poi, avevi quello sguardo."

"Quale sguardo?"

"Lo sguardo che facevi. Mentre lo facevamo. Mi guardavi dritto negli occhi e potevo giurare di vedere nella tua espressione la parola che inizia con la 'A'. Era la prima volta."

"Ardore?" *Basta con la verità. Non andare oltre.*

Lui le fece una smorfia. "Un'altra parola con la 'A'. Che tu lo ammetta o no."

"Eri innamorato di me, Johnny?" gli chiese Dorrie, sussurrando. Le sue mani si misero a tremare quando gli fece quella domanda. Lei trattenne il fiato.

"Sì. Ma non lo sapevo allora, me ne sono accorto solo dopo...due settimane dopo. Solo che ormai era troppo tardi. Mi avevi scaricato."

"Solo perché tu mi avevi scaricato."

Lui fece una risata triste. "Suppongo che entrambi abbiamo fatto degli errori."

Dorrie si sedette sulle ginocchia e si mise a fissare il suo viso, baciato dal chiaro di luna.

"Sei nervosa?" le chiese. Lei annuì. "Voltati."

Johnny le mise le mani sulle spalle e iniziò a massaggiarle, affondando i pollici nei suoi muscoli. Lei chiuse gli occhi e appoggiò il mento sul petto. "Sei il migliore," sussurrò lei.

Il suo massaggio la fece calmare. All'inizio, lei tremò al suo tocco, poi iniziò a rilassarsi. Johnny si avvicinò, mettendole una mano sul collo. Stringendo dolcemente le dita, avvicinò la bocca sotto il suo orecchio. Cominciò a darle dei piccoli baci, mentre la sua mano scendeva verso il basso, verso il fiocco che annodava il suo top intorno al collo.

"Mi chiedo che cosa succederebbe se lo sciogliessi," sussurrò lui, tirando il filo.

"Perché non ci provi?" gli sussurrò lei all'orecchio.

Lui diede un rapido strattone al filo e il fiocco si sciolse. Lei si voltò verso di lui, mentre il top scivolava lentamente verso il basso, scoprendole il petto. Il suo respiro affannoso le fece capire che lui era felice di ciò che vedeva.

"Sei così bella, e al chiaro di luna..." Lui abbassò la testa per baciarle il seno.

Dorrie gli passò le dita tra i capelli scuri e ricci, mentre lui la aiutava a distendersi sull'asciugamano. Gli unici suoni che sentiva erano il fragore delle onde e il battito del suo cuore, mentre cedeva alle richieste del suo corpo. Le sue dita le fecero indurire i capezzoli. Poi, lui iniziò a stuzzicarli e a divorarli con la bocca. Lasciando scivolare le dita sotto la sua T - shirt, lei la sollevò lentamente. Johnny si sollevò per togliersi la T - shirt dalla testa e lanciarla da qualche parte.

Il calore le attraversò le vene. Le sue mani le strinsero i seni, poi le scivolarono lungo i fianchi. Ovunque la toccassero, la facevano ardere dal desiderio. Amava sentire le sue mani sul suo corpo e voleva che non finisse mai.

Appoggiandogli il viso sul collo, lei lo baciò e iniziò a leccarlo delicatamente con la punta della lingua. Il suo profumo maschile, mescolato al sapore leggermente salato della sua pelle, accendeva il fuoco dentro di lei. Le sue mani esplorarono il suo petto e la sua schiena e le sue dita memorizzarono ogni suo suo muscolo.

"Sei delizioso," mormorò lei, e le sue parole quasi si dispersero con il rumore dell'oceano.

"Anche tu." Johnny si allontanò da lei solo il tempo necessario a togliersi i pantaloncini. Poi, avvicinò le mani alla sua cerniera. "Posso?"

"Non vedo l'ora che tu lo faccia." Lei ricambiò il suo sorriso, così bianco in contrasto alla sua pelle abbronzata, evidenziata dal bagliore della luna. Lei si tolse gli short e il top, che le si era fermato intorno alla vita. Johnny si tolse i boxer.

Lei fu improvvisamente sopraffatta dalla timidezza. Quando le mise le mani sui fianchi e cominciò a far scivolare il suo bikini di pizzo bianco, lei ebbe un sussulto.

"Fai la timida?" le chiese.

Lei annuì.

"Siamo già stati...nudi insieme, Dorrie. Lascia che ti guardi." Lei fece un rapido cenno della testa e lui si mise al lavoro. Le tolse velocemente le mutandine, poi le mise le mani sulle gambe e le lasciò scivolare fino al sedere, stringendoglielo un paio di volte.

"È perfetto," gemette lui.

Lui le aprì le ginocchia e si mise tra di loro. Dopo aver posizionato il viso tra i suoi seni, cominciò a baciarla fino allo stomaco. Dorrie fece scorrere le dita lungo le sue braccia e gli diede un bacio sulla testa. Gli sfiorò la schiena con la punta delle dita.

"Bel culo," disse lei.

"Grazie," rispose lui. "Anche tu."

Johnny si alzò, cercando i suoi occhi con lo sguardo. Lui si perse nel nero dei suoi occhi, incandescenti di passione al chiaro di luna. Lui mise la bocca sulla sua per darle un tenero bacio, seguito da uno più intenso e impegnativo.

"Ti voglio," le sussurrò lui, vicino alla bocca.

Le mise la mano sul ginocchio, poi la spostò lungo la sua coscia, cercando con le dita il suo punto più caldo. Quando lo trovò, lei ebbe un sussulto.

"Oh, piccola." Lui la baciò di nuovo, entrando dentro di lei, seducendola.

Il cuore di Dorrie iniziò a battere all'impazzata. Si mise ad ansimare, mentre Johnny la esplorava, cercando il punto giusto. Lo trovò e vi si concentrò, girandovi intorno, accarezzandolo dolcemente ma con insistenza. Poi, lasciò abilmente scivolare un dito dentro di lei, facendola gemere.

"Oh, mio Dio." Paralizzata dal piacere, lei rimase ferma e lasciò che lui la amasse. Quando il suo cervello ricominciò a funzionare, lei allungò una mano verso di lui. Avvolgendo le dita intorno al suo pene in erezione, più duro che mai, lei sorrise. "Wow, Johnny."

"Fammi vedere, dimmi come toccarti e dove toccarti." Lui le appoggiò le labbra sul clitoride.

"Stai andando molto bene," disse lei, cercando di riprendere fiato.

Il calore si accumulava nel suo corpo, aumentando ad ogni suo tocco, ad ogni pressione delle sue labbra, ad ogni sfioramento della sua lingua. Dorrie si abbandonò alla sua voglia di lui. Si lasciò andare, muovendosi al ritmo dei suoi movimenti e delle sue carezze.

Lui le spostò la mano. "Non posso ancora farlo. No."

Lei cercò di trattenersi, ma il suo corpo era sotto il controllo di Johnny. Lei chiuse gli occhi, concentrandosi sulle meravigliose sensazioni che la travolgevano.

"Per favore, prendimi, altrimenti..." Prima che riuscisse a finire la frase, un intenso orgasmo ebbe il sopravvento su di lei. Con i muscoli contratti, lei si lasciò andare, poi si rilassò, mentre quella sensazione di puro piacere si abbatté su di lei come un'onda. Lei aprì gli occhi quando sentì la sua risatina.

"È stato magnifico, signorina Rodgers," sussurrò lui.

"Se tu non..."

"Che cosa intendi fare?" Col viso vicinissimo al suo, lui la sfidò con lo sguardo, prima che le sue labbra si posassero di nuovo sulla sua bocca. Dorrie gli mise le braccia intorno al collo e gli agganciò una gamba intorno alla vita.

"Vieni a prendermi," lo stuzzicò lei, quando lui si sollevò per respirare.

"Sei protetta?"

"Prendo la pillola. Attento alla sabbia."

"Certo. Non voglio che tu faccia l'amore con una limetta di cartone gigante."

A quelle parole, Johnny si sollevò sulle ginocchia ed entrò attentamente dentro di lei. Quando i loro corpi si unirono, lei ansimò e lui gemette. All'inizio, lui spinse dentro di lei dolcemente, lentamente, alzando la testa ed esaminando il suo viso con lo sguardo. Lei gli accarezzò la guancia con la mano, lasciò cadere le sue difese e lo guardò con tutto l'amore che aveva dentro di sé. La sua espressione si addolcì. Continuava a fissarla mentre entrava e usciva lentamente.

"Proprio quello. Quello sguardo," sussurrò lui.

"Cosa?" Lei gli passò le dita tra i capelli.

"La parola con la 'A'."

Lei scoppiò a ridere.

"Ehm, anch'io ho la stessa sensazione."

"Oops. Scusami." Ma lei non riuscì a fingere un'espressione contrita. Johnny appoggiò la testa sulla sua spalla e mise le labbra sulla sua pelle morbida. Aumentò la velocità e cominciò a spingere dentro di lei. Lei sentì di nuovo il calore aumentare dentro di sé, come se il suo corpo si stesse di nuovo abbandonando a lui. Strinse le braccia intorno a lui, chiudendo gli occhi e muovendosi insieme a lui. Un altro orgasmo la travolse, facendole gridare il suo nome.

La sua schiena iniziò a scaldarsi e lei fece scorrere le dita su un sottile strato di sudore, mentre lui continuava a spingere dentro di lei. Lui gemette sonoramente, poi si fermò, stringendola forte al suo petto.

Johnny crollò ansimando dopo il suo orgasmo. Lei lo strinse tra le sue braccia e cercò di controllare il suo respiro.

"Oh mio Dio," mormorò lui. "È stato fantastico." Lui si sollevò su un gomito e le passò le dita tra i capelli. Lei passò il pollice sul suo sensuale labbro inferiore. Lui le prese il pollice in bocca e lo succhiò per un attimo. "Mmm, salato."

Lei si sporse in avanti e gli sfiorò le labbra con le sue, mentre lui si voltava sulla schiena. La frescura dell'aria notturna fece avvicinare Dorrie a lui. Lui prese gli altri due asciugamani per coprirli. Rannicchiati l'uno tra le braccia dell'altra, si addormentarono sulla spiaggia.

LA LUCE DEL MATTINO colse gli amanti addormentati sulla spiaggia deserta, stretti l'uno all'altra, avvolti negli asciugamani e con un leggero strato di sabbia addosso. Le onde si infrangevano dolcemente sulla riva. L'unico altro suono che potevano sentire era il grido acuto di un gabbiano.

"Ehi, chiudi le tende," borbottò John, coprendosi gli occhi.

Dorrie aprì leggermente le palpebre. "Accidenti!" Lei scoppiò a ridere, allontanandosi da lui.

Lui si voltò su un fianco per guardarla e sorrise. "Buongiorno."

"Che ore sono?"

"È l'alba, piccola," ridacchiò lui.

"Oh, mio Dio, siamo rimasti qui tutta la notte?"

"Fa freddo," disse lui, tirando su la coperta improvvisata sulle loro spalle.

Lei si strofinò le mani e si avvicinò a lui. "Sei piuttosto caldo."

"Se rimani qui, diventerò ancora più caldo." Lui le spostò i capelli dal viso.

"Johnny, noi..."

"Noi cosa?"

"Non lo so. Lascia perdere." Lei chiuse gli occhi e gli appoggiò il viso sul collo. Lui le mise un braccio intorno alla vita, facendola scivolare di qualche centimetro sull'asciugamano sporco di sabbia e facendola arrossire.

"Così va meglio." Lui si distese sulla schiena.

"Mmm...già. Meglio. Molto meglio." Lei sospirò e gli appoggiò la mano sul petto nudo.

Si appisolarono per un po', 'finché non furono svegliati dall'urlo di una bambina. "Due cadaveri!"

I loro occhi si spalancarono. Johnny si sedette e si guardò intorno. Lui vide una bambina che correva verso la spiaggia, urlando a sua madre. Lei si fermò e li guardò di nuovo. Lui la salutò con la mano. Lei ricambiò il saluto.

"Forse sarebbe meglio se ce ne andassimo da qui, prima di finire nei guai." Dorrie si alzò lentamente, nascondendosi dietro di lui. "Io non sono vestita!"

"Mettiti l'asciugamano intorno, tesoro. Prendi i tuoi vestiti."

"Buona idea." Dorrie afferrò l'asciugamano sporco di sabbia, togliendoglielo.

Non appena la donna li vide, prese la sua bambina e si allontanò sulla spiaggia. Johnny scoppiò a ridere. "Le abbiamo spaventate. Quando ti ha vista, si è allontanata con sua figlia."

"Oh, mio Dio," disse Dorrie, coprendosi il viso con la mano. "Siamo nudi in pubblico. Non è vietato per legge?"

"A pochi metri di distanza, c'è la spiaggia nudista. Sarebbe stata una buona idea."

"Davvero? Come quella volta che ci siamo andati con gli altri? Quella è stata la prima e l'ultima volta."

Lui scoppiò a ridere. "Ho letteralmente dovuto staccare Pierre da te."

"Non è stato divertente."

"Mi sono occupato di lui, no?" Lui sollevò un sopracciglio.

"Sì, l'hai fatto." Lei sospirò al ricordo di Johnny che le avvolgeva il braccio intorno alle spalle, con fare protettivo, avvertendo Pierre di indietreggiare.

"Mi prendo sempre cura di te," sussurrò lui, guardandosi le mani.

"Metti il broncio? Non è da te."

"Non sto mettendo il broncio!" esclamò lui a voce alta.

"Ok, ok." Lei scrollò le spalle e alzò le mani.

"Sto solo cercando di veder riconosciuti i miei meriti. Tutto qui. Sei tenace."

Lei si sporse per dargli un dolce bacio sulla guancia ruvida. "Tu ti prendi cura di me." *E ti amo per questo. Merda, ho usato la parola con la "A"?*

Lui sorrise. "Sarà meglio che torniamo. Accidenti, quella donna e sua figlia hanno rovinato i miei piani."

"Avevi intenzione di sedurmi di nuovo?"

"Si può sedurre una donna due volte? Pensavo che si potesse fare solo una volta. Poi, la seconda volta, lei saprebbe già cosa la aspetta."

Vorrei proprio sapere cosa mi aspetta.

Dorrie prese l'asciugamano e si alzò. Se l'avvolse intorno al petto, osservando lo sguardo di Johnny che accarezzava il suo corpo. Lo guardò mentre metteva il suo asciugamano intorno alla vita. *Dio, è bellissimo.*

"Sei bellissima," le sussurrò lui all'orecchio. Lei gli si avvicinò e lui la strinse tra le braccia.

"Dobbiamo andare?" sussurrò lei, quasi più a sé stessa che a lui.

"Chrissy avrà chiamato la polizia ormai..."

"Se è sveglia."

Lui le sorrise, scorrendole le mani lungo la schiena e spazzando via la sabbia. Lui le diede un bacio tra i capelli. Dorrie si strinse a lui, chiudendo gli occhi e facendo un respiro profondo. Il suo profumo, mescolato all'aria salmastra del mare, era davvero inebriante.

"Stanotte è stato un sogno che si è avverato," disse lui dolcemente, piegandosi leggermente per avvicinarsi a lei.

"Anche per me."

Un uomo anziano con i capelli e la barba grigi, con una piccola sedia pieghevole, salì le scale. Percorse il sentiero verso la spiaggia, mentre delle piccole onde, illuminate dal sole, si infrangevano silenziosamente sulla riva.

"Sarà meglio andar via, prima che questo posto si affolli," disse Johnny, abbassando le braccia. Per un attimo, il battito di Dorrie rallentò e la tristezza si insinuò dentro di lei. Lui le prese la mano e percorsero il sentiero, poi scesero le scale. Dopo un bacio appassionato, la riportò a casa prima di raggiungere la sua.

Dorrie entrò in casa in punta di piedi, facendo attenzione a non sbattere la porta. Si tolse l'asciugamano e la scrollò in bagno, poi si tolse la sabbia dal corpo. Nuda, attraversò in silenzio il salone verso la sua stanza, dove scivolò tra le lenzuola, senza svegliare Bella, che dormiva nell'altro letto.

Le immagini di Johnny e del tempo trascorso insieme sulla spiaggia le danzavano nella mente, poi chiuse gli occhi. Una sensazione di calore e contentezza la travolse, facendola addormentare rapidamente.

PER QUANTO L'ALBA FOSSE bella e la spiaggia fosse invitante nelle prime ore del mattino, rimase vuota. Dopo un sabato sera turbolento, trascorso a bere e a divertirsi, i residenti di entrambe le case dormirono per tutta la domenica mattina. Il primo degli uomini ad alzarsi fu Pierre, alle dieci. Si diresse verso la casa delle donne e trovò Dorrie seduta sui gradini, con una tazza di caffè in mano.

"Buongiorno," la salutò.

"Shh. Stanno ancora dormendo tutte," sussurrò lei.

Lui si sedette sui gradini accanto a lei. Istintivamente, Dorrie si allontanò.

"Ti sto disturbando?"

"Non avvicinarti troppo. Non mi piace che mi tocchi."

"Non ti sto toccando. Mi piace guardarti. È un reato?"

Se non lo è, dovrebbe esserlo. Articolo del codice penale numero trecentotrentasei, qualcuno di nome Pierre sta osservando in modo lascivo una certa Dorrance Rodgers, infrangendo la legge. Lei sorseggiò il suo caffè mentre lui esaminava il suo corpo.

"Smettila, Pierre. Smettila di guardarmi così. Mi dai i brividi."

"Mi sto solo ricordando com'eri quel giorno alla spiaggia nudista. Eri molto sexy e adesso hai un corpo davvero prosperoso...quelle sono vere?" le chiese, indicandole il seno.

"Certo!"

"Sono cresciute rispetto a cinque anni fa. Sembrano molto invitanti."

Dorrie si alzò in piedi. "Questa è casa mia. Non devo restare seduta qui a sopportare le tue stronzate."

Lei aprì la porta ed entrò, andando dritta verso la sua stanza e chiudendo la porta alle sue spalle. Lei sentì a malapena un "Cosa? Che cosa ho detto?"

Il lento inizio della giornata diede a Dorrie un falso senso di pigrizia. Mancavano solo due ore prima che il traghetto delle quattro la riportasse alla realtà, così andò da una casa all'altra, non riuscendo a restare ferma. Percorrendo il sentiero lungo la baia, sentì una voce familiare.

"Dove sei stata?" Johnny le corse dietro.

"In giro. Perché?"

"Ti stavo cercando."

"Oh?"

"Dai, non fare così. Dopo ieri sera..."

"Ho pensato di darti un po 'di spazio," disse lei.

"Non voglio spazio, voglio stare con te." Lui le strinse i bicipiti con le dita.

"In senso biblico?"

"Ehi, se ti senti costretta, allora va bene così. Lascia perdere." Lui la lasciò andare e si voltò verso il sentiero.

"Aspetta! Non andartene. Mi dispiace." Lei gli afferrò il braccio.

"Non è stata un'avventura di una notte. Non per me."

"È solo che... Dovrò ripartire, quindi..."

"Certo. Per fare il film. Quindi andrai via per quanto, due mesi? Tre? Dopo, potremo stare insieme. Tornerai a New York...magari verrai a vivere con me."

"Non tornerò a New York."

Il silenzio cadde pesantemente tra di loro. Lui scrutò il suo viso.

"Perché no?"

"Perché faranno una serie TV dopo il film. Vogliono iniziare subito a girare l'episodio pilota.

Se decideranno di farlo, io dovrò lavorare costantemente...a Los Angeles."

"E che ne sarà di noi due?"

"Non lo so. C'è un 'noi due'?"

"Pensavo che ci fosse, o che potrebbe esserci."

Dorrie guardò l'orologio. "È ora di fare le valigie. Possiamo almeno tornare a casa insieme sul traghetto." Johnny le prese la mano e tornarono indietro in silenzio. Una sensazione di tristezza le invase il cuore.

Questa è la tua seconda occasione per una specie di carriera nella danza. Non ne avrai una terza. Devi coglierla. Come puoi buttar via tutto ciò per cui hai lavorato per un 'forse' di Johnny? Non dirgli dell'offerta di New York. Cercherà di convincerti a restare.

"Sono appena stato promosso vicepresidente senior...."

"Capisco."

Johnny le portò la borsa sul traghetto. Rimasero insieme appoggiati alla ringhiera, fissando la baia mentre la passerella si sollevava. Tutti i membri di entrambe le case erano sullo stesso traghetto.

"Bellissima rimpatriata, vero?" Drake si avvicinò alle loro spalle e diede a Johnny una pacca sulla schiena.

Mary si avvicinò a Johnny. "Vieni qua. Non ho avuto la possibilità di parlarti del mio nuovo lavoro. Dorrie ti è stata addosso per tutto il weekend." Johnny alzò gli occhi e permise a Mary di portarlo in un punto più appartato, vicino alla ringhiera. Dorrie soffocò una risata con la mano. Non si era accorta che Drake si era avvicinato.

"A proposito di stare addosso. John ci ha sicuramente provato con te."

Lei lo guardò. "Siamo vecchi amici."

"Siete solo questo?" Lei gli sorrise enigmaticamente. "Bene. Speravo fosse vero. Ho cercato di parlare con te...da solo... per tutto il weekend."

"Perché non me l'hai detto? A che cosa stai pensando?" Lei si voltò a guardarlo.

Drake si guardò le mani prima di parlare. I suoi occhi non entrarono subito in contatto con i suoi.

"Lo sai che mi sei sempre...piaciuta..."

"Sembra che siamo amici da sempre."

"Sì, beh, non è sempre stata solo...amicizia per me."

L'incredulità e la sorpresa la travolsero. *No, no, non può essere! Chrissy è una cara amica. Lui è sposato. Dai, Drake, non farlo.* "Drake... sei sicuro..." Lui le mise una mano sul braccio per fermarla. Dorrie deglutì, per sciogliere il nodo che aveva in gola.

"Lasciami finire. Provo...dei sentimenti per te, fin dall'inizio."

"Oh, Dio, Drake. Adesso?"

"Non riesco più a tenermi tutto dentro. È con te che voglio stare. Non con Chrissy."

"Merda, Drake!" Dorrie scosse la testa ed evitò il suo sguardo.

"È vero. Provi anche tu le stesse cose?"

Dorrie gli toccò la spalla. "Io ti voglio bene come un fratello, Drake. Per favore, non farlo. Tu e Chrissy siete fatti per stare insieme. Merda, siete sposati da quattro anni! Io devo tornare a Los Angeles. Possiamo far finta che questa conversazione non sia mai accaduta?"

Lui abbassò la testa e le spostò la mano. "Non puoi dire sul serio. Far finta di non avertelo detto? Impossibile." Il rumore del traghetto che solcava l'acqua fu l'unico suono che si udì per un po'. Dorrie lanciò un'occhiata a Johnny, che la stava guardando con la fronte aggrottata. Lui si allontanò da Mary.

"Grazie...Grazie per avermi scaricato, Dorrie. Non pensavo che l'avresti fatto."

La rabbia del suo tono di voce suscitò tristezza in lei.

"Che cosa credevi? Che fossi una rovinafamiglie? Hai avuto un sacco di tempo per parlare prima di sposare Chrissy."

"La tua risposta sarebbe stata diversa?"

"No. Mi dispiace, Drake, ma la chimica è chimica. E noi non ne abbiamo, oltre l'amicizia."

"Come ti pare." Lui si allontanò dalla ringhiera e raggiunse la poppa della barca.

Johnny raggiunse Dorrie. "Che cosa ti ha detto Drake?"

"È personale."

"Merda. Dimmi che non l'ha fatto." Lui scosse lentamente la testa e chiuse gli occhi per un momento.

"Che cosa?" gli chiese lei, guardandolo negli occhi.

"Ci ha provato con te? Gli avevo detto di non farlo. L'hai scaricato?"

"Ovviamente. Lui è sposato. Non c'è mai stato niente tra di noi. Tu lo sapevi?"

"Me ne aveva parlato."

"E non hai pensato di dirmelo? Di avvertirmi?"

"Non pensavo che fossero affari miei. Come diavolo facevo a sapere cosa provassi per Drake?"

"Oh, Johnny..." Lei scosse la testa. Aveva voglia di piangere. "Non mi conosci ancora?"

"Che cosa intendi dire?"

"Prima di tutto, non rovinerei mai un matrimonio. Secondo, sei sempre stato tu, non Drake."

"Davvero? Speravo che lo dicessi." Lui si chinò per baciarla, ma lei lo respinse.

"Sembra che la magia tra noi due svanisca sempre quando il traghetto sta per attraccare a Bay Shore."

"Che cosa intendi dire?" Lui sollevò le sopracciglia.

"Non siamo mai usciti insieme in città. Soltanto qui. La nostra magia esiste solo su Fire Island."

"Non ero impegnato con te. Avevo altre ragazze in città e a Fire Island."

"E ora le cose sono diverse?" Lei gli rivolse uno sguardo scettico.

"Adesso ho trentadue anni. Non sono più un ragazzino. Certo che le cose sono diverse. Non ti ho appena chiesto di trasferirti da me?"

"L'hai fatto davvero?"

"Prima eri una buona ascoltatrice. Che cosa è successo?"

"È difficile dimenticare." Lui le mise un braccio intorno e lei si strinse a lui. Si sentiva confusa. *Drake, Johnny, Johnny, Archer, Archer, Rick. Con Johnny aveva ancora trascorso poco tempo. Senza impegno. Perché Drake le aveva fatto questo? Non posso più stare a casa sua adesso. Come farei a guardare negli occhi Chrissy?*

Dorrie si costrinse a smettere di pensare e a godersi quel momento. John le diede un bacio tra i capelli mentre se ne stavano in silenzio, stretti l'uno all'altra. *Non starò a New York per trasferirmi da lui. Ho bisogno di un impegno, e così non è abbastanza. Oggi mi trasferisco, domani mi scarica e io rischio di voltare le spalle a tutti i miei sogni. Non credo proprio.*

Anche se il sole era ancora forte, gli schizzi salati del Long Island Sound li tenevano freschi.

Pensavo che la rimpatriata sarebbe stata una perdita di tempo," disse lui.

"E?"

"È stata grandiosa." Lui le sorrise.

Prima che lei avesse la possibilità di rispondere, il traghetto rallentò. Sarebbero attraccati tra un minuto o due. Dorrie si voltò verso Johnny e lo guardò negli occhi, ma qualcuno le tirò la manica, attirando la sua attenzione. Chrissy le stava tirando il braccio, sorridendo. John e Dorrie si voltarono verso di lei.

Invece di sentirsi a disagio in compagnia della sua amica, Dorrie provava dispiacere per lei. *Essere sposata con un uomo che non ti ama. Lei merita di meglio.* Johnny si voltò verso Chrissy e si mise a chiacchierare con lei, tenendola ferma mentre il traghetto sobbalzava.

Dorrie lanciò un'occhiata a Drake, che si reggeva alla ringhiera con la testa bassa, poco lontano da loro. *Forse si è pentito di quello che mi ha detto?* Chrissy era persino più allegra del solito, non rendendosi evidentemente conto dell'atteggiamento cupo dei suoi amici. L'atteggiamento allegro della sua amica fece sorgere delle domande nella mente di Dorrie. *Come poteva essere così cieca?* Non passò molto tempo prima che arrivasse la risposta.

"Non avevo intenzione di dirlo a nessuno, perché è ancora presto."

"Che cosa?" chiese Dorrie.

"Sono troppo felice... devo dirvelo."

"Sputa il rospo, ragazza."

"Sono incinta!"

JOHN SEGUÌ DORRIE NEL furgoncino che li avrebbe riportati dal traghetto a Manhattan. Drake e Chrissy li seguirono.

Mentre il traffico bloccava la tangenziale di Long Island, Dorrie si assopì. Appoggiò la testa sulla spalla di Johnny. Lui la strinse a sé, mettendole un braccio intorno alle spalle, e lei si addormentò. Quando l'ingorgo svanì, il furgoncino procedette senza intoppi. Dorrie si svegliò.

"Perché non vieni a stare da me? Ci divertiremo," le sussurrò all'orecchio.

"Domani mattina avrò le prove presto e tu abiti molto lontano da lì."

"Allora?" Lui le lanciò uno sguardo lussurioso.

"E non voglio stancarmi prima di iniziare," ridacchiò lei.

"Fa' come vuoi." L'espressione di disappunto sul suo viso la ispirò a baciarlo.

"È stato divertente...come sempre," disse lei.

"Sì. Vorrei che restassi più a lungo."

Ascoltarono Chrissy parlare della gravidanza, i nomi dei bambini e le scadenze, finché Drake non la interruppe. "Dorrie sta frequentando altri due uomini mentre sta qui, John. Credo che tu debba saperlo."

Johnny, che stava guardando fuori dal finestrino, raddrizzò la schiena. Spalancò gli occhi per la sorpresa.

"Altri due uomini?" Lui si voltò verso Dorrie.

"Io—"

"Sì. Altri due uomini. Due uomini tra i quali sta cercando di decidere, proprio come con te."

"Che cosa intendi per 'decidere'?" Johnny puntò il suo sguardo su di lei.

"Sono tornata per vedere...ehm, cosa poteva succedere avendo un altro giorno a disposizione..."

"Un altro giorno con me...e quegli altri due?" le chiese lui in tono acuto.

Lei annuì e lanciò un'occhiataccia a Drake. "Grazie mille, Drake."

"Non c'è di che," disse lui, con un sorriso malvagio sulle labbra.

"Gli altri due lo sanno?" le chiese John. Dorrie scosse la testa. "Per favore, va' da loro a dirglielo, Drake. Dillo anche a loro," disse lui.

"Ne conosco solo uno. Ma sarei felice di informarlo."

"Sei un bastardo," gli urlò Dorrie.

Drake le sorrise. "Tra simili ci capiamo."

"Che cos'è questa storia?" le chiese Chrissy. John si spostò sull'altro sedile e le mise un braccio intorno alle spalle. "Sembra che questa sia la fine di un'amicizia perfetta."

"Drake e Dorrie?"

"Sì," John le strinse le spalle prima di voltarsi per guardare Dorrie.

"Quando me l'avresti detto?"

"Mai."

"Davvero?" Lui sollevò le sopracciglia.

"Tu mi parli di ogni donna con cui esci o con cui vai a letto? No. Allora perché dovrei dirti qualcosa che non ti riguarda?"

"Penso che mi interessi. Chi sono io per te?" Il furgoncino si fermò all'ultima fermata e tutti scesero. Johnny afferrò il braccio di Dorrie. "Ti ho fatto una domanda."

"Non ho una risposta." Lei evitò il suo sguardo.

"Davvero fantastico." Lui le lasciò il braccio e si allontanò, raccogliendo la sua borsa.

"Andiamo," disse Chrissy, prendendo il braccio di Dorrie. Ma Dorrie aveva mandato un messaggio a Chaz e gli aveva chiesto di restare da lui.

"Verrò a prendere le mie cose, ma andrò a stare da Chaz Duncan." Lei raccolse la sua borsa.

"Vai via?"

"Tu hai bisogno di riposo e sicuramente voi due volete restare da soli." Lei fissò Drake.

Chrissy fece una smorfia. "Volevo condividere questa gioia con te."

"Condividila con tuo marito. Diventerà padre. Sono sicura che anche lui sia entusiasta." Il tono di voce di Dorrie trasudava sarcasmo. Drake evitò il suo sguardo.

Johnny si allontanò verso la metropolitana, con il borsone sulla spalla. Dorrie lo guardò, ma non incrociò il suo sguardo. *Merda! Ho rovinato tutto con lui.* Lei si diresse a nord della città per prendere le sue cose dai Cunningham. Drake riuscì a prenderla da parte quando Chrissy andò a sdraiarsi.

"La gravidanza di Chrissy non cambia nulla."

"Davvero? Allora non sei l'uomo che pensavo, Drake. Cresci, accidenti. Diventerai padre."

"Rimanere incinta è stata una sua idea."

"Davvero? Beh, bisogna essere in due. Noi due non staremo mai insieme e ora hai rovinato anche la nostra amicizia. Tutto per una stupida cotta. Cresci. Ho perso tutto il mio rispetto per te. Sparisci dalla mia vista." Dorrie gli passò davanti e si diresse verso l'ascensore.

"Lascia almeno che ti aiuti," gridò lui.

"E grazie per averlo detto a Johnny." Dorrie gli mostrò il dito medio e prese la sua valigia da sola. Non riuscì ad allontanarsi abbastanza in fretta. *Che bastardo! Non vorrei essere al posto di Chrissy.*

Fu accolta calorosamente da Chaz e Megan. Cenarono insieme con insalata di pasta fredda e un buon Riesling. Poi, Megan portò a tavola dei biscotti fatti in casa. Lei e Chaz si sedettero sul divano, mentre Dorrie si accomodò su una poltrona di pelle.

Megan socchiuse gli occhi e fissò Dorrie. "Allora?"

"Cosa? Che cosa hai da raccontarmi?" Dorrie abbassò lo sguardo.

"Quegli uomini. Sto morendo dalla curiosità di sapere tutto su quegli uomini!" continuò Megan.

"I tre uomini? Come fai a saperlo?"

"Grace Brewster e io siamo amiche." Meg sorrise. "Quando le ho detto che stavi arrivando, beh, è venuto fuori naturalmente. Voglio dire, non capita tutti i giorni di sentire una storia come questa."

"Suppongo di sì. Gracie è una buona amica. Mi ha anche mandato dei messaggi per chiedermi di loro. Tu che cosa ne sai?"

"Lei mi ha raccontato una lunga storia su come tu stia testando i tre uomini che hai scaricato una volta per capire se è meglio scaricarli di nuovo. È tutto vero? Forse vuoi solo riaccendere qualcosa. Allora, ne hai scelto uno?"

Dorrie scosse la testa. Chaz mangiucchiò un biscotto in silenzio.

"Non è cambiato niente...in cinque anni?"

"È cambiato tutto. Ed è tutto sottosopra. Drake ci ha provato con me! Riesci a crederci? Ed è sposato con una mia vecchia amica."

"Disgustoso! Ma gli altri?" insistette Megan.

"Gli altri? Non lo so. Non ancora. Devono ancora superare un altro test."

"Un altro test? Gli appuntamenti non sono bastati?"

Dorrie scosse la testa.

"Sono contento di non dover competere per te, Meg." Chaz si avvicinò a sua moglie.

"Anch'io," disse lei, voltandosi per sorridere a suo marito. "Ma la suspense mi sta uccidendo, Dorrie. Devo sapere se andrai sulla costa orientale o sulla costa occidentale, con Archer, Rick o Johnny."

Dorrie scoppiò a ridere. "Da come parli, sembra una gara! È la mia vita e sono curiosa quanto te."

"Me lo farai sapere quando deciderai, vero?"

"Sarai la prima, dopo il prescelto." Dorrie si alzò e si stiracchiò. "Ho portato dei dolcetti dalla mia pasticceria preferita."

"Ottimo!" Chaz si diresse verso la cucina. "Dove sono i brownies?"

"Nella busta sul bancone," gridò Meg.

"Come faceva a saperlo?"

"Che cosa?"

"Che fossero brownies!" esclamò Dorrie.

"Ha indovinato davvero?"

"Sì. Sono proprio brownies." Le ragazze scoppiarono a ridere. Chaz entrò con il vassoio di dolcetti al cioccolato.

"Che cosa ho fatto? Sono appena entrato e già ridete?"

Meg si alzò in piedi, prese il piatto e lo mise sul tavolino da caffè. "Non hai fatto niente, tesoro. Tieni." Lei prese un pezzo di brownie e lo porse a Chaz, che lo prese con entusiasmo.

"Fantastico!" esclamò lui, prendendolo, appoggiandosi allo schienale e mettendo un braccio intorno alle spalle di Meg. Anche Dorrie ne prese uno. Mentre affondava i denti nel delizioso dolcetto, una sensazione di conforto le inondò il corpo. *Per aver lasciato la casa di Drake. Fiu! Adoro questo posto. Sono una bella coppia sposata e si amano davvero.* La bontà di quei dolcetti al cioccolato fece cadere il silenzio nella stanza.

Ora, è il momento della seconda fase di questo processo. È ora di parlare dell'offerta di lavoro a New York e vedere se qualcuno abbocca. Mentre masticava, il suo sorriso lasciò il posto a un leggero broncio. E se nessuno di quegli uomini avrebbe voluto che lei restasse a New York? Quel pensiero le oscurava il cuore, che tentava di allontanare la paura di un possibile rifiuto.

Capitolo Otto

Dorrie rispose alle telefonate di Archer Canfield e Rick Tarlock, che le chiesero di uscire. Ma era la sera prima dell'inizio delle riprese e lei non poteva vedere nessuno. L'aveva già detto a Johnny, quindi lui non la chiamò. Non avrebbe più avuto nessun appuntamento prima di ripartire.

Dopo aver parlato con Grace altre tre volte e aver chiacchierato a lungo con Megan Duncan, decise che il telefono era il suo unico modo per parlare con quegli uomini della sua opportunità di lavoro a New York. Archer Canfield era il primo della sua lista. *Erano le nove in punto, quindi non era troppo tardi per chiamare.* Lei digitò il suo numero.

"Ciao, Arch."

"Dorrie? Pensavo che fossi molto impegnata."

"Posso parlare al telefono, ma non ho tempo di uscire."

"Che succede, tesoro?"

Lei deglutì. "Volevo parlarti di un'opportunità di lavoro che ho a New York."

"Quindi non stavi scherzando quando siamo andati a cena. Hai davvero un'opportunità di lavoro a New York?" Le sembrò quasi di sentirgli sollevare un sopracciglio attraverso il telefono.

"Come socia di una scuola di danza."

"Meraviglioso! Quando ritornerai?"

"Non ho ancora deciso se accettare questo lavoro o se stare a Los Angeles e lavorare all'episodio pilota della serie *di Hustle and Dance*."

"Oh."

"Potrei tornare qui, se ci fosse qualcosa in più ad aspettarmi."

"Qualcosa in più?"

"Una relazione, magari?" squittì lei, stringendo gli occhi. Lei trattenne il fiato.

"Vorresti dire, ad esempio, con me?" le chiese lui, con tono incerto.

No, con Topolino! "Vorrei che tu ci pensassi per un paio di settimane."

"E poi?"

"E poi ne riparleremo. Così potrai dirmi se questo si adatta alla tua vita. Se vorrai prendere questa direzione." Il cuore le balzò in gola. Si strofinò le mani sudate sui pantaloni.

"E tu?"

"Allora, deciderò se restare o tornare a New York."

"In base a quello che ti dirò?" Lei si mise a passeggiare avanti e indietro dalla porta alla finestre.

"In un certo senso. Forse. Sì, suppongo." All'improvviso, cadde il silenzio. "Ci penserai e mi richiamerai tra circa due settimane?"

"Certo, mia cara. A questo numero?"

"Sì."

"Ti adoro, Dorrie. Spero che tu lo sappia."

"Anch'io, Arch. Ci sentiamo, allora?"

"Come vuoi. Ti telefonerò tra due settimane."

Lei riattaccò e si tuffò sul letto. Era stato più difficile di quanto pensasse. Andò in salone, dove Meg e Chaz stavano prendendo il tè.

"Ti va di unirti a noi?" le chiese Meg.

Dorrie scosse la testa. "Sono troppo nervosa, ma grazie," rispose lei, camminando per la stanza spaziosa, passando da una finestra all'altra.

Meg osservò la sua nuova amica. "Allora? Hai parlato con uno di loro?"

"Con Archer."

"E lui che cosa ti ha detto? Dai, dai, muoio dalla voglia di saperlo."

"Gli ho parlato della proposta di lavoro che ho ricevuto qui e gli ho chiesto di pensare a cosa potrebbe significare per noi..."

"E lui che cosa ha detto?"

"Gli ho chiesto di chiamarmi tra due settimane."

"Due settimane! Non sarai nemmeno qui! Accidenti!"

"Noi saremo a Los Angeles, Meg," ricordò Chaz a sua moglie.

"Oh. Già." Lei sorrise, stringendosi a lui. "Perfetto. Dovrò ancora aspettare due settimane. Accidenti."

Dorrie scoppiò a ridere. "Vedo che questa storia ti interessa molto. Dimmi, chi sarebbe il tuo preferito per me?"

"Non li conosco personalmente, ma ho fatto una scommessa con Chaz." Suo marito le diede un colpetto col gomito. "Oops. Non avrei dovuto dirtelo."

"Una scommessa?" Dorrie spalancò gli occhi. "Allora...su chi puntate?"

"Non vogliamo dirtelo. Giusto, Meg?" Chaz lanciò uno sguardo severo a sua moglie.

"Giusto. Non vogliamo influenzarti."

"Che cosa avete scommesso?" chiese Dorrie. Entrambi arrossirono palesemente.

"Non posso dirtelo neanch'io," disse Meg, distogliendo lo sguardo dalla sua amica.

"Oh, mio Dio! Spero di essere felice ed entusiasta come voi due, quando un giorno mi sposerò."

Chaz si alzò, prese le tazze da tè e la mano di Megan. "È ora di andare a letto. Domani dobbiamo alzarci presto."

"E sarà una giornata intensa!" ribatté Dorrie. "Schiavista!" borbottò Chaz, prendendola in giro.

I tre si ritirarono nelle loro stanze da letto. Dorrie fissò la luna per un po', chiedendosi quali risposte avrebbe ricevuto tra due settimane. La stanchezza di quella giornata impegnativa mise rapidamente fine ai suoi pensieri, mentre il sonno prendeva il sopravvento su di lei.

Il giorno successivo, sarebbe stata impegnata dalla mattina presto fino al tramonto. Dorrie doveva fare le ultime prove. La messa a punto della coreografia richiedeva di provare e riprovare fino allo sfinimento. Tra nervosismo e lacrime, lei riuscì comunque a far lavorare duramente i ballerini.

"Mi ringrazierete quando la vostra esibizione davanti alle telecamere sarà perfetta. Andate a casa. Andate a letto, da soli. Domani dovete arrivare riposati, pronti a lavorare bene." Dorrie si mise la borsa sulla spalla e raggiunse un taxi zoppicando.

Quando lei e Chaz arrivarono a casa, Meg servì la cena. Chaz era stanco quasi quanto Dorrie. Durante la cena, parlarono un po' delle coreografie. Chaz aprì una bottiglia di Cabernet Sauvignon e la sorseggiarono in salotto. Meg si mise ad accarezzare la schiena e le gambe di suo marito, mentre Dorrie si massaggiava la caviglia dolorante.

"Hai intenzione di fare un'altra telefonata?" le chiese lui.

"Fingere di farmi una domanda disinteressata non vi porterà da nessuna parte. Voi siete estremamente ovvi." Dorrie scoppiò a ridere.

"Ok, ok, ci hai scoperti. A chi tocca stasera?"

Dorrie si appoggiò allo schienale, distendendo la gamba su un piccolo pouf. Sospirò e fece un altro respiro profondo.

"Non sono certa di avere abbastanza energia da affrontare un'altra telefonata."

"Ma tra poco partirai," ribatté Meg.

"Forse, farei meglio a dimenticarmi di tutta questa storia." Prendendo il suo bicchiere, si ritirò nella sua stanza. Rick era il prossimo della sua lista.

"Dorrie, pensavo che ora fossi già tornata a Los Angeles."

"No. Cominceremo le riprese la prossima settimana. Drake ti ha chiamato?" Lei si distese sul suo letto.

"Sì, l'ha fatto."

Lei borbottò. *Accidenti! Doveva chiamare Rick prima di lui.*

"Ti ha parlato della mia opportunità di lavoro a New York?"

"Sì. Sembra fantastico. Quando ritornerai?"

"Dipende."

"Da chi di noi tre?" le chiese lui, con un tono di voce sarcastico.

Un sensazione di rabbia si fece strada dentro di lei. *Sei un bastardo vendicativo, Drake.*

"In un certo senso. Mi chiedevo, se io tornassi a New York, che cosa ne sarebbe di noi?"

"Intendi tu e io?"

Smettila di tergiversare. Ci fu un istante di silenzio.

"Che cosa intendi esattamente?"

"Stavo pensando che ho ricevuto una buona offerta per la serie tv di *Hustle and Dance,* ma la vita non è solo lavoro. Se tornassi a New York per lavorare e stare con te…tu saresti interessato?"

"Interessato a te? Sono sempre interessato a te."

"Intendo seriamente."

"Continueresti a frequentare anche gli altri?"

"Solo te. Non è una gara. Accidenti a Drake per avertelo detto. Sto solo cercando di fare una scelta."

"E chi di noi è in vantaggio?"

"Nessuno. Non è così. Accidenti. Non mi sto spiegando molto bene."

"Che cosa vuoi, Dorrie?" Lei percepì l'impazienza nella sua voce.

"Voglio innamorarmi e impegnarmi con un uomo che si impegnerà con me."

Ancora una volta, non vi fu alcuna risposta.

"Sono passati cinque anni…"

"Non devi decidere adesso. Ognuno di voi ha due settimane per pensarci."

"Due settimane? Ok. Posso farlo. Se i nostri appuntamenti futuri saranno come quello che abbiamo già avuto, sarà una passeggiata."

"Quindi mi chiamerai tra due settimane?"

Per dirti se voglio impegnarmi o no?"

"Già. Proprio così." Lei si dimenò sul letto e si alzò.

"Certo. Perché no? Penso che tu sia fantastica e ogni giorno con te sarebbe un dono. Averti costantemente nella mia vita sarebbe fantastico. Ma hai bisogno di un impegno? Ho bisogno di pensarci. Posso richiamarti a questo numero?"

"Sì. Sei d'accordo?" Lei si mordicchiò il labbro.

"Lo capisco. Hai una decisione da prendere. Stai solo cercando di ottenere tutte le informazioni prima di decidere quale lavoro accettare, giusto?"

"Giusto. Tu sei uno che va subito dritto al punto, Rick. Sapevo di poter contare su di te." Lei sospirò.

"Ci sentiamo tra due settimane," disse lui riattaccando.

Dorrie entrò in cucina per prendere un bicchiere d'acqua, ma Megan la fermò.

"Allora?"

"Allora cosa?" Dorrie le lanciò un'occhiata interrogativa.

"Che cosa ti hanno detto? Hai chiamato tutti e tre? Si conoscono tutti tra di loro? Chi è in vantaggio?"

Dorrie scoppiò a ridere. "Calmati." Megan la seguì e la osservò mentre prendeva del ghiaccio e riempiva due bicchieri d'acqua. Le due donne si sedettero al tavolino.

"Ho parlato con Arch e Rick. Entrambi erano d'accordo."

"Hai una vaga idea di quale scegliere?"

"Non esattamente. Adesso resta solo Johnny."

"Vorrei essere una mosca per ascoltare la vostra conversazione!" ridacchiò Megan.

"Vorrei tanto che lo facessi tu al mio posto." Dorrie bevve un bel sorso d'acqua.

"Non sei curiosa di sapere quello che ti dirà?"

"Spero solo che non rifiuti la mia chiamata. Era piuttosto arrabbiato."

"Per gli altri due? E se fosse un buon segno?"

"Chi lo sa? A questo punto, non ho idea di quello che diranno...e ho il vago sospetto che la loro risposta sarà 'grazie, ma no.'"

"Allora resteresti da sola."

"Sì." Lei bevve un altro sorso.

"Quando chiamerai Johnny?"

"Domani, subito dopo aver finito di girare."

"Questo è meglio di un reality show. Buona fortuna." Megan bevve un ultimo sorso di acqua e poi mise il bicchiere nel lavandino.

"Grazie. Ho la sensazione che ne avrò bisogno."

NONOSTANTE SI FOSSE girata e rigirata nel letto per tutta la notte, Dorrie riuscì a dormire abbastanza per alzarsi dal letto e arrivare alle prove in tempo, anche se aveva bisogno di prendere un taxi per farlo. La sua giustificazione per quella spesa era quella di salvaguardare la sua caviglia, il che era vero.

Alle sei del mattino, era già arrivata sul posto per le riprese, per far sì che i ballerini si riscaldassero e facessero qualche prova prima di iniziare a girare. Gunther Quill arrivò cinque minuti dopo. Quando sentì la sua voce, quasi sputò il suo caffè.

"Che cosa ci fai qui?"

"Sei sorpresa di vedere un produttore alle riprese di un film?" Lui la guardò, sollevando un sopracciglio.

"Beh, credo di no. Ma pensavo che avresti mandato un socio o qualcosa del genere."

"E rinunciare alla tua compagnia? Neanche per sogno." Il suo sorriso era tutt'altro che caloroso.

"E come sta Olga, o Ursula, o come diavolo si chiama? Ti ricordi, la tua fidanzata?"

"Vuoi dire Elsa? Adesso è in Spagna per lavoro."

"Sei da solo?"

"Direi di sì. Ma questo può cambiare. Perché non vieni a stare da me? Ho una favolosa suite a L'Chateau. Ti farò un massaggio ogni sera."

"Ci scommetto. Grazie, ma sono ospite da Chaz e Meg."

"Peggio per te. Potremmo divertirci molto insieme." I suoi occhi brillavano di lussuria.

Prima che Dorrie potesse rispondere, arrivarono l'assistente alla regia e lo scenografo per iniziare il lavoro. Dorrie finì di bere il suo caffè e si mise al lavoro con la troupe. I tecnici del suono testarono i microfoni. I tecnici delle luci crearono dei punti luce speciali e calibrarono la luce naturale. Poi, arrivarono i truccatori e i parrucchieri. C'era molto movimento, abbastanza da far dimenticare a Dorrie la proposta di Gunther.

Furono installate tre telecamere. Gunther ascoltò e osservò, abbaiò ordini per un minuto e poi valutò le cose in silenzio. Lei lo guardò, mentre si consultava con l'assistente alla regia su ogni ripresa. L'ammirazione per la presenza imponente di Gunther attraversò il suo muro emotivo. Doveva ammettere che lui era un eccellente produttore. *Ma ciò non vuol dire che io debba permettergli di orchestrare la mia vita. E non ho intenzione di diventare la sua amante. Può licenziarmi, ma non mi farà mai cambiare idea.*

La determinazione si fece strada nel cuore. *Ho intenzione di andare fino in fondo nel mio lavoro, a tutti i costi. Nessuno mi fermerà. Soprattutto Mister "Traditore" Quill.*

"Peccato vedere il broncio su un viso così bello," la rimproverò Gunther.

"Sono concentrata. Molto concentrata. Ho un lavoro da fare. Per favore, lasciami lavorare." Gli passò davanti e chiamò i ballerini sul set.

Fu una giornata lunga. A ogni pausa, Gunther andava a sedersi vicino a lei. Le sussurrava qualcosa all'orecchio o le massaggiava la caviglia. Lei si dimenava sotto gli sguardi inquisitori dei ballerini. *Pensano che io abbia ottenuto questo lavoro perché vado a letto con lui. Accidenti a te, Gunther. Vattene!*

"Spostati. Lasciami respirare!" Lei si scambiò la sedia con qualcun altro per stare lontana da lui.

"Sono attratto da te come una falena dalla luce."

"I ballerini pensano che io vada a letto con te e che abbia ottenuto così questo lavoro."

"Qual è il problema? Facciamo in modo che succeda davvero."

"Gunther! Vattene! Via!" Lei lo respinse di qualche centimetro e lui si allontanò come una volpe che aveva lasciato il pollaio senza prendere nemmeno un pollo.

Chaz la raggiunse. "Che cosa sta succedendo tra te e Gunther? Mi sembra che gestire tre uomini ti stia già stressando abbastanza. Ora sono diventati quattro?"

"Gunther *non è* uno dei miei uomini. E non lo sarà mai."

"Mai dire mai," disse Chaz, agitando il dito davanti a lei. "È un uomo ricco e potente."

"So già com'è stare con lui. Una volta mi è bastata." Lei sospirò.

Chaz cambiò argomento. "Le riprese stanno andando bene," disse.

"Sì, grazie. Finora, tutto bene. Eppure, finché non vedrò quello che hanno, non mi sentirò sicura."

Le diede una pacca sulla spalla. "Tieni duro. Ancora qualche giorno e sarà tutto finito."

"Grazie." Lei gli sorrise. *Impossibile non voler bene a un amico come Chaz.* "A proposito, sei stato davvero perfetto. Semplicemente perfetto. Non cambierei nulla."

Chaz scoppiò a ridere. "Lo diresti a mia moglie, per favore?"

"Megan ti adora," lo rassicurò lei.

"Lo so. Ti sto solo prendendo in giro." Lui le fece un sorriso smagliante.

Alla fine della pausa, Dorrie e Chaz tornarono sul set e ripresero a lavorare. Gunther era appostato sullo sfondo, osservando ogni sua mossa.

DOPO UNA GIORNATA ESTENUANTE, Dorrie aveva bisogno di immergersi nella vasca da bagno. Si tolse la fasciatura dalla caviglia e scivolò nell'acqua calda e schiumosa, sospirando profondamente. Fare il bagno, con l'acqua alla temperatura perfetta, fece calmare i suoi nervi e diede sollievo al suo corpo dolorante. *Era una sensazione meravigliosa.*

Si sedette e pensò di chiamare John Flanagan. Il suo telefono era nella tasca posteriore dei suoi pantaloni, su uno sgabello lì vicino. Lei si mordicchiò il labbro. *Se lo chiamo ora, avrò una scusa per fare una telefonata breve. Scusa, John, devo uscire dalla vasca.*

Lei esitò. *Lui era molto arrabbiato. Probabilmente lo è ancora. Accidenti, non voglio parlargli.* Prese la spugna, la insaponò e si strofinò pigramente la gamba. *Devo capire se è lui quello giusto. Se lo fosse, probabilmente non lo è adesso.* Lei aggrottò la fronte. *Comunque. Devo dargli una possibilità. Non avrei mai dovuto fidarmi di Drake.*

Dorrie si sollevò e si asciugò le mani con un asciugamano. Tirò fuori il cellulare dalla tasca e scivolò di nuovo dentro l'acqua. Compose il numero e appoggiò il cellulare sull'orecchio umido. *Magari non è a casa. Magari è a letto con una ragazza.* La rabbia le ribolliva in petto.

"Dorrie?"

"Sì." Poi cadde il silenzio. *Basta. Sei furiosa prima ancora di parlargli. Dagli una possibilità.*

"Come va? Pensavo che ci fossimo detti tutto quello che dovevamo dirci durante il viaggio di ritorno."

Ahi! Sì, è ancora arrabbiato.

"Non esattamente. Ti devo dire una cosa."

"Sei sempre piena di sorprese, vero? Lascia prima che mi sieda."

"Non è una cosa brutta. Anzi, è una cosa bella. Mi hanno offerto un altro lavoro."

Lei continuò a parlargli del lavoro a New York e del suo dilemma.

"Stai cercando di decidere tra due lavori e tre uomini?"

"Non esattamente." Lei si mordicchiò il labbro. *Sì, esattamente. Non riesco a nasconderti niente, eh?*

"Allora di che cosa si tratta, esattamente?"

Lei rimase senza parole.

"Forse...hai ragione."

"Che cosa vuoi da me? Sai già tutto di me. Che altro c'è da dire?"

"Un'ultima cosa. Per favore." Sapeva che lui non avrebbe potuto resistere alla sua supplica.

"Ok, spara." Lei percepì un tono di esasperazione nella sua voce. Quindi, esitò per un attimo. *Dovrei dimenticarmi di John? È troppo fuori dalla mia portata?*

"Mi prometti di non ridere?"

"Dimmi, dimmi — non riderò."

Lei gli disse che, se lui avesse voluto impegnarsi, lei avrebbe pensato di accettare il lavoro a New York.

"Ti avevo già chiesto di trasferirti da me."

"Me l'hai chiesto quando pensavo di dover tornare a Los Angeles. Sapevi che non avrei rinunciato a questo lavoro per vivere con te. E, quando Drake ti ha parlato degli altri ragazzi, ho pensato che probabilmente avresti cambiato idea." Non ci fu alcuna risposta. Dorrie sollevò un braccio fuori dall'acqua.

"Cos'è stato?" le chiese John.

"Che cosa?"

"Quel rumore!"

"Sono io che sguazzo nella vasca da bagno."

"Sei nuda?"

"Sì."

"Perché non me l'hai detto?"

"Non pensavo che fosse importante."

"Certo che lo è," ridacchiò lui.

"Per te, forse."

"Ok, ok. Torniamo al tuo...piano, o a qualsiasi altra cosa."

"Ascolta, non c'è nessun problema. Lascia perdere. Ho sbagliato. L'ho capito che non sei interessato."

"Ma che cazzo stai dicendo? Prima me lo chiedi e poi rispondi al posto mio, presumendo che non mi interessi. Non posso mai vincere con te, Dorrie, vero?"

Lei rimase in silenzio. *Che cosa diavolo sto facendo?* "Hai ragione. Mi dispiace. Starò zitta e ti lascerò parlare."

"Meglio. Dammi il tempo di pensarci, ok? Non sono mai stato impegnato con una ragazza per più di un paio di mesi. Sono molto impegnato per il mio lavoro, in questo periodo. Posso pensarci?"

"Va bene, Johnny. Lo capisco."

"Non penso che tu mi capisca davvero. Hai dato agli altri due settimane per decidere. O almeno a quel Rick."

"Come diavolo fai a saperlo?"

"Me l'ha detto il tuo caro amico Drake."

Accidenti a lui!

"Allora, posso avere anch'io due settimane?"

Lei sospirò. "Ok, puoi pensarci. Chiamami tra due settimane per farmi sapere cosa avrai deciso."

"Va bene. Grazie."

Lei riattaccò. *Eliminalo dalla lista.* Ormai l'acqua della vasca si era raffreddata e Dorrie iniziò a tremare. Uscì dalla vasca, si avvolse in un asciugamano e si diresse verso la sua stanza. Con indosso un soffice accappatoio di spugna bianca, si sedette alla toletta a spazzolarsi i capelli, quando un colpetto alla porta attirò la sua attenzione. Era Megan.

"Avanti," rispose Dorrie.

"Allora? Che cosa ha detto John?"

"Di eliminarlo dalla lista." Lei raccolse i suoi vestiti e si diresse verso la sua stanza.

"Eliminarlo? Tutto qui? Andiamo, raccontami tutto. Deve esserci qualcos'altro."

Dorrie sentì una fitta al cuore e le lacrime minacciavano di uscire dai suoi occhi. Meg le mise un braccio intorno e Dorrie si lasciò andare. Aveva bisogno di confidarsi con qualcuno e Meg era lì.

"Potremmo prenderci una tazza di tè mentre me ne parli. Non sembri felice."

Dorrie annuì. Megan la accompagnò in cucina e mise a bollire l'acqua per il tè. Lei guardò l'orologio.

"Sono le dieci. Domani sarà una giornata tremenda."

"Solo una tazza. Un quarto d'ora. Penso che tu abbia bisogno di parlare. Io non dirò una parola. Mi limiterò ad ascoltarti."

Dorrie aveva bisogno di raccontare tutto alla sua nuova amica. Avendo perso entrambi i genitori e con suo fratello in Afghanistan, Dorrie era rimasta da sola e aveva bisogno di qualcuno che la ascoltasse. *Mamma, perché non sei qui, quando ho così tanto bisogno di te? Tu sapresti cosa fare.*

Quindici minuti diventarono un'ora. Nonostante la sua poca chiarezza sui suoi sentimenti, Dorrie si sentì sollevata dopo essersi confidata. Meg si dimostrò un'ascoltatrice comprensiva e il suo unico consiglio fu di aspettare le risposte dei tre uomini tra due settimane prima di prendere una decisione.

Il sonno ebbe rapidamente il sopravvento su Dorrie, che era fisicamente ed emotivamente esausta. Non appena chiuse gli occhi, la sua sveglia suonò, dicendole che erano le cinque. Sbadigliò e si stiracchiò per risvegliarsi. Poi, si alzò dal letto. *Oggi gireremo la scena più importante.* Lei sorrise all'idea, sapendo di essere pronta e che i ballerini conoscevano bene la coreografia.

Mentre camminava in punta di piedi verso la porta d'ingresso dell'appartamento dei Duncan, con la sua borsa da ballo su una spalla, si sentì più determinata. *Meg ha ragione. Non prenderò una decisione e non penserò a quei tre per due settimane. Ho del lavoro da fare. Non ho tempo di pensare all'amore.* Chiuse dolcemente la porta e si diresse verso la strada.

Capitolo Nove

Dorrie trascorse i giorni successivi sul set, confrontandosi con l'assistente alla regia e con Gunther. Sebbene fosse sempre stanca, la soddisfazione per il lavoro ben fatto le tirava su il morale. Mentre le riprese si avvicinavano alla conclusione, la sua sicurezza aumentò e l'orgoglio allontanò le sue vecchie preoccupazioni.

Sebbene Gunther fosse un supervisore, si complimentò con lei per il suo lavoro ed espresse la sua soddisfazione per i risultati. Lei apprezzò le sue lodi quando alcuni vecchi sentimenti nei suoi confronti tornarono a farsi strada nel suo cuore.

Dopo aver preso il suo posto sull'aereo per tornare a Los Angeles, fu sorpresa di vedere Gunther sedersi accanto a lei in prima classe.

"Sorpresa?" le chiese, mentre si sedeva e si allacciava la cintura di sicurezza.

"Non dovrei sorprendermi mai di ciò che fai, vero?"

"È vero, sono imprevedibile." Lui sorrise.

"E sei fiero di esserlo, giusto?"

"Certamente."

La hostess portò loro dello champagne. Gunther sollevò il bicchiere per brindare. "Un brindisi. Ottimo lavoro."

Dorrie sollevò la sua flûte e sorrise. *Le sue lodi significano ancora qualcosa per me. A livello lavorativo o personale? Forse entrambi.*

"Sei bellissima."

"Davvero? I miei capelli sono un disastro, e indosso una vecchia maglietta e un paio di jeans. Forza, puoi fare di meglio," ridacchiò lei.

"Dai tuoi capelli, sembra che tu abbia appena finito di fare l'amore. La tua T-shirt mette in evidenza il tuo fisico e i tuoi jeans, beh, non si vede molto da qui."

"Adulatore."

"Forse. O forse sono solo un uomo innamorato."

Dorrie fece una breve risata amareggiata. "Innamorato? Il grande Gunther Quill innamorato? Non credo proprio. Tutti sanno che Gunther è al di sopra dell'amore...che non si fa toccare dalle emozioni umane. È una macchina, una macchina affamata, che prende tutto ciò che vuole, quando lo vuole, buttando via ciò che non è più utile, come la buccia di un'arancia." Lei si voltò verso la finestra. *Perché mi interessa? Non mi importa più niente di lui. Giusto?*

Incuriosita dal silenzio che seguì alla sua stessa domanda, lei lo guardò sbalordita. Lui era appoggiato allo schienale con gli occhi chiusi e teneva con noncuranza le sue lunghe dita intorno al bicchiere di champagne posato sul tavolino.

La sua impeccabile camicia di seta era sbottonata al punto giusto. La pelle pregiata e sottile della sua giacca color cioccolato si modellava alla perfezione sulle sue ampie spalle. Lei vide un lieve rigonfiamento del bicipite, delineato dalla manica aderente. I suoi capelli castano scuro non erano troppo lunghi o troppo corti, ma erano perfettamente rifiniti. Gli donava molto quel taglio di capelli, con la riga da un lato e tutti i capelli in ordine. Qualche capello grigio sulle tempie lo rendeva ancora più attraente.

Il suo aspetto era migliorato negli ultimi tre anni. È molto attraente. Ecco come ha fatto a imbrogliare Grace Brewster. Come un serpente grazioso, si insinua e poi colpisce rapidamente. Non permettergli di fare lo stesso con te.

Lentamente, lui spalancò i suoi profondi occhi marroni e si voltò a guardarla. "Perché mi faresti del male in quel modo, Dorrie? Ti ho ferita?" le chiese lui a bassa voce.

"Non posso farti del male. Tu sei invincibile e hai una bella corazza che ti protegge da me."

"Che cosa te lo fa pensare?"

"Ci ho provato, tre anni fa, e non ci sono riuscita."

"Non esserne così sicura." Lui si avvicinò il bicchiere alle labbra e bevve un sorso.

Dorrie si voltò per guardarlo. Sopraffatta dalla curiosità, doveva sapere come era riuscito a non farsi scalfire e a evitare il coinvolgimento e il dolore emotivo. "Come ci riesci?"

"A fare cosa?"

"A non lasciare mai che ti feriscano."

Lui fece una breve risata forzata e si raddrizzò la schiena. "Stupida ragazza." Lui scosse la testa. "Tutti possono essere feriti."

"Non ho mai visto nessuno ferire te. Specialmente me."

"Solo perché non piango in pubblico, non significa che non abbia delle ferite."

"Quindi ti ho ferito?"

"Che cosa vuoi, Dorrie? Vuoi che ammetta che le tue parole mi abbiano ferito? Ok. L'hanno fatto. Contenta?" Lui fissò il suo bicchiere.

"Mi dispiace." Lei gli mise una mano sul braccio. "Non ti ho mai sentito ammettere che qualcosa ti importi così tanto."

"Non lo faccio mai. Mi sono allenato a non farlo. Non è stato facile, ma ho raggiunto una dimensione in cui mi sento a mio agio. A parte questo."

Nonostante le sembrasse che Gunther cercasse di interrompere la conversazione, la sua affermazione suscitò l'interesse di Dorrie. "In che senso ti sei 'allenato'?"

Il segnale della cintura di sicurezza si accese e la voce del capitano li interruppe. Subito dopo il suo annuncio, la hostess iniziò a recitare le istruzioni di sicurezza. Gunther e Dorrie rimasero seduti in silenzio.

Lui mise la mano su quella di Dorrie, ancora appoggiata sul suo braccio. Lei non la allontanò. Quando l'aereo cominciò a muoversi, la hostess si avvicinò a loro per chiedere cosa volessero mangiare, interrompendo la loro conversazione.

Mentre si preparavano per il decollo, Dorrie punzecchiò Gunther. "Per favore, spiegamelo."

"Che cosa?"

"Non fare questo giochetto con me. Sai di cosa parlo. Allenarti a non provare sentimenti."

L'aereo voltò e si fermò. Poi, il rombo dei motori soffocò le voci e il veicolo alato si mise a correre lungo la pista, sollevandosi in aria prima di raggiungere la fine. Gunther strinse il bracciolo con le dita, così forte da fargli diventare le nocche bianche. *Mmm. Paura di volare? O solo paura dei decolli? Pensavo che non avesse paura di nulla.*

Lei incrociò le dita con le sue e gli sorrise. L'espressione triste sul suo bel viso non cambiò mentre lui continuava a guardare dritto davanti a sé. Quando l'aereo si raddrizzò, lui allentò la presa. Dorrie ritirò la mano.

"Suppongo che avrei dovuto parlarti di Laurel tanto tempo fa."

"Laurel?"

"Vuoi saperlo?" le chiese lui. Lei annuì. "Allora non interrompere." Il segnale della cintura di sicurezza si spense. La hostess portò loro dello champagne. Dorrie si rilassò sul sedile, rivolgendo la sua attenzione a Gunther.

"Laurel è stata il mio primo amore. L'ho conosciuta al secondo anno di college. Era davvero bellissima. Bionda, con un fisico da urlo...e dolce. Non riuscivo a credere alla mia fortuna. Comunque, ero diverso allora."

"Com'è possibile?"

"Mi stai interrompendo," disse lui, indicandola col dito prima di continuare. "Ero un idiota con un gran cuore e ho dato tutto a quella bellissima ragazza. Sciocco e stupido. Eravamo entrambi studenti di teatro, anche se io ero più concentrato sull'aspetto gestionale, mentre lei voleva diventare un'attrice. Siamo rimasti insieme fino alla laurea. In seguito, ci siamo trasferiti in un minuscolo appartamento a New York. Sono stati i giorni più felici della mia vita." Un sorriso gli accarezzò le labbra.

"E poi che cosa è successo?"

"Non mettermi fretta." Lui le lanciò uno sguardo severo. "Laurel ha ottenuto una parte in uno spettacolo off-Broadway. Io ho trovato lavoro come assistente del produttore. Eravamo innamorati e la nostra vita era magica. Ma poi le cose cambiarono."

Dorrie si mordicchiò il labbro e si mise la mano sulla bocca. Lui la guardò.

"Ci sto arrivando. Una domenica pomeriggio, prendemmo un piccolo barbecue e andammo a Bear Mountain per una grigliata. Laurel mi ha detto che sapeva accendere il fuoco e io le ho creduto. Solo che ha usato troppo liquido combustibile. Un solo fiammifero e le fiamme si sono alzate in mezzo secondo, bruciandole i capelli e il viso."

Dorrie ebbe un sussulto.

"In mezzo al bosco, io non..." Lui si fermò e deglutì. "Le ho messo del ghiaccio finché non siamo arrivati in ospedale, ma era troppo tardi e il danno era stato fatto. È rimasta sfregiata."

"Oh, mio Dio," sussurrò Dorrie.

"Ha dovuto lasciare lo spettacolo per guarire. Lei non ha più trovato lavoro. Nessuno voleva un'attrice che aveva perso la sua bellezza. Sei mesi dopo, Laurel si è uccisa."

Dorrie rimase senza parole. Gunther pronunciò quelle parole senza la minima emozione nella voce, ma i suoi occhi raccontavano tutta un'altra storia. Lei vi vide un barlume di dolore e di tristezza. Lui fece un respiro profondo.

"Dopo quella storia, ho deciso che provare sentimenti seri per una donna fosse troppo pericoloso. Ho spento quella parte di me e la tengo spenta da allora. Sono un uomo totalmente pratico, adesso. E mi piace così. Niente dolore, niente paura."

Lui bevve un sorso del suo champagne. Dorrie lo fissò. Sembrava freddo e calmo, ma a lei sembrò quasi di sentire accelerare il battito del suo cuore. Una vena che gli pulsava sul collo lo tradì. Lei gli accarezzò la guancia, si avvicinò e gli diede un piccolo bacio. "Mi dispiace molto," sussurrò lei, appoggiando la mano sulla sua.

"Non preoccuparti. È successo secoli fa."

"Gunther, non devi fingere—"

Lui le afferrò il braccio e allontanò la sua mano. "Se hai intenzione di baciarmi, fallo perché mi vuoi, non per pietà. Non ho bisogno della tua pietà. Era così prima ed è così anche adesso. Io sto bene."

Dorrie indietreggiò, fissando i suoi occhi emozionati, che brillavano sotto i riflettori. Gunther le mise una mano dietro al collo e la tirò verso di sé. Le loro labbra si toccarono, spinte da una passione violenta. Quando la lasciò andare, lei si asciugò la bocca.

"Questo ti sembra un uomo sul punto di piangere?" Il suo sorriso arrogante abbandonò il suo viso quando la sentì sussurrare una risposta.

"Sì."

"Non trasformarla in una soap opera, Dorrie. È successo vent'anni fa. È passato adesso."

"È qualcosa che nessuno potrebbe mai superare. È per questo che tu..."

"Che cosa?"

"Perché mi hai lasciata quando non potevo più ballare? Pensavi che mi sarei uccisa? Ti ho ricordato Laurel?"

"Non dire assurdità. Preferirei stare con una donna di successo. Una donna con un alto profilo in questo campo. È utile per la mia carriera e...francamente, è anche sexy." Lui le sorrise.

"Non mi sembra che la tua carriera abbia bisogno di aiuto."

"Non hai imparato niente? In questo settore puoi essere molto ricercato ed essere dimenticato dopo un minuto. Nessuno ha certezze."

"E allora perché lo fai?"

"Amo il mondo del cinema. L'eccitazione, la sfida..."

"Le donne, il sesso..."

"Che cosa intendi dire?" Il desiderio gli faceva brillare gli occhi.

Lei si zittì. *Lui non è cambiato, ma non avrei mai pensato di potermi dispiacere per lui.*

"Che adesso ti ho capito meglio."

"Oh?" Lui sollevò un sopracciglio. "Questa è una buona notizia. Vuol dire che mi permetterai di trovarti un favoloso appartamento?"

"Significa che ho compassione per te. Non significa che io sia così stupida da accettare un accordo simile." Dorrie si avvicinò la flûte alle labbra.

Lui scoppiò a ridere. "Sei una donna sveglia. Lo sei sempre stata. Sposami, allora."

Lei ebbe un sussulto e rovesciò un po' del suo champagne. "Accidenti!" Gunther chiamò la hostess. Dopo essersi ripulita, portarono la cena. Mangiarono in silenzio.

Lei posò la forchetta e si voltò verso di lui. "Non scherzare mai più così."

"Non era uno scherzo. Lascerei Elsa in un baleno per te."

"Questo vuol dire che avrò successo?"

"Forse."

"Sicuramente non mi faresti questa proposta se ti dicessi che sarò un'insegnante di yoga o un'insegnante di danza, vero?"

"Probabilmente no."

"Proprio non ci arrivi, vero? Sto cercando l'amore. Il vero amore."

"Buona fortuna, allora. È più facile trovare un quadrifoglio."

"Forse. Altrimenti...preferisco stare da sola."

"Una donna come te? Con il tuo...ehm, appetito? Non farmi ridere."

"Non ho detto che smetterò di fare sesso. Ho detto che preferisco stare da sola," ridacchiò lei.

"Capisco. Quindi, ho ancora una possibilità?"

Lei non rispose, tenendosi occupata a mangiare una fragola ricoperta di cioccolato. *Ha ancora una possibilità? Posso amarlo, ma amarlo davvero? Potrebbe ricambiare il mio amore? Ne dubito.*

"Non rispondi?" Lui la guardò, sollevando un sopracciglio.

"Sto pensando." Lei lo guardò per un momento prima di tornare al suo dessert. "Mai dire mai, Gunther."

"Ah. Ho una ragione per sperare! Mi fa molto piacere." Le prese la mano e la baciò, sorridendo come lo Stregatto. "Sei sempre pronto a flirtare e a ingannarmi."

Dorrie allontanò la mano e guardò fuori dal finestrino. Il segnale di *allacciare le cinture* di sicurezza si riaccese, mentre l'aereo iniziava la sua discesa. La voce del pilota si sentì dall'altoparlante e la loro conversazione si interruppe. Gunther sembrava più rilassato rispetto al decollo, ma strinse di nuovo le dita intorno al bracciolo.

Lei gli prese la mano e appoggiò la testa sulla sua spalla. *Un porto sicuro? Gunther o nessun altro?* Lei si rannicchiò un po' su di lui, ricordandosi come stessero bene insieme fisicamente. Sentire il profumo della sua costosa colonia fece riemergere sensazioni ormai dimenticate. *Non mi lascerò sedurre da un dopobarba di quattrocento dollari. Tornerò al lavoro. Eppure, odio stare da sola.*

Si mise a sedere, rivolgendo i suoi pensieri alla sequenza successiva da filmare, e fece a Gunther una domanda sulla scenografia. Lei continuò a parlargli fino all'atterraggio. Mentre percorrevano la passerella, lui le prese la mano, tirandola verso di sé. Le baciò i capelli e sussurrò: "Grazie." Lei gli sorrise, mantenendosi al passo con lui mentre si dirigevano verso l'area di ritiro bagagli.

Il viaggio dall'aeroporto, persino nella limousine di Gunther, fu molto lungo. Il traffico era denso, come al solito. Lei era irrequieta, ansiosa di tornare nel suo letto e nella debole sicurezza del suo piccolo appartamento.

Una sua coinquilina aveva un piccolo ruolo in un film ed era sul set. L'altra stava lavorando come assistente di uno scenografo. Trascorsero la serata a raccontarsi le ultime novità e Dorrie andò a letto presto. Rimase sveglia pensando alla sua vita. *Tre uomini ora sono diventati quattro. Potrei tornare di nuovo con Gunther? E se mi lasciasse? E Archer? Non abbiamo mai dormito insieme, prenderebbe un impegno prima ancora di fare sesso? C'è qualcosa in lui...non lo so. Rick sembrava molto interessato. C'è chimica tra di noi. Mi porterà nelle sue case del fine settimana o rinuncerà ad andarci per poter stare con me?*

Johnny. È una causa persa. È arrabbiato con me. Ma mi ha già chiesto di andare a vivere da lui. Voglio farlo? Non lo farò senza un impegno da parte sua. Potrei essere felice con lui? Perché litigo con lui tutto il tempo? Troppi precedenti.

Potrebbe essere peggio di Gunther, no? A lui importa di me, almeno credo. Ma a lui importa davvero di qualcuno? La sua mente continuava a porsi domande, ma non trovava nessuna risposta. Quei pensieri la fecero girare e rigirare nel letto per due ore, prima di abbandonarsi a un sonno agitato.

Il mattino dopo, alle sette, si trascinò fuori dal letto per essere in studio alle otto. Era arrivato il momento di iniziare i preparativi per le riprese della prossima sequenza di danza. Basta riprese all'esterno, sarebbe stata a Los Angeles per il resto del film. Quando arrivò, Gunther era lì. Era tutto preso dal lavoro e stava parlando con il regista e lo scenografo. Dorrie riunì i ballerini per gli esercizi di riscaldamento. Quindi, dovevano aspettare.

Loro si sparpagliarono e lei rimase seduta da sola finché Chaz non la raggiunse. Confrontarono gli appunti sulla prossima scena da girare. Chaz prese due limonate dal tavolo del catering e ne porse una a Dorrie.

"Meg vuole che ti chieda se ci sono novità su quei tre."

"Solo Meg?" Lei sollevò un sopracciglio e sorrise.

"Ok, ok. Anch'io." Lui arrossì leggermente.

"Nessuna novità." *Non dire niente di Gunther. Andranno fuori di testa.*

"Accidenti! Questo è più frustrante della reality TV, Dorrie. Deciditi, ragazza."

"Due settimane non sono ancora finite."

L'assistente alla regia chiese di fare silenzio e Chaz prese la sua posizione. Dorrie lo guardò, felice di avere la mente libera dal dilemma che la assillava.

Si appoggiò allo schienale, lasciandosi assorbire dalla scena. La performance di Chaz Duncan fu brillante. La sessione finì dopo dieci riprese. Le riprese di tre scene durarono tutto il giorno. La scena di ballo fu posticipata fino al giorno successivo. *Sbrigarsi e aspettare. Tipico.*

Dorrie ascoltò pazientemente i ballerini che si lamentavano, poi spiegò loro che questo non era insolito nel mondo del cinema. Era grata di aver passato un'intera giornata senza ossessionare gli uomini della sua vita. *I tre uomini della sua vita. O forse quattro? No, tre. Gunther non è uno di loro.* Lei prese la borsa e si diresse alla sua macchina, salutando Gunther al passaggio.

LA GIORNATA NON ERA ancora finita per Gunther Quill, mentre guardava Dorrie allontanarsi dal set. Era abituato ad avere lunghe giornate durante le riprese di un film. Più lunga era la giornata, più era probabile che lui rientrasse nel budget, o almeno che vi si avvicinasse. Oggi la sua mente vagava dai problemi sul set all'adorabile giovane donna che aveva lasciato andar via tre anni prima.

Dorrie è ancora bella. Forse ancora di più adesso che ha il seno più grande. Chissà se è ancora focosa come prima a letto! Forse.

Gunther distolse lo sguardo dal suo corpo per esaminare una lista. Lui sapeva che ci sarebbe stata una cena di lavoro con il regista e che forse avrebbe lavorato fino a tarda notte per risolvere i problemi del set e dell'illuminazione. Lui sospirò. *Problemi, problemi. Perché le cose non vanno mai bene?* Pensò a quanto avrebbe preferito stare a letto con Dorrie invece di stare a mangiare del cibo che non avrebbe nemmeno assaporato perché durante la cena sarebbe stato costantemente ansioso per il film.

Lui sapeva cosa doveva fare; doveva assicurarsi che quel film fosse grandioso e portasse molti incassi al botteghino. Aveva bisogno di un grande successo e aveva bisogno dei soldi. Il suo stile di vita era rapidamente diventato più costoso. Voleva un'auto più elegante, più vestiti italiani fatti su misura, magari un autista e gioielli costosi, regali e cene per Elsa.

Aveva un'immagine da mantenere e questo richiedeva denaro, molto denaro. Con la stessa rapidità con la quale il denaro era arrivato, era stato divorato dai suoi gusti più esigenti e dalle sue sempre maggiori necessità. Non tutto il denaro, perché lui non era un uomo incauto. Tuttavia, spendeva metà del suo denaro non appena lo incassava.

Gunther aveva bisogno di continuare a lavorare e a fare film di successo, in modo da poter guadagnare più denaro. Dopo ogni film, si riprometteva di smettere di spendere così tanto, ma non lo faceva. Il suo consulente finanziario si impegnava a mettere da parte la metà del denaro disponibile e a utilizzarlo per fare investimenti, prima che Gunther potesse sperperarlo.

Lui ed Elsa attiravano l'attenzione dei media quando cenavano in ristoranti costosi. A ogni première, lei indossava i gioielli che lui le aveva regalato. Lei era la donna perfetta da sfoggiare per un produttore ricco e di successo. *Avrebbero riso di Dorrie, con i suoi gusti semplici e i suoi modi timidi. Lei non sarebbe mai stata una vera star del cinema.* Scosse la testa e ridacchiò della sua stessa ingenuità. *Come ho fatto a pensare che lei potrebbe essere come Elsa? Sono stato uno stupido.*

Dirigendosi verso il parcheggio, pensò a quanto Dorrie somigliasse a Laurel. *Non me ne sono accorto finché lei non ne ha parlato in aereo.* Non avrebbe mai ammesso che lei non si sbagliava riguardo a lui. Quando si era rotta la caviglia, aveva il terrore che lei potesse porre fine alla sua carriera come aveva fatto Laurel. E lui era un vigliacco, così l'aveva lasciata e scaricata, per non sentirsi responsabile o per non dover affrontare la sua desolazione per aver rinunciato al suo sogno di una vita.

La vergogna ebbe il sopravvento su di lui al solo pensiero. *Le ho dato del denaro e l'ho aiutata a rimettersi in piedi.* Tuttavia, nel suo cuore, sapeva che aveva compiuto quelle azioni per placare il suo senso di colpa. La verità era che lui l'aveva abbandonata proprio quando lei aveva più bisogno di lui.

Ora lei non faceva parte dei suoi programmi e del suo grande progetto per diventare il più grande e il migliore. Voleva essere ricordato alla stregua di Steven Spielberg, Rob Marshall, Robert Zemeckis, George Lucas e Martin Scorsese. *Hustle and Dance* era una grande opportunità, anche se lui non era l'unico produttore del film. Aveva in programma di ottenere il maggior merito possibile per quel film. *Dopotutto, sto lavorando più di tutti gli altri.*

Imparare tutto ciò che c'era da sapere sui musical era una priorità assoluta. Mentre Spielberg e Lucas avevano la loro nicchia, Gunther aveva deciso di lasciare il segno nei grandi musical di successo: una specialità stimolante, in quanto il mercato per quel tipo di film era molto più ridotto di quello della fantascienza e dei film d'azione. Aveva studiato tutto ciò che Rob Marshall aveva fatto con *Chicago.* Ora, sarebbe stato il turno di Gunther.

Dopo la sua intelligenza e abilità, la sua risorsa più grande sarebbe stata quella di avere la donna giusta al suo fianco. Sebbene Dorrie avesse un piccolo pezzo del suo cuore - forse l'unico pezzo rimasto - Elsa era la donna adatta a recitare la parte della signora Quill. Nonostante lei non fosse brava a letto come Dorrie, Gunther credeva che le sue *attività extraconiugali* avrebbero colmato ogni frustrazione sessuale nella sua relazione con Elsa. *Lei andrà bene finché avrò qualche avventura extra, che mi dia degli stimoli. Starò con lei, anche se solo per pochi anni, finché non otterrò il massimo.*

Dopo esserci riuscito, avrebbe trovato una donna più giovane. Poi avrebbe avuto dei figli a cui lasciare la sua eredità e per dare a qualcuno l'amore che gli era mancato nella sua vita. *Solo i figli ti amano senza condizioni.* Aveva già fatto un accordo con Elsa per non avere figli, così avrebbero potuto concentrarsi sulla loro carriera. Tuttavia, lei non sapeva che quell'accordo aveva una scadenza. Anche a cinquant'anni, avrebbe ancora potuto avere figli, e intendeva farlo, preferibilmente prima di allora.

Mentre saliva nella sua *Ferrari* rossa e accendeva il motore, pensò a Dorrie. Il leggero borbottio del motore lo fece sorridere. *Questa macchina è la più prestigiosa di Hollywood. Un altro passo di Gunther Quill verso la classifica dei dieci migliori produttori.* Le aveva fatto la proposta solo per vedere la sua reazione.

Era rimasto sorpreso che lei non l'avesse rifiutato in modo più ostile. Non si aspettava che lei accettasse, ma ora era preoccupato. *E se lei cambiasse idea? Il mio piano sarà rovinato. Comunque, stare con lei è meraviglioso. Non posso permettermi di pensarla così se diventerò il numero uno.*

La tristezza, senza che lui quasi se ne accorgesse, si insinuò nel suo cuore. Lui strinse le spalle. *Il prezzo della fama e del successo? Immagino di sì. L'amore può passare in secondo piano, sempre che ci sia.* Lottando un po' per allontanare i pensieri di Dorrie dalla sua mente, mise in moto l'auto e si diresse verso il Satin Club, l'esclusivo club privato dove, quasi tutti i giorni, pranzava con uomini importanti. Mentre guidava, la sua mente tornò a Dorrie. *Darei qualsiasi cosa per trascorrere solo un'altra notte con lei.*

Capitolo Dieci

Lavorare giorno e notte in studio fece passare due settimane in un lampo. Dorrie non vide mai la luce del giorno, poiché trascorreva intere giornate all'interno, dall'alba fino a tarda sera. Le prove e gli allenamenti, per fare in modo che tutti restassero in forma tra le varie riprese, gli incontri con il regista e persino con Gunther — che era tutto concentrato sul lavoro — la tenevano molto impegnata. Aveva a malapena il tempo di mangiare o di dormire, figuriamoci di pensare ai tre uomini che avrebbero potuto chiamarla.

Sentendosi esausta già molto prima che la giornata finisse, Dorrie fece una pausa, sperando che un tè alle erbe potesse ricaricare la sua energia e il suo spirito. Troppo su di giri per restare seduta, camminò dal tavolo artigianale alla toilette delle donne, poi tornò indietro. Il fischio del bollitore attirò la sua attenzione. Si versò una tazza e si lasciò cadere su una sedia comoda. Dopo un sorso, fu interrotta dal suono del suo cellulare. Temendo un messaggio arrabbiato di Gunther o un altro cambiamento del programma da parte dell'aiuto regista, posò con riluttanza i suoi occhi stanchi sullo schermo, restando piacevolmente sorpresa.

Era un messaggio di Rick.

Stai lavorando? Io sto andando negli Hamptons. Chiamami stasera, sarò sveglio fino a tardi.

Con amore,

Rick

Con amore, Rick? Lei sorrise. *È stato il primo a rispondere. Significa che non vede l'ora di sentirmi? Con amore?* La sua energia aumentò e lei continuò gli esercizi con rinnovato vigore. Quando la caviglia cominciò a farle male, si sedette in disparte e diresse i ballerini.

Una sensazione di leggerezza le riempì il cuore. Adesso, il crescente timore che nessuno di quei tre uomini l'avrebbe chiamata si era alleviato. Anche se non avesse saputo più niente di Archer o di Johnny, almeno Rick l'aveva chiamata. Questo significava che lui voleva una sorta di relazione con lei. Non riuscì a trattenere un sorriso e, dopo le prove, corse a casa per chiamarlo.

"Ciao, Dorrie."

"Ciao, Rick. Ti ho chiamato, come mi avevi chiesto." Si sentiva stanca, ma un'energia nervosa attraversava il suo corpo. Si mise a passeggiare nel suo piccolo appartamento, troppo nervosa ed eccitata per stare ferma.

"Giusto. Sono passate due settimane."

Lei aspettò, ma il silenzio si fece più lungo, così iniziò a parlare. "Hai pensato a ciò di cui abbiamo parlato l'ultima volta?"

"Sì."

"E?" lo sollecitò lei.

"Oh, stai aspettando la mia risposta. Lo capisco. Sarebbe bello riaverti a New York e sì, mi piacerebbe vederti più spesso."

Dorrie smise di sorridere. *Che cosa vuol dire?* "In che senso più spesso?"

"Tutti i giorni della settimana in cui vorrai vedermi."

"Anche durante il weekend?" Lei si mordicchiò il labbro.

"Ho ancora una casa negli Hamptons e una baita nel Vermont."

"Quindi, per circa sei mesi all'anno, andresti via nei weekend?"

"Più o meno è così."

"Non c'è posto per me lì?"

"Le stanze appartengono alle stesse persone da sette, otto anni. Non credo che qualcuno abbia intenzione di rinunciare."

"Ma non ci porteresti me?" Lei si mordicchiò il labbro.

"Non c'è spazio."

"Non potremmo dormire nel tuo letto?"

"Sono due letti singoli. Sono alto un metro e novanta, Dorrie. Inoltre, condivido la stanza con Gordon."

Lei stava per rispondergli, ma esitò e serrò i denti intorno all'indice. Lei si mise a camminare su e giù per l'appartamento.

"Dorrie? Sei ancora lì?"

"Ci sono." La stanchezza prese il sopravvento e, senza energie, lei si lasciò cadere su una sedia imbottita.

"Allora? Era questo che stavi cercando?"

"Non esattamente. Questo è quello che abbiamo avuto cinque anni fa." Lei cominciò a massaggiarsi la caviglia.

"Allora ci vedevamo solo una volta alla settimana. Spero che, quando tornerai, potremo frequentarci quasi tutti i giorni della settimana. È diverso."

"Lo è." Lei si calmò quando capì ciò che lui le stava offrendo. "Frequenteresti qualcun'altra durante i weekend?"

Questa volta fu lui a tacere. "Non lo so. Non ci avevo pensato. Forse sì, ma forse no."

"Oh."

"Questo è davvero difficile, Dorrie. Ci sono un sacco di 'e se?' Non ho tutte le risposte. Perché non torni? Così potremo affrontare la vera realtà, invece di una realtà ipotetica."

"Sei sicuro di volere che lo faccia?" Lei appoggiò il piede sul tavolino da caffè.

"Oh, piccola, certo. Sei molto sexy. Mi sto innamorando di te e non credevo che sarebbe mai successo."

"Davvero? Mai?"

"Beh...voglio dire. Ehm...non mi immaginavo di innamorarmi per un altro paio d'anni."

"Ho cambiato i tuoi piani." Sapeva che lo stava mettendo in difficoltà, ma proseguì.

"Sì, l'hai fatto. Sei speciale."

Le lacrime le offuscarono gli occhi. *Voglio che qualcuno pensi che io sia speciale, abbastanza speciale da non frequentare altre donne.*

"Quello che hai detto è molto dolce, Rick." disse lei, con la voce tremante.

"Pensaci. Devo andare. È tardi e iniziamo presto in estate. Ti amo, piccola." Lui mise giù in un lampo, prima che lei potesse dire qualcosa.

"Già. Si inizia presto. La tua 'altra' vita."

Dorrie mise giù il telefono e si infilò nel letto. Si mise a fissare il soffitto. *Quello che può darmi è abbastanza? Dovrei rinunciare alla possibilità di fare una serie per un 'forse' di Rick? Andiamo molto d'accordo. Non lo so. Perché è così difficile?* Lei si rigirò nel letto, immaginando i vari scenari della vita con Rick a New York.

Non riuscendo a trovare una posizione comoda, diede un pugno sul cuscino e tentò di distendersi su un fianco, ma il sonno non arrivava. Per tutto il tempo, la sua mente passò da un'idea all'altra. Mise sul piatto della bilancia la loro chimica sessuale e la totale mancanza di impegno da parte di Rick. Ogni volta, i due elementi non erano bilanciati.

Alzò lo sguardo verso la luna, che risplendeva attraverso la finestra. Quella vista era davvero romantica. "Non prenderti gioco di me, signora Luna." *Non posso lasciarmi trasportare dal romanticismo.* "Dico sul serio. Voglio essere speciale. Dovrà frequentarmi anche il sabato sera. Altrimenti, me ne andrò." Determinata nel suo intento, la stanchezza prese finalmente il sopravvento. Si voltò e si addormentò in pochi secondi.

AL RISVEGLIO, DORRIE era spenta e intorpidita. Una sbirciatina all'orologio le fece capire che era in ritardo. *Merda, sono le cinque e mezza!* Balzò giù dal letto e indossò i suoi vestiti. Il suo cuore iniziò a battere all'impazzata quando la sua vecchia macchina non partì subito. *Devo sostituire questo vecchio macinino. Quando?* Non c'era tempo per acquistare un'auto e non aveva ancora finito di pagare tutto, quindi avrebbe dovuto aspettare.

Quando attraversò di corsa la porta dello studio, Gunther le lanciò un'occhiata arrabbiata, mentre indicava il suo orologio. Lei sollevò le spalle.

"Ballerini! Davanti e al centro. Riscaldatevi," ordinò lei, prendendo un bagel e un caffè dal tavolo del buffet. Si sedette e urlò le istruzioni mentre li guidava per la coreografia. Gunther si avvicinò.

"Allora, gireremo questa scena oggi?" gli chiese lei, guardandolo.

"È il mio programma. Ma questo dipende dal regista e da quella dannata telecamera!" Lui si oscurò in volto.

"Ah, i problemi di un produttore." Lei scosse lentamente la testa.

"Risparmia la tua comprensione," rispose lui freddamente.

"Era solo una battuta."

"Non sono dell'umore giusto per scherzare, oggi. I ballerini sono pronti?"

"Sì."

"Bene. Una cosa in meno sulla mia lista. Amy!" urlò lui, guardandosi intorno in cerca della sua assistente. "Dove diavolo è quella ragazza? Non c'è mai quando ho bisogno di lei. Amy!"

"Calmati, Gunther. È la quinta assistente che hai avuto quest'anno."

"E ognuna è peggiore di quella precedente. Amy! Accidenti, dove sei?"

"Sei fortunato che nessuna di loro sia mai entrata con un fucile e ti abbia sparato."

"Che cosa intendi dire?"

"Sei il peggior capo che abbia mai visto."

Una ragazza timida, con i capelli castani e ispidi, apparve come per magia. "Amy! Grazie a Dio. Dove diavolo eri?"

"Alla toilette."

"Smettila di bere così tanta acqua. Ho bisogno di te. Basta pause per la toilette. Dov'è la lista che ti ho dato stamattina?"

Amy tirò fuori un blocchetto dalla borsa e prese una penna. "Eccola."

"Bene. Cancella dalla lista la voce 'scena di ballo.' Adesso controlliamo quella telecamera..." Gunther si allontanò borbottando contro Amy, che lo seguì a passo spedito. Dorrie non riuscì a trattenere una risatina. *Certe cose non cambiano mai.*

Lei si alzò e fece un po' di stretching e di piegamenti, prima di unirsi agli altri mentre provavano la coreografia. Durante la pausa, controllò il suo cellulare e trovò un messaggio da parte di Archer.

Non sapevo quale fosse il momento migliore per chiamarti. Così, ti ho mandato un messaggio.

Per favore, chiamami quando puoi.

Con amore,

Archer

L'assistente alla regia le si avvicinò a grandi passi. "Tocca a voi."

Dorrie ripose il suo telefono e chiamò i ballerini. Li condusse sul set e, quando tutti presero il loro posto, rivolse i suoi pensieri al suo messaggio. *Con amore, Archer? Intende dirlo davvero o lo dice solo per educazione, come solo Arch sa fare? Non ho tempo di pensarci adesso.*

Sperando che qualche rapido respiro calmasse il battito del suo cuore, cercò di allontanare Archer Canfield dai suoi pensieri e di concentrarsi sulla scena. Quando tutti furono al loro posto, sentì borbottare e si voltò per vedere Gunther che conversava con un cameraman, intento ad accarezzarsi la barba.

"Maledetta telecamera!" gridò lui, allontanandosi dal set. Gunther si voltò verso di lei. "Ripresa numero dieci," disse, prima di seguire il tecnico arrabbiato.

"Pausa!" esclamò Dorrie a voce alta. I ballerini si allontanarono, andarono a prendere delle bottiglie d'acqua e si sedettero in piccoli gruppi a gambe incrociate sul pavimento.

Gunther ritornò, tenendo un braccio intorno alle spalle del cameraman. Parlava con lui a voce bassa, camminando lentamente. L'uomo annuiva, con le mani nascoste nelle tasche dei jeans. "Manderanno una nuova telecamera," urlò Gunther a Dorrie. Lei gli lanciò un'occhiata inquisitoria. "Non arriverà prima di due ore."

I ballerini borbottarono, proprio come Dorrie. Lei si appartò e prese il suo telefono. *È il momento perfetto per chiamare Archer.* Trattenne il respiro e digitò il suo numero.

"Dorrie, tesoro!"

"Ciao, Arch." Lei si allontanò molto dagli artisti che le stavano intorno.

"Come stai, dolcezza?"

"Bene, tu?"

"Benissimo. Sono già passate due settimane?"

"Non credere che io ci caschi, Archer Canfield. Sei l'uomo più organizzato che io conosca.", disse lei sorridendo.

"Ti sto solo prendendo in giro, mia cara. Hai ragione, ovviamente. Sono passate due settimane."

"Allora, che cosa hai deciso?"

Lei lo sentì schiarirsi la gola. "La vita non è semplice come potresti pensare."

"Oh?" Lei si mordicchiò il labbro. *Non credo che mi piacerà ciò che sta per dirmi.*

"Non sono stato completamente sincero sulla...mia vita."

Me lo sentivo che c'era qualcosa di lui che non sapevo. Voglio sapere di che si tratta? Immagino che lo scoprirò comunque. "Parla."

"Non è facile."

Lei si sedette su una sedia pieghevole e fece un respiro profondo. "Sono pronta. Spara."

"Prima di conoscerti, c'era Alice."

"Alice?"

"Molto prima di conoscerti. Alice e io...noi...beh, noi ci siamo sposati."

"Sposati?" ribatté lei.

"Calmati, tesoro."

"Non chiamarmi tesoro!" Lei arrossì in volto e il cuore iniziò a batterle all'impazzata.

"Per favore, Dorrie. Lasciami finire."

Lei appoggiò la schiena e cercò di calmarsi. "Continua."

"Alice e io siamo stati sposati per tre anni prima di avere un terribile incidente d'auto."

Dorrie rimase in silenzio ad ascoltare.

"Lei ha riportato una brutta ferita alla testa e non si è più ripresa da allora. Col passare del tempo, la sua condizione è peggiorata...tanto che ho dovuto metterla in un...istituto."

"Un istituto?"

"Credo che qui le chiamiate case di cura."

"Oh. Capisco."

"Non può più parlare molto, ma mi riconosce."

"È per questo che sparisci ogni domenica?" Il cuore di Dorrie si ammorbidì.

"Quella è la giornata che dedico ad Alice. Lei non vede l'ora di vedermi."

"Deve essere difficile per te."

"Alice era l'amore della mia vita. Ci amavamo molto." Lei colse un tono triste nella sua voce.

"Oh, Arch...mi dispiace molto per te," gli rispose con le lacrime agli occhi.

"I dottori mi hanno detto che continua a peggiorare. Gli avvocati mi hanno consigliato di divorziare da lei per motivi economici, ma non ci riesco."

Un momento di silenzio cadde tra di loro.

"Non so quanto tempo le resti," disse lui, quasi sussurrando. "Ma ho bisogno di avere le domeniche libere per lei, finché...non arriverà quel giorno. So che lei farebbe lo stesso per me."

Una lacrima le scorse sulla guancia. *Oh, mio Dio! Archer.*

"So che non avrei dovuto portarti a cena, baciarti e tutto il resto. Non sono riuscito a resistere. Non facevo che sognarti dall'ultima volta che ci eravamo visti. Spero che tu non sia furiosa."

"Non lo sono," disse lei sussurrando.

"Per quanto riguarda il tuo ritorno a New York, ne sarei davvero felice, ma non posso sposarti. Non adesso. Comunque, potremmo vivere insieme. Oppure potrei prendere un appartamento per te, ma ho la sensazione che non sia ciò che stai cercando."

Dorrie si coprì il viso con la mano, asciugandosi le lacrime col pollice. "Oh, Arch. Hai ragione, non potrei farlo. Voglio qualcosa che tu non puoi darmi."

"Mi dispiace molto, tesoro. Un'altra volta, in un altro posto...forse..."

"Forse."

"Ti amo, lo sai. L'ho sempre fatto."

"Lo so.", rispose lei, col mento tremante.

"Mi prenderei davvero cura di te. Davvero."

"Per favore, non dire così. È una vera tentazione," disse lei singhiozzando.

"Non vuoi neanche provarci?"

"No, mi dispiace."

"Tentar non nuoce. Non hai idea di quanto questo mi renda triste. È stato difficile per me quando sei andata a Los Angeles la prima volta.

Sono stato depresso per diverse settimane dopo che tu sei partita, ma questo è molto peggio."

"La nostra è la relazione del quasi, Arch." Dorrie prese un fazzolettino dalla tasca.

"Accidenti, la vita fa schifo."

"Già," rispose lei, con un senso di pesantezza nel petto.

"Quindi questo è un addio?"

"Credo di sì." Lei alzò lo sguardo per osservare il soffitto, sbattendo rapidamente le palpebre.

"Forse non per sempre."

"Per favore, è un'ipotesi troppo macabra da prendere in considerazione."

"Certo, hai ragione. Buona fortuna, tesoro. Ti auguro di trovare la felicità."

"Te lo auguro anch'io."

Dorrie mise giù il telefono e si mise a fissare il vuoto. La risposta di Archer non era esattamente quella che si aspettava. Il trauma di conoscere la sua situazione l'aveva fatta arrabbiare e intristire allo stesso momento. I suoi sentimenti per lui rimbalzavano nel suo cuore come i vestiti in un'asciugatrice e continuavano a girare senza mai asciugarsi. *Vorrei vivere con lui? Lui mi ama. Potrebbe andare peggio, ma è sposato e questo non va bene. Provo ancora qualcosa per lui? Forse.*

Era così immersa nei suoi pensieri che, quando Gunther la chiamò, lei non lo sentì. All'improvviso, lui le si avvicinò e lei ebbe un sussulto.

"Per l'amor del cielo, Dorrie! Che cosa c'è che non va? Sembra quasi che tu abbia appena perduto la tua migliore amica. Forza! È arrivata la nuova telecamera. Tra un quarto d'ora riprenderemo a girare."

Lei si alzò dalla sedia e osservò Gunther con uno sguardo inespressivo, prima che le sue parole le penetrassero nella mente. "Andiamo, forza. Evan, Stella, Damon..." Chiamò tutti i ballerini per nome e si diresse verso il set. *Ci penserò più tardi.*

Le riprese durarono fino alle undici. Una limousine stava aspettando Gunther davanti al marciapiede. Lui le offrì un passaggio verso casa.

"Dov'è la tua macchina elegante?"

"Al negozio."

"E che cosa ne faccio della mia macchina?"

"Quella specie di macinino? Lasciala qui. La riprenderai domani mattina."

"E come torno qui?"

"Se passerai la notte con me, la mia limousine ti riporterà qui domani mattina."

La stanchezza la fece ridere così forte da toglierle quasi il fiato.

"Venire qui con te domani mattina? Per far vedere a tutti che ho passato la notte con te, mentre cerco di mantenere un comportamento professionale? Stai scherzando."

Lui si irrigidì.

"Non stai scherzando? Capisco. Smettila di cercare di sedurmi, di farmi proposte, di rapirmi, di ingannarmi o qualunque altra cosa. Ok? Ti ho già detto che non sono interessata."

"Non puoi biasimarmi per averci provato."

Lei si avvicinò a lui e indicò con l'indice il suo petto robusto. "Oh, davvero? Certo che posso biasimarti. E lo faccio! Ho avuto una giornata complicata. Lasciami in pace." Con quelle parole, lei si diresse verso il parcheggio, pregando che la sua bagnarola partisse al primo tentativo. Per fortuna, lo fece e lei poté tornare a casa.

Le sue coinquiline non erano in casa quando lei aprì la porta. Si preparò un vodka and tonic, sperando che la aiutasse a rilassarsi. Dopo essersi gettata sul divano e aver appoggiato i piedi sul tavolino da caffè, cercò di rielaborare le informazioni ottenute da Rick e Archer.

Rick vuole una ragazza con cui trascorrere la settimana, esclusi i weekend. Archer vuole un'amante. Io non voglio niente del genere. C'è ancora Johnny. Sorrise tra sé. *Johnny.* Appoggiò la schiena sui cuscini del divano e chiuse gli occhi. Le immagini del tempo trascorso con lui durante la rimpatriata le ritornarono in mente. La partita a pallavolo, lui che la riportava a casa, fare l'amore con lui.

Una sensazione di calore le si insinuò nel cuore. Le sue dita ebbero un fremito ricordando la sensazione di toccare il suo petto, la sua schiena e altre parti del suo corpo. Lei si leccò le labbra. *Johnny mi ama. Mi ha già chiesto di andare a vivere con lui.* Si sentì più sicura di sé. Un messaggio di Gracie attirò la sua attenzione.

Dorrie compose il numero di telefono della sua amica.

"Chi è il vincitore? Sto morendo dalla curiosità."

"Nessuno, ancora."

"Almeno hai eliminato qualcuno?"

"Oh, sì. Archer e...forse Rick."

"Già due?"

"Sono un po' stanca, Gracie. Spero che tu capisca se metto giù e vado a letto. Domani mattina devo anche alzarmi presto."

"Certo, chiamami se vuoi parlare. Ti voglio bene."

"Ti voglio bene anch'io."

Dorrie lavò il suo bicchiere e lo mise nello scolapiatti ad asciugare. Si tolse i vestiti e si coricò nel suo lettino. *Ah, come sarebbe bello distendermi in un letto grande e comodo insieme all'uomo dei miei sogni! Magari insieme a Johnny? Per quanto riguarda Rick, mi sembra che lui voglia la la botte piena e la moglie ubriaca. Non è pronto per una relazione. Non mi ha nemmeno promesso che non uscirà con altre donne nei weekend in cui andrà via. Non mi porterà con lui. Non posso tornare indietro. Mi dispiace, Rick, puoi darmi solo una parte di te e per me non è abbastanza.*

Lei si rigirò nel letto, osservando la luna con la fronte aggrottata. Prima di poterle fare qualunque domanda, si addormentò.

Capitolo Undici

Due settimane diventarono tre e lei non ricevette nessuna notizia da Johnny. Dorrie stava lavorando molto duramente. Ogni sera, immergeva la caviglia nell'acqua e cambiava la fasciatura. La sua debole caviglia la limitava molto e lei smetteva di danzare prima che cedesse.

Ogni giorno, facevano sempre più prove. Molte volte lei e i ballerini della troupe si sedevano a osservare le riprese. Sembrava che il momento dell'ultima coreografia non arrivasse mai.

Finalmente, comparve nel programma. Altre due settimane prima dell'ultima ripresa. Dorrie cercava di non pensare a Johnny, ma lui si insinuava nei suoi pensieri. Il pomeriggio dopo la comunicazione del nuovo programma, ricevette un messaggio.

Scusami se non ti ho contattata prima, ma sono stato fuori città per lavoro. Stasera sarò a casa. Da solo. Togliti i vestiti e chiamami. Con amore, John.

Johnny era sempre Johnny. Lei sorrise, sentendosi sollevata. *Forse è quello giusto. Tempismo perfetto. Il film è quasi finito e io posso tornare a New York. Non si è più parlato del primo episodio di una serie, quindi forse non si farà. Mi piacerebbe tornare e andare a vivere con Johnny. Magari anche qualcosa in più.*

Dorrie chiuse il telefono e se lo mise in tasca.

"Siamo pronti per cominciare, Dorrie," disse l'aiuto regista.

Lei si alzò e riunì i ballerini, che raggiunsero i loro posti per la coreografia. Qualche scivolone, una caduta e qualche ballerino che non andava tempo prolungarono le riprese. Dorrie arrivò a casa alle undici, esausta. *Se non chiamerò Johnny, penserà che lo sto ignorando.* Si tolse le scarpe, si versò un bicchiere di moscato e si distese sul letto prima di digitare il suo numero. La leggerezza inondò il suo cuore, in vista di una conversazione amorevole.

"Allora, che si dice nella costa occidentale?"

"Tutto bene, Johnny. In realtà, sono esausta. E tu?"

"Sto bene. Sono già passate due settimane, più o meno."

"Più o meno."

"Ti avrei chiamata prima, ma ero in viaggio per lavoro."

"Come va il lavoro?"

"Alla grande! Mi hanno incaricato di occuparmi di un nuovo piano di espansione."

"Buon per te."

"Mi hai chiamato per chiedermi se ho preso una decisione, giusto?"

"Sì."

"Ok, eccola qui. Credo che tu sappia quello che provo per te. Non sono bravo con le parole, lo sai. Preferisco agire." Lui ridacchiò.

"Continua." Lei alzò lo sguardo.

"La mia opinione? Siccome mi importa molto di te, ti consiglierei di restare a Los Angeles. Accetta il lavoro per l'episodio pilota e, se tutto va bene, per la serie."

"Cosa?" ribatté lei.

"Sì. È la cosa migliore per te...per la tua carriera. Tornare a New York, anche se mi piacerebbe molto averti qui con me, non sarebbe un bene per te. Ti chiederesti sempre che cosa sarebbe successo se avessi accettato quel lavoro. Capisci cosa intendo?"

Dorrie si mordicchiò il labbro inferiore. "Non vuoi che torni per stare con te?"

"Ho detto questo? No. Mi stavi ascoltando? Ovviamente no! ho solo detto che rinuncerei alla tua compagnia perché tu possa seguire il tuo sogno. Se lo spettacolo non avesse successo, potresti sempre tornare a New York."

"Non mi vuoi?"

"Dorrie!" esclamò lui. "Certo che ti voglio. È proprio perché ti amo che sono disposto a rinunciare a te, per permetterti di avere ciò che vuoi davvero."

"E se ciò che voglio davvero fossi tu?"

Cadde il silenzio. Johnny lo infranse, parlando dolcemente. "Tu...vuoi me?"

"Tu cosa pensi?" Lei si mise una mano sul fianco.

"Ho bisogno di sentirtelo dire."

"Il punto di questa conversazione è se vuoi che io torni a New York. Evidentemente, non c'è niente di cui parlare." Lei serrò la mascella.

"Aspetta! Non riagganciare!"

Lei si rimise il cellulare all'orecchio. "Perché no?"

"Non parliamo da un po'. Stai uscendo con qualcuno?"

"Sto frequentando trecentocinquanta uomini diversi, tutti di nome Robert." Lei non riuscì a trattenere una risatina.

Lui scoppiò a ridere. "Immagino. Seriamente."

"Nessuno di speciale. In realtà, non sto frequentando nessuno."

"Se dicessi che mi dispiace, sarei un bugiardo." Lui ridacchiò.

"E tu?"

"Praticamente, faccio la vita di una suora...o meglio, di un prete. Sono anche molto impegnato col lavoro."

Bene. Forse stai crescendo.

"Vorrei che tu fossi qui, piccola."

È solitudine quella che sento? John Flanagan da solo? Noooo.

"Anch'io." Lei si passò una mano tra i capelli.

"Per favore, cerca di capire quello che ti sto dicendo, Dorrie."

Lei raddrizzò la schiena. "Ci sto provando, Johnny. Ma tutto ciò che mi fai capire è che non ti interessa."

"Non è così. Mi interessa più di quanto tu possa mai immaginare." Poi, lui sospirò. "La comunicazione verbale non è mai stata il nostro forte, vero?"

Lei sorrise. "Credo di no."

"Mi sembra che sia il difetto di entrambi."

"Già."

"Pensa a quello che ti ho detto. Si sta facendo tardi e domani mattina presto avrò una riunione."

"Ok."

"Ti amo, Dorrie."

"Sì, certo."

Riuscendo a malapena a nascondere il suo tono di voce emozionato, lui concluse dicendo: "Buonanotte, piccola."

"Notte."

Lei mise giù il telefono e si ributtò sul letto. *Grandioso. Nessuno vuole che torni a New York e qui non ho un lavoro.* Le lacrime iniziarono a scorrerle sulle guance. Mettendo il viso sul cuscino, Dorrie iniziò a singhiozzare. La stanchezza fermò le sue lacrime e la costrinse ad asciugarsi le guance e a spegnere la luce. Il sonno arrivò rapidamente.

Quando alle cinque suonò la sveglia, lei era a malapena in grado di muoversi. Pur lavandosi il viso con abbondante acqua fredda, non riuscì a cancellare il gonfiore dai suoi occhi. La tristezza oscurò il suo umore. *Hustle and Dance* era quasi finito. Mancavano solo le riprese di una breve sequenza di ballo. Alla fine delle riprese, lei aveva in programma di festeggiare con Meg e Chaz. Ma bere champagne e ridere con i suoi amici non era molto allettante.

Ancora una volta, lei e il suo gruppo di ballerini dovettero aspettare. Ogni mezz'ora, faceva far loro degli esercizi per mantenere i muscoli attivi ed evitare infortuni. Meg era sul set. Mise una sedia accanto a Dorrie, che era grata della sua compagnia.

"Allora, che cosa mi dici di quei tre?" le chiese Meg.

Dorrie alzò le spalle. "Niente. Nessuno di loro vuole che io torni."

"Cosa? Mi riesce difficile crederci."

"Archer è sposato. Mi ha proposto di diventare la sua amante. No, grazie."

"Wow, che sorpresa!"

Dorrie annuì. "Puoi dirlo forte. Rick vuole che torni e continui a uscire con lui, magari anche più spesso, ma non nei weekend. Andrà via ogni fine settimana per sei mesi. E probabilmente andrà anche a letto con altre donne. Non va bene."

"Davvero? Sembrava che voi due aveste un ottimo rapporto."

"Non è pronto a impegnarsi e io non sono interessata ad altro."

"Porta avanti le tue idee, Dorrie." Meg diede una pacca sulla spalla alla sua amica. "Che mi dici di Johnny? L'hai più sentito?"

"Con due settimane di ritardo!"

"Davvero?" Meg aggrottò la fronte. "Spara. Che cosa ti ha detto?"

"Mi ha detto...di non tornare." Dorrie si premette i palmi delle mani sugli occhi per fermare le lacrime. Meg l'abbracciò.

"Non intendeva questo, vero?"

"Ha detto che sarebbe meglio per me restare qui per l'episodio pilota. Per la mia carriera."

"Ha ragione."

"Ma non sono stata ingaggiata per il pilota, se ce ne sarà uno."

"Lo sarai. Deve aver detto qualcos'altro."

"Sì. Ha detto che lasciarmi andare vuol dire che lui mi ama davvero. Assurdo."

"Inaspettato." Meg le strinse la mano.

"Ora, non ho nessun posto dove andare dopo le riprese del film."

"Puoi tornare a New York. Resta con noi. Meg accarezzò la schiena di Dorrie, facendola sorridere.

"Grazie, Meg. Potrei dover tornare per guadagnarmi da vivere. Johnny ha ragione su una cosa."

"Davvero?"

"Restare a lavorare sul pilota, e poi sulla serie, sarebbe un sogno che si avvera. È un lavoro duro, ma mi piacerebbe e guadagnerei anche molto bene."

"Incrociamo le dita."

"Se non è già troppo tardi."

"Scena di ballo!" urlò l'assistente alla regia.

"Eccoci," disse Dorrie, alzandosi in piedi. "Grazie per l'incoraggiamento, Meg."

Lei trascorse la giornata a fare le riprese sul set, ma troppe disavventure impedirono loro di fare una coreografia perfetta. Alle dieci in punto, interruppero il lavoro.

"Sarà meglio che domani ballino bene," sibilò Gunther.

"Lo faranno. Sono solo nervosi. Per aver aspettato tutto questo tempo."

"Non posso farci niente. Stiamo investendo denaro in questo film. Abbiamo un certo budget a disposizione e non possiamo andare troppo oltre." Gunther la mise alle strette. "Fa' in modo che ballino bene."

La stanchezza prese il sopravvento e Dorrie scoppiò a ridere. "Sai quanto tutto questo suoni stupido?"

"Non c'è niente da ridere."

"Lo so. Domani ce la faremo."

"Meglio così."

"Buonanotte, Gunther." Lui si voltò per lanciarle un ultimo sguardo arrabbiato, prima di incamminarsi verso la sua limousine. *Anche a te, stronzo.* Dorrie si massaggiò il collo e zoppicò verso il parcheggio. La sua caviglia la stava uccidendo.

Quando tornò a casa, le sue coinquiline stavano ridacchiando e bevendo vino in salotto. La loro allegria irritò Dorrie.

"Che cosa c'è di così divertente?"

"Marsha ha ottenuto una parte in un episodio pilota per una serie."

"Congratulazioni," borbottò Dorrie.

"Potresti conoscerla, Dorrie," disse Marsha. "Si tratta di *Hustle and Dance*. Spero che il pilota venga approvato."

"Che cosa?" Dorrie spalancò gli occhi e si fermò.

"Non è il film al quale stai lavorando ora?" chiese Greta.

"Sì. Quando hanno iniziato i casting per il pilota?"

"Mi hanno chiamata per l'audizione due settimane fa."

Dorrie sentì un enorme peso sul petto. *Quindi, hanno deciso di non ingaggiarmi. Due settimane? E Gunther, quando pensava di comunicarmi questa brutta notizia?*

"Congratulazioni," borbottò di nuovo Dorrie, dirigendosi verso la sua stanza. Riuscì a chiudere la porta prima di scoppiare in lacrime. Si buttò sul letto, piangendo e facendo dei profondi singhiozzi. *Ritornerò a New York con la coda tra le gambe.* Pianse fino ad addormentarsi.

Ancora una volta, la sveglia suonò alle cinque e Dorrie era ancora assonnata, gonfia e depressa. *Questo è l'ultimo giorno. Forse farò una breve vacanza. Ho bisogno di riposare.* Quando si alzò, la sua caviglia iniziò a pulsare. Dopo aver preso un po' di ibuprofene, recitò una preghiera silenziosa e girò la chiave nella sua vecchia macchina, che partì senza intoppi. *Non c'è bisogno di cambiarla. Non ho bisogno di un'auto a Manhattan.*

Lei sospirò. Amava sapere di avere la libertà di guidare fino alla spiaggia ogni volta che aveva del tempo libero. Ora, quella sua abitudine sarebbe appartenuta al passato. *Un altro giorno. Dio, ti prego. Fa' in modo che oggi le riprese vadano bene.*

La stanchezza che provava era dovuta sia al suo stato emotivo che a quello fisico. Si fasciò la caviglia, che le faceva ancora male. I ballerini sembravano riposati.

"Ballate bene oggi. Per favore. Dopo, potrete tornare tutti a casa."

Amy si fermò a dare un assegno a Dorrie.

"Lo stavo aspettando." Lei sorrise alla ragazza.

"Gunther me l'ha dato due settimane fa. Mi dispiace, ho dimenticato di dartelo. Per favore, non dirglielo. Mi ucciderebbe."

Il suo sguardo impaurito suscitò la comprensione di Dorrie. "Lo capisco. Non dirò una parola."

Amy si rilassò in viso, abbassò le spalle e le sorrise. "Non so per quanto tempo potrò ancora lavorare per lui."

"Lo capisco. Non è un uomo semplice."

"È un maledetto tiranno!" La sua espressione tranquilla si accese.

"Shhh. Eccolo che arriva." Dorrie piegò la busta e la infilò nella sua borsa.

"Meglio che ballino bene, oggi, Dorrie," disse lui in tono tagliente.

"Lo faranno."

"Amy, non ti avevo chiesto di fare qualcosa?" Gunther si voltò a guardarla.

"Oh...davvero?"

"Dovresti essere tu *a* ricordartene. Non posso ricordarmi tutto! Ecco perché ho un'assistente. Vieni qui. A dopo, Dorrie." Gunther si allontanò, con Amy alle sue spalle.

"La tiene al guinzaglio," disse Meg. Tenendosi la mano di Chaz, si avvicinò a Dorrie.

"Tocca a me, Meg. Puoi guardare da qui. Non protestare." Chaz prese una sedia per sua moglie. Lei fece il gesto di cucirsi le labbra.

"Fate in modo che vada bene, altrimenti Gunther vorrà la mia pelle."

"Che cosa può farti? Niente." Chaz camminava a grandi passi accanto a Dorrie mentre si avvicinavano al set.

"Non mi ingaggerà mai più. Distruggerà la mia reputazione nel settore, tanto per cominciare."

Chaz trattenne il respiro. "Ho fatto una domanda stupida."

Dopo venti minuti di esercizi di riscaldamento, i ballerini presero la loro posizione. Un paio di prove erano tutto ciò di cui sembravano aver bisogno. Poi, le telecamere iniziarono a riprendere. Dorrie si mordicchiò il labbro e strinse forte le mani davanti a sé mentre guardava.

Un'ora diventò due. Due diventarono tre. Dopo cinque ore, il regista aveva una versione su pellicola di cui era soddisfatto. Dorrie emise un profondo respiro. I ballerini applaudirono e sorrisero.

"Stasera ci sarà una festa da Sal's, Dorrie. Ti va di venire?" le chiese Donnie, uno dei ballerini.

"Grazie, ma la mia caviglia mi sta uccidendo. Andate a festeggiare. Avete fatto tutti un lavoro magnifico." *Solo perché non sono in vena di festeggiare, non devo buttare giù di morale anche tutti gli altri. Non devo nemmeno spiegare perché.*

Scrollò le spalle e raggiunse gli altri. Chaz e Dorrie raggiunsero Meg.

"È stato fantastico. Questo film avrà un grande successo."

"Non dite così! Troppa fiducia può mandare a picco un film," disse Chaz.

"Quindi, se ti preoccupi ogni secondo, le cose migliorano?" Meg guardò suo marito, aggrottando la fronte.

"Non esattamente. Ma non essere troppo sicuri di sé vuol dire impegnarsi di più. Essere più perfezionisti."

"A proposito di perfezionisti," disse Dorrie, indicando il retro dello studio. "Eccolo che arriva."

Gunther Quill si avvicinò, con un'andatura tranquilla e il viso rilassato e sorridente. "Ottimo lavoro, Dorrie."

"Grazie." Lei si sedette su una sedia e si massaggiò la gamba.

Gunther la guardò preoccupato. "Come va la caviglia?"

"Andrà bene. Con un po' di riposo, il dolore sparirà."

Gunther si abbassò a massaggiarle l'articolazione. "Lo spero. Dovrai essere in piena forma. Cominceremo a lavorare sul pilota la prossima settimana."

"Buona fortuna," disse Dorrie, cercando di trattenere la rabbia.

"In che senso 'buona fortuna'?"

Lei lo fissò in silenzio per un momento, prima di distogliere lo sguardo per nascondere le lacrime che si stavano accumulando nei suoi occhi.

Ma Gunther non era un uomo facile da ingannare. Lui le prese il mento per farla voltare. "Perché queste lacrime?"

"Non puoi aspettarti che io sia felice che tu abbia ingaggiato qualcun altro per fare le coreografie del pilota, Gunther." La sua voce tremò un po', nonostante lei cercasse di sembrare forte.

"Non ho ingaggiato nessun altro. Ho ingaggiato te. A proposito, dov'è il contratto firmato? Mi serve prima di incontrare il regista."

"Non mi hai ingaggiata."

"Certo che l'ho fatto. Smettila di scherzare. Non è divertente."

Dorrie si alzò in piedi. "Non sto scherzando! Non ho un contratto."

"Amy non te l'ha dato?"

Lei scosse la testa.

"Credo che ucciderò quella ragazza prima di stasera."

Lui si guardò intorno e la chiamò, ma non ricevette nessuna risposta. "Probabilmente si nasconde nella toilette delle donne."

"Gunther, non puoi andare lì dentro."

"Oh, davvero? Guardami." Lui si diresse verso il bagno e spalancò la porta. Facendo capolino, urlò il nome della ragazza, prima di indietreggiare. Dopo pochi secondi, Amy uscì dal bagno dispiaciuta e raggiunse Gunther.

Dorrie capì che lui stava sbraitando contro quella ragazza dal modo in cui lei indietreggiava e il collo di Gunther diventava rosso. *Non impara mai. Quello non è il modo di trattarla.*

"Che mostro!" disse Meg sottovoce.

"Un mostro potente, però," intervenne Chaz.

"Lui non è davvero un mostro, vuole solo sembrarlo. Ama intimidire le persone...per avere il controllo."

"Sembra che stia funzionando con Amy," disse Meg.

Mentre i tre osservavano la scena, Amy si avvicinò a una valigetta, vi frugò un po' dentro e tirò fuori una busta di Manila. Poi, si diresse verso Dorrie. "Scusami tanto. Avrei dovuto dartela due settimane fa, insieme all'assegno. Mi dispiace molto. Spero di non averti rovinato la vita."

"Nessun problema. Grazie, Amy. Meglio tardi che mai." *In realtà, hai rovinato la mia vita per un po'. Ragazzina, devi fare attenzione.* Quando Amy si allontanò, Dorrie diede una sbirciatina all'interno.

"Non vi dispiace se la leggo, vero?" Il cuore iniziò a batterle all'impazzata. *Potrebbe essere l'inizio di una grande carriera.*

"Aprila!" esclamò Chaz.

Dorrie sollevò attentamente la linguetta e tirò fuori il contratto, un documento di circa dodici pagine, scritte al computer, con interlinea doppia. Il suo cuore si gonfiò d'orgoglio mentre teneva in mano quel documento sacro. I suoi occhi lo scrutarono, leggendo tra le parole, comprendendo a malapena ciò che vi era scritto. Voltò le pagine finché non trovò la parte riguardante il compenso. Si mise la mano davanti alla bocca per lo stupore. La cifra andava oltre quello che si aspettava. Molto oltre. *Che Dio ti benedica, Gunther. Ora posso comprare una nuova auto. E prendere un appartamento tutto per me.* Lei sorrise.

"Immagino che il compenso sia buono," disse Chaz.

Lei annuì, poi alzò lo sguardo. Gunther stava tornando verso di loro, agitando una penna in mano. Quando si fermò davanti a Dorrie, lei gli gettò le braccia intorno al collo e gli diede un bacio.

Lui le mise una mano sulla schiena. "Non posso permettere che continui a guidare quel macinino. Non è un bene per lo spettacolo."

"Grazie mille. Sono davvero entusiasta!" Lei batté le mani una volta.

"Allora, rendiamolo ufficiale," disse lui, porgendole la sua penna stilografica.

Dorrie scosse la testa. "No, no, non se ne parla. Non finché il mio avvocato non ci darà un'occhiata." Lei rimise il contratto dentro la busta e nella sua borsa.

"Non ti fidi di me?"

Lei scosse la testa.

"Ragazza sveglia." Lui si mise a ridere e rimise la penna nel taschino. "Amy ti manderà un'e-mail con il programma della prossima settimana. Presumo che tu sia libera."

"Certamente."

"Nessun uomo che ti aspetta col motore acceso per portarti a Bora Bora?"

"Gunther..."

"Bene. Perché dovrai farti il culo. È un culo delizioso, ma dovrai lavorare davvero sodo. L'episodio pilota dovrà essere perfetto. Riceveremo il premio se la serie verrà approvata."

"Sarò pronta."

"Dovrai esserlo. Altrimenti dovrai risponderne a me." Con quelle parole, Gunther Quill si allontanò come una nuvola di polvere, seguito da Amy.

"Wow! È un vero tiranno," disse Megan.

"È un tipo difficile, ma ha degli standard elevati. In questo modo, i film sono migliori."

"Giusto."

"Reciterai nell'episodio pilota?" chiese Dorrie, rivolgendosi a Chaz.

"Sì. Non sono sicuro di voler fare la serie, se verrà approvata. Ma ho intenzione di fare un tentativo."

"Ottimo! Un bravo ballerino su cui posso contare."

"Che ne dite di festeggiare stasera?"

"Raggiungiamo i ragazzi da Sal's. Faranno una festa lì."

"Facci strada," disse Chaz, prendendo la mano di Megan.

Capitolo Dodici

Dopo aver festeggiato da Sal's, alle due Dorrie arrivò barcollando a casa. Chaz e Meg le diedero un passaggio a casa nella loro limousine perché era troppo ubriaca per guidare. Ci mise cinque minuti a cercare di inserire la chiave nella serratura, per poi rendersi conto che la porta non era nemmeno chiusa a chiave.

Iniziò a ridere così forte da non riuscire a restare in piedi. Scivolando sulla parete per sedersi a gambe incrociate sul pavimento, cadde a terra, ridendo in modo isterico e svegliando le sue coinquiline. Loro la raggiunsero, intontite, lamentandosi.

La sollevarono e la misero a letto, togliendole le scarpe e coprendola con una coperta. Il mattino dopo, Dorrie non si ricordava niente. Prima di risvegliarsi totalmente vestita nel suo letto, stava facendo un brindisi con Gunther.

Tornò a distendersi, troppo ubriaca per alzarsi, ma allungò il braccio per raggiungere la sua borsa da danza. Dopo averla aperta, estrasse la busta di Manila. "Non stavo sognando," borbottò lei a voce alta.

Tenendo tra le dita quel documento di carta pregiata, con la sua grande occasione per il futuro scritta sopra, il suo cuore si riempì d'orgoglio. *È da tutta la vita che l'aspetto. Una pausa. Una possibilità di fare ciò che amo.*

La sua mente si rivolse ai suoi tre uomini. *E se uno di loro avesse detto 'sì, torna a New York e sposami,' e io avessi accettato? Ora, sono libera di accettare quest'offerta e di avere un po' di successo, anche se il pilota non verrà approvato. Il mio nome diventerà noto, sia con il film che con il pilota. Mi arriverà più lavoro.*

Immediatamente, capì cosa aveva cercato di dirle John Flanagan. La vergogna ebbe il sopravvento su di lei, quando si ricordò il modo orribile in cui l'aveva trattato. *Lui sapeva cosa fosse meglio per me prima che io me ne rendessi conto. Mi dispiace, Johnny.*

Sedendosi lentamente, Dorrie piegò le ginocchia e si toccò la caviglia. Era un po' debole, ma non le faceva male, e questo la fece sorridere. Si diresse verso il bagno, prendendo una tazza di caffè durante il tragitto. Dopo aver preso l'ibuprofene, aprì la doccia e vi entrò. L'acqua che le scivolava addosso alleviò i suoi sintomi, facendola sentire meglio. Lei preparò una lista mentale di cose da fare.

Dopo aver firmato il contratto, andrò a comprare un'auto nuova. Non una di seconda mano. Un'auto nuova. E nemmeno la più economica. Una bella auto. Quell'idea la fece sorridere. Mentre si lavava il corpo e i capelli, una sensazione di benessere le scorreva nelle vene. Quella era la ricompensa per tutto il suo impegno e per la creatività che aveva messo nel suo lavoro. Si meritava di essere ingaggiata per il pilota e anche per la serie.

Dorrie spedì il contratto tramite *Fedex* a Grant Hollings a New York. Adesso, dietro consiglio della sua amica Grace Brewster, era lui il suo avvocato. Grant, il cognato di Grace, aveva fatto un ottimo lavoro col contratto per il film. Le aveva detto che sarebbe stato la sua priorità assoluta.

Nell'attesa, lei cercò qualche appartamento più grande e provò alcune auto nuove. La *Mazda Miata* era un sensuale modello sportivo che adesso poteva permettersi. Al telefono, fece un sondaggio tra i suoi amici per scegliere il colore dell'auto. Per quanto le piacesse il rosso, non stava bene con i suoi capelli ramati. Scoppiando a ridere, Gracie e lei decisero che "un'innocente tonalità di blu" sarebbe stata la migliore.

"La tua auto sarà l'unica cosa innocente che avrai," scherzò Grace.

Dopo tre settimane, Dorrie firmò il contratto e ricevette il suo primo assegno. Tre riunioni furono programmate e posticipate. Quando le passò l'entusiasmo per essere stata scelta per il pilota, la tristezza prese il sopravvento. Nemmeno l'acquisto di nuovi vestiti per la prima riunione e la sua nuova auto migliorarono il suo umore.

Il successo non è lo stesso senza un uomo speciale con cui condividerlo. Le mancavano i suoi tre ragazzi.

Gunther la portò fuori a cena per festeggiare dopo la loro prima sessione con il regista. Le era sembrato molto affascinante mentre le ripeteva la sua proposta.

"Non cercare un nuovo appartamento. Permettimi di prendertene uno," le aveva sussurrato. Ma lei aveva resistito, anche se lui stava diventando sempre più invitante, perché la solitudine iniziava a far sentire il suo peso.

Prima di andare a dirigere lo studio di danza a New York, aveva frequentato per alcuni mesi un ragazzo norvegese di nome Anders. Tuttavia, lui era tornato in Norvegia allo scadere dei suoi sei mesi di lavoro a Los Angeles per la sua azienda. Si erano divertiti. Lui era molto diverso, divertente e dolce. Ma entrambi sapevano che non sarebbe durata per sempre.

Dorrie aveva avuto alcuni fidanzati "non per sempre" da quando lei e Gunther si erano lasciati. Così, lei aveva deciso di continuare a frequentare degli uomini senza impegnarsi in una relazione seria. L'abbandono di Gunther l'aveva devastata. Restare da sola era un bene per i suoi sentimenti feriti e i suoi nervi fragili. *Non farsi aspettative le permetteva di non avere delusioni. Solo che adesso questo non le bastava più. Sono pronta per qualcosa in più.*

Dovendo affrontare un intenso programma di lavoro per molte ore e avendo anche bisogno di un po' di tempo per far riposare la sua caviglia, non aveva molte opportunità di conoscere qualcuno. *Forse sul set?* Quelle relazioni erano potenzialmente esplosive. *Se ci lasciassimo male e dovessimo continuare a lavorare insieme?* Lei rabbrividì a quel pensiero.

Prese in considerazione i siti di incontri su Internet, ma i suoi pensieri si rivolgevano sempre di più verso un determinato uomo. Un uomo a New York. Trascorrere il suo 'giorno in più' con quell'uomo le aveva fatto capire che era lui quello a cui donare il suo cuore. Solo che adesso era bloccata.

Forse dovrei sposare Gunther? Lui non sarà mai fedele. Almeno, non resterò sola. Lui dice di amarmi, ma è molto freddo, esigente...difficile. Non posso sposare Gunther. Non posso nemmeno andare a convivere con lui, giusto?

Le numerose telefonate con Gracie non l'aiutarono a decidere cosa fare. Anche parlare con Meg era altrettanto inutile. Entrambe le avevano consigliato di non ricominciare in alcun modo a frequentare Gunther. Lei decise di seguire il loro consiglio, anche se lo vedeva a ogni riunione e cominciava a provare qualcosa per lui.

Magari possiamo diventare amici. Gunther diceva sempre che non c'erano amici nel loro lavoro. Il lavoro nel cinema e l'amicizia non erano compatibili e chiunque dicesse che non era così era un bugiardo. All'epoca gli credevo, eppure lo considero ancora un mio amico. Tuttavia, non mi fiderei troppo di lui. Lei rise delle proprie idee e di come Gunther l'avrebbe ridicolizzata per aver creduto persino a lui.

Dopo due mesi di riunioni, era giunto il momento di fare un provino ai ballerini. Gunther aveva fatto organizzare le audizioni ad Amy e lei non aveva fatto il suo lavoro. Quindi Dorrie prese in mano la situazione.

"Ho intenzione di licenziare quella ragazza."

"Amy?"

"È incompetente. Non fa mai una cosa giusta."

"Tu la terrorizzi."

"Allora? Le dirò che cercherò un assistente per lei. Le lascerò fare i colloqui e, quando assumerò qualcuno, la licenzierò. La persona nuova potrà prendere il suo posto. Sono furbo, eh?"

Lui si voltò a guardarla.

"Diabolico."

Lui si mise a ridacchiare. "Sei una vera adulatrice, Dorrie."

Le audizioni erano programmate per tre settimane. Il primo giorno, Dorrie si trattenne per riordinare e prendere appunti. Quando finì di scrivere, mise 'Il lago dei cigni' nel suo lettore CD. Alzando il volume mentre toglieva gli oggetti di scena dal palco, la musica la commosse.

Dopo giorni e giorni di riposo, la sua caviglia era più forte. Quando arrivò la parte della morte del cigno, scoppiò in lacrime. Nella sua mente, riaffiorarono i ricordi di quando ballava quella scena, la sua preferita di tutto il balletto. Aveva ballato nel *Lago dei cigni'* alla scuola di balletto ogni due anni da quando aveva dodici anni. La danza classica era perfetta per Dorrie. Lei era nata per diventare una ballerina e aveva sviluppato l'amore per la musica classica fin dalla terza elementare, quando aveva ricevuto il suo primo CD musica classica per Natale.

La madre di Dorrie era stata una pianista e aveva suonato nell'orchestra di Baltimora, prima di conoscere suo padre. Evan Rodgers era un agente finanziario che apprezzava le cose belle della vita, come la musica classica e una moglie straordinaria. Era morto l'11 settembre, durante l'attentato alle Torri Gemelle. La madre di Dorrie si era risposata dopo tre anni ed era andata a vivere in Europa con il suo nuovo marito. Erano rimasti uccisi in un incidente in barca. Dorrie era rimasta devastata dalla rapida perdita di entrambi i genitori nella sua giovane vita.

Un dolore familiare ebbe il sopravvento su di lei. I suoi muscoli risposero. Iniziò a muoversi a suon di musica, eseguendo *jetés* e *pirouettes* magnificamente, pur essendo passati più di tre anni. Il suo corpo si sciolse mentre ballava. Le sensazioni della danza e il dolore di non potersi più esibire crearono in lei delle emozioni che conferivano grazia e sentimento a ogni suo movimento.

Con la coda dell'occhio, scorse un leggero movimento tra le quinte. Un'alta figura si nascondeva nell'ombra, ma lei non riusciva a distinguere chi fosse. Aveva interrotto la sua concentrazione, facendola vacillare.

"Gunther! Vieni fuori! Riesco a vederti. Mi hai fatto perdere il ritmo."

Ma l'uomo non si mosse. Lei si voltò ancora una volta prima di fermarsi, con i pugni saldamente appoggiati sui fianchi. "Vieni fuori!" Il suo volto si oscurò e lei corrugò la fronte. Mentre quell'uomo faceva il suo ingresso in palco, la luce rivelò la sua identità. Dorrie spalancò la bocca e rimase in silenzio per lo stupore. Lui si fermò a una certa distanza da lei, per permetterle di riprendere fiato.

"Johnny?"

LUI USCÌ DALL'OMBRA. "Felice di vedermi?" Si fermò davanti a lei, con indosso un abito blu scuro e una cravatta a righe, più bello che mai.

"Che cosa ci fai qui?" Il suo battito cardiaco aumentò, facendole quasi balzare il cuore in gola.

"Bella accoglienza." Lui scosse la testa mentre le si avvicinava. Prese Dorrie tra le braccia e la baciò a lungo e con passione. Lei si sciolse. Lui sollevò la testa. "Felice di vedermi?"

"Felice? Più che felice." rispose lei, con le lacrime agli occhi.

"Non piangere, piccola. Sono qui per te."

"Per me?" La speranza entrò nel suo cuore.

"Accidenti, a volte sei davvero ottusa. Mi sono trasferito qui, per stare con te."

"Non scherzare con me." Lei scosse leggermente la testa.

"È vero." Lui le mise le mani intorno alla vita.

"Ma che mi dici di quel nuovo piano di..."

"È qui." Lui sorrise.

"Qui?" L'adrenalina iniziò a scorrerle nelle vene.

Lui annuì. "Già. Sei sorpresa, eh?"

"Ti sei trasferito qui per stare con me?" Voleva disperatamente credergli, ma la paura della delusione la fece esitare.

"Siamo fatti per stare insieme, Dorrie. Tu ed io. È sempre stato così. Ero troppo stupido per capirlo e poi sei tornata."

"Oh, Johnny," sussurrò lei, avvicinando le labbra alle sue. Lui le prese la bocca in un bacio affamato, mentre le sue forti braccia la stringevano così tanto che tra di loro non passava nemmeno un filo d'aria. Lei accese il suo fuoco, affondando le dita sui suoi muscoli attraverso la giacca del suo abito e premendo il seno sul suo petto. *Forse, se non mi lascio andare, non finirà mai.*

Poi, lui fece una pausa per riprendere fiato. "Mio Dio, sei più bella che mai," disse lui, passandole le dita tra i capelli.

"Proprio così. Ed è tutta mia." disse Gunther, raggiungendo il palco.

"Chi è questo tipo?" sussurrò Johnny a Dorrie.

"Gunther, smettila. Vattene via."

"Me la sono già presa, quindi puoi tornartene a casa." Gunther fece il gesto di scacciarlo con la mano. Johnny si oscurò in volto.

"Sembra che la signora non sia d'accordo." John le mise un braccio attorno alle spalle.

"Lei non ha ancora ceduto. Ma lo farà."

"Gunther, per favore. Tu sei un mio amico. Niente di più. Accettalo, ok?"

"Non ho intenzione di accettarlo. Gunther Quill non perde mai."

"Tranne questa volta, amico. Vattene. Io e la signora dobbiamo recuperare un po' di tempo perduto."

Gunther si avvicinò a Johnny in modo intimidatorio, ma John rimase immobile. Si allontanò da Dorrie e si preparò a scontrarsi con Gunther. Erano vicinissimi quando Dorrie intervenne. Lei li separò e prese Gunther da parte. "Possiamo parlarne più tardi?"

"Se è questo che vuoi," disse lui, facendo retromarcia. "Tornerò. Non fare errori," disse a Johnny.

"Quando vuoi, amico, quando vuoi." John si mise in guardia, sollevando un po' il mento, con i suoi occhi scuri carichi di rabbia. Gunther sgattaiolò dietro le quinte e scomparve.

"Dimmi...dimmi tutto." Dorrie gli rivolse uno sguardo pieno di speranza.

"Andiamocene da qui. Questo posto mi dà i brividi. E anche quel tipo vampiresco. Accidenti, non l'ho nemmeno sentito arrivare."

"Le sue costose scarpe italiane."

"Inquietante. Ma chi è?"

"Il mio ex e il produttore con cui sto lavorando."

"Questo è un problema. Dovrà imparare a mantenere le distanze da te. Andiamo a mangiare qualcosa. Sto morendo di fame."

Lui le aprì lo sportello della sua auto nuova di zecca. Poi si sedette al posto di guida. Si voltò verso di lei mentre premeva un pulsante per avviare il motore.

"Va a energia solare, è quello che produciamo. La batteria solare, intendo. L'ha inventata mio fratello. Sono qui per allargare le vendite alla costa occidentale e in Asia."

"Come pensi di riuscirci?"

"Io sono un venditore eccellente e il fratello dell'inventore." Lui le sorrise. "Come potrebbero rifiutare?"

Dorrie passò la mano sul cruscotto. *Il motore è acceso? Non sento niente.*

"Se stai cercando di sentire il motore, lascia perdere. La batteria è silenziosa come un gatto. Non si capisce nemmeno se è acceso, finché non lo si guarda." Lui indicò un misuratore.

"È geniale."

"Sì, mio fratello è un genio dell'ingegneria."

"Vi farà guadagnare tantissimo."

"Me lo auguro. Sto andando bene adesso. Ma più di ogni altra cosa...voglio che mio fratello ottenga il riconoscimento che merita."

"Non l'ha ottenuto?"

"Un sacco di persone ridevano di lui all'inizio. Ma adesso non ridono più."

"Dove stiamo andando?"

"C'è un piccolo ristorante molto accogliente. Si chiama Whispers. È vicino alla casa che ho preso in affitto."

"Comodo," ridacchiò lei. "Quindi hai già una casa?"

"Sono qui da un mese. Volevo che tutto fosse pronto prima di venire a cercarti."

"Come facevi a sapere che non sarei tornata da un altro di quegli uomini?"

"Chrissy è un'ottima fonte di informazioni."

"Hai fatto i compiti."

"Sono un uomo scrupoloso." Le sorrise mentre entrava nel vialetto. Un ragazzo si fece avanti per prendere le chiavi dell'auto. Johnny spiegò al parcheggiatore che non c'erano chiavi e come mettere in moto l'auto.

Mise la mano sulla schiena di Dorrie e la accompagnò dentro.

"Avevo dimenticato che qui c'è chi parcheggia le auto degli altri."

"Sei così newyorkese."

"Puoi dirlo forte."

Il maître li accompagnò a un tavolo tranquillo sul retro. Il ristorante aveva le pareti color crema. Le tende trasparenti, che cadevano dal pavimento al soffitto, erano elegantemente fermate da dei cordini di raso. La modanatura sul soffitto era dipinta di un colore rosa scuro. Le tovaglie erano rosa con una stampa a fiori rosa e crema e i tovaglioli di stoffa. C'era un'aria di eleganza vecchio stile in quel posto. In effetti, se non avesse saputo con certezza di essere a Los Angeles, lei avrebbe pensato di essere a New York.

"Non sono mai stata qui prima."

"Sembra quasi di essere a casa."

"Già. Fa molto Manhattan." Lei sorrise.

"Lo so, sono un po' nostalgico. Non ridere." Ma lei non riuscì a reprimere una risatina. "Molto carina," mormorò lui.

Il menu continentale era molto ampio. Johnny mise la mano sopra la sua mentre decidevano cosa mangiare. Quando arrivò il cameriere,

Johnny ordinò una bottiglia di Riesling. Il vino arrivò prima che ordinassero da mangiare.

"Prendo l'insalata biologica con gamberetti," disse Dorrie.

"Una bistecca Porterhouse, cottura media."

Il cameriere riempì i loro bicchieri di vino e si allontanò.

Johnny strinse la mano di Dorrie. "Quando verrai a vivere da me?"

"A vivere da te?"

"A casa mia. È grande, c'è molto spazio. Anch'io ho una sorpresa per te."

"Vivere con te, mmm. Non l'avevo preso in considerazione."

"Non so che altro posso fare per convincerti di ciò che provo. Sono un uomo d'azione, non sono molto bravo con le parole."

Lei guardò il suo bel viso e i capelli scuri che gli si arricciavano sulla fronte. Non l'aveva mai visto in giacca e cravatta. Il vestito blu scuro, la camicia bianca e la cravatta a strisce verdi gli davano un aspetto un po' più adulto, più maturo. Era irresistibile. *Come se potessi resistergli, anche in boxer o in costume da bagno. Soprattutto in costume da bagno.* Lei sorrise.

"Che cosa c'è di così divertente?"

"Niente. Hai un aspetto magnifico, così vestito di tutto punto."

"Sono un uomo d'affari. Devo recitare una parte. Allora, verrai a vivere da me, vero?"

"Posso pensarci cinque minuti?"

Lui controllò il suo orologio. "Cinque minuti? Certo. Via!"

Lei scoppiò a ridere.

"Era stata una tua idea, Dorrie, quella di parlare dopo due settimane. Volevi sapere quello che provavo. Se avresti dovuto tornare a New York. Io ti ho detto di restare qui per la tua carriera ed è esattamente ciò che stai facendo. Sono venuto per stare con te. Che altro posso fare?"

"Hai ragione. È stupendo. Ho bisogno di tempo per abituarmi."

Lui abbassò la voce. "Prenditi tutto il tempo che vuoi, nella mia casa, nel mio letto."

Il cameriere apparve con il loro cibo e versò loro dell'altro vino. Ogni piatto era presentato magnificamente. Dorrie aveva l'acquolina in bocca. Ogni ingrediente dell'insalata era disposto ordinatamente su un letto di verdure miste.

"L'insalata è di suo gradimento, signorina?" le chiese il cameriere. Dopo che lei ebbe annuito, lui mescolò tutte gli ingredienti e aggiunse il condimento. Poi, fece un inchino appena accennato e si allontanò.

"Continui a mangiare insalata?" John tagliò un pezzo di bistecca.

"Le vecchie abitudini sono dure a morire."

"Sembra piuttosto buona... per essere un'insalata," disse lui, guardando il suo piatto.

"È una bistecca enorme."

"Assaggia," le disse, tagliandone un pezzo e porgendoglielo. Lei chiuse le labbra attorno al pezzo di carne succulenta e lo prese dalla forchetta. I loro sguardi si incrociarono. Lui le diede un bacio sul naso mentre masticava. Mangiarono in silenzio per un po'. Dorrie imburrò un pezzo di croccante pane francese e si appoggiò allo schienale. "Ok. Portami a casa tua."

Johnny sorrise. "Stupendo! Non dovrò ordinare il dessert." Lui si sporse per sfiorarle le labbra con le sue. Il cuore iniziò a batterle all'impazzata al tocco delle sue labbra. *Sei tu quello giusto. Quello che ho sempre voluto. Prima non lo sapevo, ma adesso lo so.* Lei gli toccò la guancia e lui si allontanò, guardandola con amore e passione.

"Perché ci hai messo tanto?" sussurrò lei.

Lui scoppiò a ridere. "Mi fai stare sempre sulle spine. Non so mai quello che vuoi."

"Voglio te."

Lui mise giù le posate e le sorrise. "Non mi serve sapere altro."

Quando finirono di cenare, l'aiuto cameriere portò via i piatti. Il cameriere chiese loro se gradivano dessert e caffè. Dorrie scosse la testa, leggermente imbarazzata. *Scommetto che ha un letto king size.* John la guardò e un sorriso d'intesa gli illuminò il viso. Il cameriere arrossì e si allontanò velocemente. I due innamorati si presero per mano mentre aspettavano il conto. Il calore del suo sguardo faceva ardere il tessuto sottile del suo vestito, facendole ribollire il sangue nelle vene.

Dopo aver pagato il conto, John la riaccompagnò alla sua auto, appoggiandole dolcemente la mano sulla schiena. Perfino un tocco così delicato alimentava il fuoco che ardeva dentro di lui. Guidò con maestria la sua auto silenziosa, poi entrò nel vialetto di una casa vittoriana a tre piani. Dorrie sussultò e spalancò la bocca vedendo quel magnifico edificio, con le finestre alte e il suo grande portico anteriore.

"Ti piace?"

"Come fatta a trovare una casa in stile vittoriano nella terra dell'architettura spagnola?"

"Non è stato facile. Ho ingaggiato tre agenti immobiliari per settimane, in cerca di questa casa."

Lei si voltò a guardarlo. "L'hai fatto per me? Sai che lo stile vittoriano è il mio preferito." Lei gli prese il viso tra le mani e gli diede un bacio sulle labbra.

"Te l'ho detto. Sono venuto qui solo per te. Sono stato uno stupido in passato a lasciarti andare. Ho deciso che non avrei mai permesso che accadesse di nuovo."

Dorrie ebbe la pelle d'oca sul braccio, mentre Johnny la prendeva per mano e la guidava su per i gradini. "La nostra casa," sussurrò lui.

Lei si voltò di scatto alle sue parole. *Sto sognando? Vivere in questa casa con Johnny. Un sogno che si realizza. È troppo sperare nel matrimonio?*

Le fece fare un giro di quella magnifica casa, ricca di dettagli vittoriani in ogni stanza.

"Questa non è davvero una vecchia casa. È una nuova casa vittoriana, se così si può dire," ridacchiò lui.

"Già, qui non esistono case di due secoli fa. Ma non hanno nemmeno la neve. Per me va bene."

"Potrei abituarmici," disse lui, mentre entravano in cucina.

Dorrie si meravigliò di quanto fosse spaziosa. Dopo diversi anni trascorsi in un appartamento, avere una cucina così grande da condividere con John era elettrizzante. Passò la mano sul bancone di granito scuro, poi sugli armadietti bianco perla. Il colore grigio chiaro delle pareti rifletteva gli infissi cromati lucidi, il lavello in acciaio inossidabile e le pentole e le padelle di rame appese a dei ganci di metallo nero. Lei aprì gli armadietti, che contenevano alcuni piatti di ceramica bianca.

"L'ho solo presa in affitto. Ma potrei comprarla, se ti piace."

"Se mi piace? La adoro!" Lei si buttò tra le sue braccia.

"Non è una casa sulla spiaggia come quella che il vecchio Dracula aveva preso per te..."

"È meravigliosa, Johnny. Non devi competere con Gunther. Sono tua, completamente tua." Gli gettò le braccia al collo e lo abbracciò. Lui appoggiò le labbra sulle sue e cominciò a compiere la sua magia. La passione le scorreva nelle vene.

"Ancora," sussurrò lei, prima di rimettere le labbra sulle sue.

Si staccò da lei e le prese la mano. Conducendola su per le scale, voltò a destra al secondo piano. La porta si aprì su una bellissima camera da letto. Le pareti erano di un delicato giallo limone. L'enorme letto era ricoperto da una coperta a strisce gialle, turchese chiaro, verde prato e bianco. Sei morbidi cuscini erano disposti perfettamente, invitandola a poggiarvi la testa.

Tende con la stessa fantasia adornavano le lunghe ed eleganti finestre. Un cassettone vecchio stile, dipinto di bianco, aveva sopra uno specchio decorato, che si estendeva da un lato all'altro. Un paio di piccoli comodini bianchi fiancheggiavano il letto. Su ognuno di essi vi era un lumetto di vetro bianco, col bordo increspato. *Perfetti per la lettura.* La stanza brillava. Non c'era un granello di polvere da nessuna parte. *Deve averla fatto pulire oggi. Johnny non è un maniaco della pulizia.*

"Ti piace?" Lui le lanciò un'occhiata preoccupata.

"È stupenda. La adoro!" Lei balzò sul letto, rimbalzando e ridendo. Lui a seguì, stringendola a sé per darle un bacio sensuale. Lei si lasciò andare. *Il mio principe. Chi avrebbe detto che un donnaiolo come lui potesse cambiare?*

"Sei pieno di sorprese," disse lei, quando si staccarono per respirare.

"Non ho ancora finito."

Johnny continuò a baciarla, facendole mettere da parte l'entusiasmo per la casa. Lui fece scivolare la mano sul suo seno e lei spinse i fianchi contro i suoi.

"Se fai così," sospirò lui.

"Se faccio cosa?"

Lui abbasso la testa per baciarle il collo, continuando ad accarezzarla. "È bellissimo," sussurrò lui.

Dorrie gli tirò fuori la camicia dai pantaloni e lasciò scivolare le dita sul suo petto. Gli passò una mano sulla pelle, premendo sui muscoli della schiena, facendolo gemere.

"Come faccio a..." disse lui, mentre lei si voltava. Lui abbassò la cerniera del suo vestito di cotone color lavanda fino al sedere, facendoglielo scivolare sulle spalle. Le sganciò il reggiseno e la fece voltare per guardarla. Lentamente, fece scivolare giù il vestito, seguito dal suo reggiseno, lasciandole addosso solo le sue mutandine di pizzo rosa. I suoi occhi si infervorarono mentre studiavano la sua nuda bellezza.

"Sei stupenda," le disse.

Dorrie gli tirò la cravatta. John si tirò su per permetterle di sciogliere il nodo e di sbottonargli la camicia. La fece scivolare giù dalle sue spalle in pochi secondi, poi fece lo stesso con la sua maglietta, rivelando il suo petto muscoloso, coperto di peli castani.

Lei esaminò la sua figura con lo stesso appetito con cui una persona affamata osserva il cibo. Aveva sempre amato guardare il suo corpo, ma era timida. Non voleva che lui pensasse che il suo aspetto fosse la cosa più importante per lei. Quindi, di tanto in tanto, gli dava una sbirciatina. Ora, lo fissava apertamente, ipnotizzata dalla sensualità maschile che emanava. *Johnny è sempre stato molto sexy.* Appoggiando i palmi delle mani sul suo petto mentre lui la stringeva a sé, inalò il suo delizioso profumo, mescolato a un dopobarba speziato.

Dorrie portò con riluttanza la punta delle dita sulla sua guancia. "Liscissima."

"Non voglio che la mia barba ti punga, tesoro."

Lei sollevò le sopracciglia, facendolo sorridere. Lui le mise le mani sul petto.

"Perfetto," mormorò, stringendole delicatamente il seno, per poi spostare le mani sui capezzoli. Lui iniziò a baciarle il seno e la spense sul letto. "Lascia che ti assapori, piccola."

Dorrie gli passò le mani tra i capelli e gli diede dei piccoli baci, mentre lui le accarezzava il seno. Lei chiuse gli occhi mentre il fuoco della passione le scorreva nelle vene. Un'improvvisa sensazione di calore tra le gambe la fece contorcere. Aveva bisogno di lui. Mettendogli la mano sulla pancia, gli tolse la cintura e gli slacciò i pantaloni.

"Hai molta fretta? Come mai?" Lui sollevò la testa.

"Ti voglio."

"Non tanto quanto mi vorrai tra qualche minuto." ridacchiò lui.

Lei allungò una mano e strinse le dita intorno alla sua asta dura. "Vedo che non sono l'unica." Lei scoppiò a ridere.

"Sorpresa? Me lo fai sempre venire duro." Johnny le fece scivolare le mani intorno alla vita e giù per la schiena, muovendo le dita sotto l'elastico delle sue mutandine. Lui le afferrò il sedere e le mise un dito tra le cosce. Lei inarcò la schiena e chiuse gli occhi, stringendo la presa intorno a lui.

"Ehi, piano!" Le spostò la mano e tornò ad esplorare la sua pelle morbida.

"Mi fai perdere il controllo," sussurrò lei.

"È tutta colpa mia." Lui scoppiò a ridere, mordicchiandole il collo e infilando un dito dentro di lei.

"Oh, mio Dio, Johnny. Ti prego."

Lui tirò i suoi fianchi contro di sé e iniziò a muoversi lentamente avanti e indietro mentre le baciava il seno, sfiorandole i capezzoli. Smisero di parlare quando il calore della loro passione minacciava di infuocare le lenzuola. John si tolse i vestiti mentre Dorrie si sfilò rapidamente le mutandine e le lanciò lontano.

Lui le apri le ginocchia e lei gli strinse le gambe intorno alla vita. Le sollevò e le chiuse dietro le sue spalle. Lui si muoveva su e giù sulla sua pelle calda, aprendole la vagina umida prima di scivolare dentro di lei. Lei gemette sonoramente e inarcò il petto contro il suo.

"Dio, Dorrie," disse lui, chiudendo gli occhi e muovendosi dentro e fuori, a un ritmo costante.

Lei lo strinse a sé, gemendogli sul collo. Lei riaprì le caviglie e sollevò una gamba più in alto, in modo che lui potesse penetrare completamente dentro di lei. John le fece scivolare la mano lungo il polpaccio e le strinse le dita intorno alla coscia, mantenendo la sua posizione mentre aumentava il ritmo.

I loro corpi si muovevano in totale sincronia. Dorrie appoggiò le labbra sulla sua spalla, mentre la passione le faceva aumentare la temperatura. Lo mordicchiò, il più delicatamente possibile, mentre la passione cresceva dentro di lei e un intenso orgasmo attraversava ogni centimetro del suo corpo. Lei agitò i fianchi, muovendosi a ritmo con Johnny. Lui alzò la testa, con gli occhi scuri carichi di passione.

"Spero di non averti fatto male." disse lei, respirando affannosamente.

"Non riesco a sentire niente sopra i fianchi, piccola." Lui ansimò mentre lei stringeva i muscoli intorno a lui.

"Questo lo senti?" Lei lo guardò aggrottando la fronte.

Lui scoppiò a ridere. "Accidenti, sì! Fallo ancora." Lei lo fece altre due volte e lui aumentò il ritmo, con il sudore che gli imperlava la fronte. Mentre lui spingeva più forte, il desiderio cominciò a riprendere il sopravvento su Dorrie. Lui continuò a spingere dentro di lei, gemendo il suo nome. All'improvviso, il fuoco dentro di lei divenne insopportabile.

Con tutta quella tensione accumulata, lei era pronta a scattare come una molla. John le appoggiò le labbra sul clitoride, mandandola in estasi. Lei gridò il suo nome mentre il piacere le attraversava il corpo, fino alle dita dei piedi.

Sopraffatta dal suo orgasmo, non lo sentì ridacchiare per un attimo o due. Lei fece scivolare le mani sul suo sedere e lo strinse. Lui la guardò negli occhi poco prima che lei appoggiasse le labbra sulle sue. Lo voleva in ogni modo. Le sue labbra e la sua lingua si misero a esplorare la sua bocca. Lui le strinse una mano intorno alla vita, tenendola ferma, poi emise un forte gemito e si fermò. Si abbassò su di lei, seppure non con tutto il suo peso.

Lei strinse le braccia intorno a lui, accarezzandogli la schiena. Il suo respiro caldo le diede i brividi sul collo, mentre le sue dita le accarezzavano il seno. "Ti amo, Dorrie," sussurrò lui.

Le parole le vennero fuori dalla bocca, senza freni. "Anch'io ti amo. Dimmi che non mi lascerai mai. Non potrei sopportarlo." Lei rabbrividì quando si rese conto di ciò che gli aveva appena detto. Da quando Gunther l'aveva abbandonata, aveva il terrore che una situazione simile potesse ripetersi. La sua paura dell'abbandono le impediva di avere rapporti stretti con qualcuno e le faceva sempre tenere gli uomini a debita distanza. Poi rivide Johnny e capì di essere spacciata.

"Mai. Mai, tesoro." I suoi occhi si inumidirono di lacrime e l'emozione le strinse la gola. Cercò di trattenersi, ma il suo corpo era troppo rilassato per esercitare il suo normale autocontrollo. Le lacrime iniziarono a scorrerle sulle guance.

Johnny sentì le sue guance umide e si sollevò, librandosi su di lei. "Che cosa che c'è che non va?"

Lei gli fece cenno che non era niente, ma che non riusciva a smettere di piangere. Lui gliele asciugò con il pollice. "Non ti farò mai soffrire, Dorrie. Non potrei. Ti amo troppo. Non dovrai mai preoccuparti che io possa lasciarti..." Lui rotolò su un fianco, poi aprì il comodino e tirò fuori qualcosa di piccolo.

Dorrie spalancò gli occhi. *Oh, mio Dio. Impossibile. Potrebbe...?* Lei sentì i brividi sulle braccia e sulla nuca, vedendogli prendere una scatolina.

"Ti amo con tutto il mio cuore. Sposami, Dorrie." Lui aprì la scatolina, rivelando uno splendido diamante a taglio quadrato di tre carati. "Non è grande come quello che Dracula, alias Gunther, potrebbe permettersi, ma..."

Lei gli mise le dita sulle labbra. La guardò con un'espressione piena d'amore.

"È bellissimo, magnifico, fantastico. Mi piace moltissimo."

"Allora...accetti?"

"Sì, sì, sì!" Lei scoppiò a piangere di gioia, mentre rideva.

Lui sorrise e le infilò l'anello al dito. "È un po 'grande. Possiamo farlo stringere."

"Ti amo, Johnny. Ti ho sempre amato."

"Anch'io. Non siamo stati stupidi ad aspettare tutto questo tempo prima di metterci insieme?"

"Sì, immagino. Sono così felice!" Lei gli sorrise radiosamente.

Lui la strinse tra le sue braccia. "Basta lacrime. Basta dolore, tesoro. Solo sorrisi. Solo felicità, d'ora in poi."

Lei si abbandonò nel calore del suo corpo e chiuse gli occhi, facendo un ampio sorriso. Una sensazione di sicurezza le attraversò il cuore, calmandola. Per la prima volta dopo anni, si sentiva fiduciosa. *Non sono più sola. Ho un uomo stupendo che mi ama.*

Johnny si alzò dal letto. "Vieni, ho un'altra sorpresa."

Lei inclinò la testa. "Un'altra sorpresa?"

"Sì. Mettiti qualcosa addosso. È al piano di sopra."

Che cos'altro potrebbe mai fare per me?

Capitolo Tredici

Lei si infilò il vestito e lui si mise i pantaloni prima di prenderle la mano per condurla verso le scale. Il terzo piano era un open space. Il buio rendeva loro difficile trovare la strada. Lui adorava sentirla stretta a sé. Dopo qualche passo, lui premette un interruttore e la stanza lunga e ampia si illuminò all'improvviso.

Davanti a loro, si stagliava un bellissimo pavimento lucido in legno bianco. Una parete era completamente ricoperta di specchi, con una sbarra da balletto che si snodava per tutta la lunghezza della stanza. Dall'altro lato, c'erano tre finestre alte. Era il suo studio di danza privato. Mi è costato una fortuna. Spero che le piaccia. Prima che lei potesse parlare, lui iniziò a spiegare.

"Ho pensato che, se ti esercitassi tutti i giorni, magari potresti ballare di nuovo."

Lei gli saltò con le braccia al collo, avvolgendogli le gambe intorno alla vita mentre lui la prendeva, ridendo per la sua sorpresa. Voltandosi per guardare la stanza, lei sospirò. "Lo adoro. È perfetto. Il mio studio di danza! Posso creare tutte le coreografie per lo spettacolo qui a casa. Sono stupita. Non ho parole."

La soddisfazione scorse nelle vene di Johnny. Dopo tutti i trauma che lei aveva passato, lui voleva renderla felice. Più felice di quanto potesse mai essere con quel tipo vampiresco.

"A casa? Ho detto a casa? Non ho avuto una casa da quando mia madre è morta. Dire casa è una bella sensazione."

"Lo è anche per me."

Quando lei rimise i piedi per terra, altre lacrime le apparvero sulle guance.

"Hai aperto di nuovo la fontana?"

"Sono lacrime di gioia," disse lei. "Nessuno ha mai fatto niente del genere per me prima d'ora."

"Nessuno ti ha mai amato quanto ti amo io."

Lei si voltò a guardarlo. "Hai ragione." Lei lo baciò.

"Andiamo. Prova a ballare." Lui si avvicinò al lettore CD e premette play. Le note del suo pezzo preferito del Lago dei cigni iniziarono a risuonare nella stanza. Dorrie andò alla sbarra e fece un po' di stretching. Poi, iniziò a ballare. Johnny si rilassò su un divanetto sotto una delle finestre. Guardò Dorrie muoversi, inizialmente a tentoni, poi con più sicurezza. Lui sorrise. È bello vederla ballare di nuovo. Vederla di nuovo felice. Non avevo capito che fosse così triste finché non l'ho rivista alla rimpatriata.

Johnny aveva immaginato che una donna bella e di talento, ingaggiata per fare un film, avrebbe immediatamente trovato un uomo. Ed era stato così, solo che si trattava dell'uomo sbagliato. Lui aveva dato per scontato che lei fosse sposata quando Drake aveva tirato fuori l'argomento della rimpatriata. Drake non aveva detto a Johnny che Dorrie lo teneva aggiornato tramite e-mail. Quindi, quando Johnny si era rifiutato di andare, Drake gli aveva rivelato che Dorrie era ancora single e che sarebbe andata alla rimpatriata.

Johnny non vedeva l'ora di rivederla. Gli era sembrato che il viaggio in barca verso l'isola durasse un'eternità, mentre pianificava quello che avrebbe detto quando l'avrebbe rivista. Si sarebbe comportato con indifferenza. Non le avrebbe mai fatto capire quanto l'avesse ferito e quanto gli fosse mancata. Tuttavia, tutte le frasi che aveva pensato erano svanite nello stesso momento in cui lui aveva posato gli occhi su di lei.

Il tempo sembrava essersi fermato. Era successo cinque anni prima e lui aveva appena trascorso la notte più incredibile della sua vita, prima di essere scaricato. Il cuore iniziò a battergli all'impazzata e, col fiato corto, aveva iniziato a sudare. L'euforia e il dolore avevano cominciato a scorrergli nelle vene. Si era di nuovo innamorato perdutamente di lei.

Sapevo che lei era quella giusta per me, già quando l'ho vista lì sul molo. Dovevo conquistarla. Johnny aggrottò la fronte. Era preoccupato su come sbarazzarsi di Gunther Quill. Quello stronzo sta cercando di rovinarmi la vita. Era un produttore potente, magnetico, bello e spietato, che poteva controllare la sua carriera. Johnny doveva farsi strada con cautela. Non poteva semplicemente prenderlo a pugni. Doveva agire in modo sottile.

Tuttavia, prima di dover affrontare nuovamente Quill, avrebbe assaporato ogni minuto trascorso con Dorrie. Aveva sognato quel giorno per settimane. Di tanto in tanto, la sua insicurezza aveva avuto il sopravvento su di lui. Dorrie non aveva detto chiaramente detto di amarlo. Comunque, lui aveva letto nel suo cuore stando con lei. Accidenti, so che lei non si fa problemi a dire quello che pensa. Non è il tipo di donna a cui piace fare giochetti. Non è nemmeno un'ipocrita. Se non mi amasse, me lo direbbe.

Trovare una donna che potesse amarlo altruisticamente, come Dorrie, era raro come la neve a St. Thomas.

C'era voluto un po' di tempo per elaborare e attuare il suo piano. Inizialmente, suo fratello Sean non era stato troppo entusiasta di mandare Johnny alla vana ricerca dell'amore. Ma quando John ne aveva fatto un'opportunità di lavoro, Sean aveva detto che, anche se John si fosse spezzato il cuore, almeno avrebbero conquistato il mercato della West Coast.

Johnny aveva riso della mancanza di fiducia di Sean nelle sua capacità di conquistare il cuore della donna che aveva scelto. Sorrise quando ricordò la loro conversazione.

"Ti ho mai detto come costruire una batteria solare?"

"No."

"Bene. Allora non dirmi come conquistare una donna."

I fratelli erano scoppiati a ridere e si erano dati una stretta di mano in segno di accordo. Aveva pianificato tutto, in ogni dettaglio, cercando il quartiere, il ristorante e la casa: aveva fatto un ottimo lavoro. L'unico imprevisto del suo piano era Gunther Quill. John non si aspettava di avere un rivale.

Quando riuscì a sapere da Drake che Dorrie aveva deciso di non tornare a New York né per Archer né per Rick, le preghiere di Johnny si esaudirono. Sembrava che né lui né Drake sapessero che Gunther era di nuovo in scena.

Johnny si grattò il mento, chiedendosi come poter sconfiggere il suo nuovo nemico. Basta fare programmi. Nessun piano. Sincerità. Io amo lei e lei ama me. Abbiamo un buon passato. Questo tipo non ha alcuna possibilità contro il vero amore. Ha avuto la sua occasione con lei e ha rovinato tutto. Nessuna seconda possibilità. Sono qui ora e sto avendo la meglio. Dorrie è mia. Gunther farebbe meglio a trovarsi un'altra donna.

Era ancora più determinato a eliminare il suo rivale. Una sensazione di calma ebbe il sopravvento su di lui. Lei è mia. L'ho conquistata in modo sincero. Nessuno può spezzare il nostro legame. E' troppo forte. Almeno spero. La sua sicurezza vacillò per un momento, ma poi ripensò a ciò che erano stati l'uno per l'altra a Fire Island, cinque anni prima e adesso. Lui sorrise mentre lei gli si inchinava davanti, quando la musica finì. Lui applaudì.

"Sono stanca." Lei si appoggiò alla sbarra.

"Andiamo a letto...mogliettina." Lui le porse la mano.

"Mogliettina? Oh, Dio, ha un suono meraviglioso," sussurrò lei, intrecciando le dita con le sue.

Quando tornarono in camera da letto, Dorrie entrò per prima, poi Johnny la seguì.

"Questo è qualcosa di nuovo per noi," disse lui, sdraiandosi e allungando il braccio.

Dorrie si avvicinò, stringendosi a lui, appoggiando il palmo della mano sul suo petto nudo. "Che cosa?"

"Trascorrere la notte insieme in un letto grande e comodo…"

"Con le lenzuola al posto della sabbia?" Lei ridacchiò.

"Un sogno che si avvera," mormorò lui, baciandole la fronte e stringendola a sé. Dorrie si voltò su un fianco e gli mise un braccio intorno alla vita.

"Immagino che i desideri possano diventare realtà."

"Sei felice?" le chiese, chiudendo gli occhi.

"Terribilmente," mormorò lei dolcemente. Dorrie alzò la mano, allargando le dita. L'anello brillò alla debole luce della luna. Lui la guardò mentre ammirava la pietra. Lei è mia, è davvero mia. Indossa il mio anello e le piace. Ho vinto io, Dracula.

Il cellulare di Dorrie si mise a squillare, risvegliando i due innamorati. Lei socchiuse gli occhi per sbirciare lo schermo.

"Chaz e Meg. Accidenti, ma non sanno che ore sono?"

"Sono le dieci, in realtà," ribatté Johnny, stropicciandosi gli occhi.

Dorrie rispose con voce assonnata, poi si fermò prima di dire: "Johnny. Chi ha vinto?" Dorrie ascoltò. "Davvero? E qual è il premio?" ridacchiò lei. "Oh, andiamo, dimmelo." Di nuovo silenzio. "Va bene. Te lo dirò." Dopo alcuni minuti di conversazione che non avevano alcun senso per John, Dorrie si mise a ridere e riattaccò. "Di che cosa si trattava?"

"Chaz e Megan avevano scommesso sull'uomo che avrei scelto."

"Oh?" Lui aggrottò la fronte. "Uno di loro aveva scommesso su di me?"

"Meg. Chaz puntava su...Arch...l'altro uomo."

"Ringrazia Meg. Lei ha buon gusto. Perché ha puntato su di me?"

"Perché dice che tu e io abbiamo litigato tutto il tempo. E che ciò vuol dire che questo è vero amore."

Johnny scoppiò a ridere.

"Ma non ha voluto dirmi quale fosse il premio. Tu che ne pensi?" Lei si voltò a guardarlo.

"Penso di essere contento di aver vinto e di avere un'ottima idea per un premio." Lui la strinse tra le braccia, spostò le coperte dal letto e si mise sopra di lei.

Dorrie e Johnny rimasero insieme da quel giorno in poi. Lui era preoccupato ogni giorno in cui lei lavorava con Gunther. Il produttore faceva tutto il possibile per conquistarla.

Le mandava dei fiori. Andava a prenderla in limousine ogni mattina. Le preparava il caffè.

Quando Johnny protestava, Gunther ammetteva che Dorrie indossava il suo anello, quindi che motivo aveva di preoccuparsi? Tuttavia, lui era preoccupato, molto preoccupato. Quill non è il tipo d'uomo che sa perdere con eleganza. Vuole Dorrie, ma non la ama. È diventata un trofeo per lui. Come posso dirlo a Dorrie senza essere scortese? Non posso.

Johnny andava o prenderla ogni sera in studio. Anche quando non aveva ancora finito di lavorare, si rifiutava di lasciare Dorrie da sola la sera, perché Gunther avrebbe potuto provarci con lei. Lui si portava i documenti a casa e li sistemava sul tavolo della sala da pranzo. Seppur preoccupato, la sentiva provare le coreografie nello studio al terzo piano. Sebbene lui sapesse quanto erano felici insieme, l'ombra di Gunther sembrava non svanire mai. Questo faceva sentire Johnny a disagio. Sapeva che una resa dei conti era inevitabile.

Poi accadde. Johnny si presentò all'ufficio di Quill mezz'ora prima. L'incontro con Dorrie si era già interrotto. Gunther era da solo con lei. Johnny entrò e li colse sul fatto. Gunther la stava abbracciando, mentre le baciava il collo. Sembrava che Dorrie stesse cercando di respingerlo.

"Gunther! Smettila!" urlò lei, mentre Johnny attraversava la porta della sala riunioni.

"Ma che cosa...?" Johnny si fermò di colpo.

"Johnny! Questo non è...non è niente. "

"È che Gunther fa il prepotente e non rispetta i confini," disse il suo fidanzato a denti stretti.

Dorrie emise un profondo respiro. Lui vide il sollievo sul suo viso. No, tesoro. Non metto in dubbio i tuoi comportamenti. È lui il mostro qui, non tu. Ti conosco troppo bene.

La rabbia si insinuò nel cuore di John. Lui si mosse rapidamente, afferrò la camicia di Gunther e lo immobilizzò. Johnny era più robusto, ma non di molto. La sua rabbia alimentava la sua forza. Sbatté Gunther contro il muro e lo tenne fermo.

"Questa è l'ultima volta che metti le mani addosso alla mia fidanzata, amico, capito?" disse Johnny a denti stretti.

Gunther impallidì quando Johnny gli avvicinò il pugno al viso. "Dico sul serio. Non vuoi che rovini il tuo bel faccino, vero?"

"Non la lascerò mai andare," ribatté Gunther.

"Te la sei cercata."

"Quindi hai intenzione di prendermi a pugni?" Gunther guardò John, aggrottando la fronte.

"Già. A partire da ora, a meno che tu non ti faccia da parte."

Dorrie spalancò la bocca. Prese Johnny da parte. "Lasciami parlare, John," sussurrò. Lui lo lasciò andare e si allontanò.

"Gunther, per favore. Dici di amarmi, ma non sei disposto a impegnarti in una relazione esclusiva. Johnny sì. È venuto qui e ha chiesto al suo capo di farlo lavorare qui, solo per stare con me. Ha trovato una casa speciale solo per me. E, cosa più importante, mi ha dichiarato il suo amore eterno con una promessa di matrimonio, regalandomi un meraviglioso anello di fidanzamento. Per favore...per favore...se mi ami davvero, lasciami in pace."

Mentre si raddrizzava la cravatta, si sistemava la giacca e si rimetteva a posto la camicia, Gunther ascoltò Dorrie. Johnny vide il suo sguardo addolcirsi mentre la guardava. *Penso quasi che la ami. Almeno un po'.*

Ci fu un lungo silenzio mentre Gunther guardava prima Dorrie, poi John e poi di nuovo Dorrie. "Suppongo...che lei abbia scelto te. Voglio dire, lei indossa il tuo anello. Un uomo dovrebbe rispettare questa situazione, immagino."

"Lo credi davvero?" John lo guardò aggrottando la fronte. "È quasi come essere sposati."

Gunther alzò la mano. "Ok, ok. Lo capisco. Lei è tua. Hai vinto. Prenditi cura di lei."

Dorrie gli diede un bacio sulla guancia, ma lui la respinse. "Amy! Amy! Dove diavolo sei?"

La sua timida assistente si precipitò nella stanza. "Amy, mancano le previsioni delle statistiche sugli spettatori per le prime tredici settimane. Accidenti! Ti ho detto che ne avevamo bisogno."

"Sì, signor Quill. Eccole qui." La sua mano tremò leggermente mentre consegnava i fogli al suo capo.

"Era ora!" Gunther arrossì in viso mentre lanciava un'occhiataccia a Amy. La ragazza si fece più piccola, proprio davanti ai loro occhi.

"Gunther," disse Dorrie, mettendogli una mano sulla manica. Solo che ormai era troppo tardi. Amy scoppiò in lacrime e fuggì dalla stanza. Dorrie gli lanciò un'occhiataccia.

"Va bene. Lo so. Sono una bestia feroce. Licenzierò quella ragazza. Probabilmente, le faccio anche un favore. Lei non è all'altezza di questo lavoro."

"Chi assumerai? Attila il re degli Unni?"

"Deve pur esistere, da qualche parte, una donna brillante, giovane e attraente che sia anche competente, intelligente ed efficiente."

"E come farai dopo aver licenziato Amy, nell'attesa di assumere Wonder Woman?" chiese Dorrie.

"Oh, non ho intenzione di licenziare Amy. Come ti ho detto prima, le dirò che stiamo cercando un assistente per lei. Poi, quando troveremo la ragazza giusta, licenzierò Amy e la ragazza nuova potrà prendere il suo posto."

Dorrie e John ebbero un sussulto. "Farai in modo che Amy trovi la sua sostituta?"

"È orribile," commentò Johnny.

"Se la metti in questo modo..."

"É così che stanno le cose. In quale altro modo potresti dirlo?"

"Oh, non lo so. Non posso stare senza un'assistente, neanche per un giorno. Quindi è proprio così che dovrà andare. Se questo mi rende cattivo, allora lo sono."

"Come avevi fatto a prendere in considerazione di sposare questo tizio?" le chiese Johnny.

Dorrie gli fece cenno di tacere.

"Ti ho sentito. Non sono sordo, sai?" Lui guardò Johnny, sollevando un sopracciglio.

"Gunther, va' a chiedere scusa a Amy."

"Sei matta? Chiederle scusa? Io?"

"Vuoi che se ne vada?"

"Oh, mio Dio, no! Ok, ok, ho capito. Amy!" esclamò lui, mentre lasciava la stanza.

"Sono offeso che tu l'abbia preso in considerazione prima di me," disse Johnny.

"Non l'ho mai preso in considerazione prima di te. È tutto nella sua mente. Gunther è...un tipo unico."

"Grazie a Dio non ce ne sono altri come lui." John scosse la testa.

Dorrie scoppiò a ridere, poi lo baciò. "Dai, andiamo a casa."

"A casa, con te. Sembra fantastico." Lui sorrise e le prese la mano.

"Dobbiamo organizzare il nostro matrimonio."

Johnny si fermò. Il suo stomaco si bloccò per un secondo. "Organizzare il nostro matrimonio?"

"Certo. Noi ci sposeremo."

"Se lo dici tu. La fuga a Las Vegas cominciava a sembrarmi interessante."

"Voglio stare davanti ai nostri amici e al mondo intero quando diventerò la signora Flanagan."

Lui sorrise. "Sig.ra. Flanagan. Suona bene. Tutto quello che vuoi."

"Credevo che la pensassi come me."

La strinse a sé, facendo scivolare un braccio intorno alle sue spalle, mentre si dirigevano verso il parcheggio e la loro nuova vita insieme.

Epilogo

"Abbiamo ricevuto risposte al nostro annuncio di un'assistente, Amy?" chiese Gunther, guardando la posta del giorno.

"Qualcuna. Le porterò a casa e scarterò quelle non adatte."

"Ricorda, sto cercando una ragazza sveglia. Preferibilmente, una ragazza che abbia frequentato una lussuosa scuola privata. Ad esempio la Smith, la Barnard o la Wellesley. Nessuna pollastrella che provenga da una scuola pubblica, per favore."

"Pollastrella? Non avrà intenzione di chiamarla pollastrella, vero, Signor Quill?"

"Certo che no. Solo con te. Scegli la migliore possibile e scarta tutte le altre. Non mi importa se faremo pochi colloqui, se soddisfano i miei requisiti."

"Va bene. Vuole che sia io a fare i colloqui prima di lei?"

"Certo. Così potrai scartare le attrici. Assicurati di non far loro la domanda diretta. Cerca di intuirlo. Pensi che recitare sia divertente? Hai mai voluto recitare in un film? Non voglio assolutamente nessuna attrice qui dentro!"

"Perché no?"

"Le aspiranti attrici entrano qui pensando di poter ottenere un sacco di contatti, usandomi come trampolino di lancio per la loro carriera. Fanculo. Voglio qualcuna che voglia fare carriera come mia assistente."

"Ok. Capito. Niente attrici."

"E deve anche essere carina."

"Questo si avvicina molto alla molestia sessuale."

"Perché? Perché preferirei passare la giornata a guardare una ragazza carina piuttosto che una...non molto carina."

La rabbia per il suo insulto le ardeva nel petto. *Non devo cercare di nasconderlo. So cosa pensa di me e crede che io sia brutta. È molto evidente.*

"Tu trovami la ragazza perfetta, Amy, e avrai un bonus di cinquemila dollari."

"Cinquemila dollari?" Lei sollevò le spalle.

"Non è abbastanza?" Il suo sguardo si fece freddo.

"È molto generoso." Amy trascinò i piedi e abbassò lo sguardo.

"Va bene. Facciamo dieci. Ma meglio che questa ragazza sia perfetta...ci conto. Niente attrici. Dovrà essere estremamente brava." Poi, lui uscì a grandi passi dalla stanza.

Amy digrignò i denti. *Perché non riesce mai a uscire da una stanza come una persona normale? Deve sempre avere l'ultima parola...e l'ultima risata. Ma non questa volta, signor*

Gunther 'pieno di sé' Quill. Un piccolo sorriso le comparve sulle labbra. *Avrò la mia vendetta e tu non lo saprai mai.* Amy mise alcune candidature e alcuni curricula nella sua valigetta e lasciò l'edificio. Si fermò al negozio di liquori per comprare una bottiglia di Moscato prima di tornare a casa.

Mentre aspettava che l'impiegato impacchettasse il suo acquisto, Amy mandò un sms alla sua coinquilina.

Tra poco sarò a casa. Preparati a festeggiare.

Amy si stiracchiò prima di salire in macchina. La tensione era sparita. Quella sensazione di rilassamento e di vendetta le diede alla testa, come un forte cocktail.

Quando arrivò a casa, Amy si tolse le scarpe dai tacchi incredibilmente alti che Gunther voleva che indossasse al lavoro. Tuffandosi sul divano, sospirò. La sua coinquilina, Erica Wheeler, portò due bicchieri. Amy versò il vino.

"Vuole licenziarmi."

"Davvero? E come fai a saperlo?" le chiese Erica.

"È così stupido da chiedermi di assumere un'assistente che lavorerà per me e pensa che io non abbia capito che vuole assumere una ragazza che prenda il mio posto. Dice che lo fa per 'alleggerire il mio carico di lavoro'. Che bugiardo! Vuole assumere la ragazza nuova al mio posto, è questa la verità."

"Oh, no! Non lo farebbe, vero?"

"Gunther Quill? Dubito che ci sia qualcosa che non farebbe."

"Non può essere così orribile."

"Mi hai sentita lamentarmi di lui per un anno. E me lo chiedi ancora?" Amy sollevò le sopracciglia.

"So che non ti è mai piaciuto questo lavoro. Sarebbe perfetto per me."

"Ma non avevi un lavoretto come modella?" Amy si portò il bicchiere alle labbra.

"Sì, finché il fotografo non ci ha provato con me. Mi sono licenziata."

"Stupendo!" Amy sobbalzò, carica di energia. "Hai ragione. Saresti perfetta per quel lavoro."

"Oh, no." Non io. Voglio diventare un'attrice, non un'assistente." Erica scosse la testa.

"Otterresti tutti i contatti di cui hai bisogno e molto altro e avrai un bel ruolo in un film. Credimi."

"Ma hai detto che è un mostro."

"Lo è. Tu vuoi recitare, no?"

Lei annuì.

"Allora il suo ufficio è il posto giusto. Gunther viaggia molto e tu andresti con lui."

"Quando posso fare il colloquio?"

"Solo un paio di problemi. Non vuole assumere un'attrice e tu hai frequentato la Kensington State, non la Smith."

"Oh, è uno di quelli. Vuole una che ha frequentato una scuola di lusso, vero?" Erica sollevò un sopracciglio.

"Sì. Ma potremmo modificare il tuo curriculum."

"Questo è mentire."

Amy si voltò verso Erica e le mise le mani sulle spalle. "Vuoi recitare o no? Erica, non tutto avviene in modo onesto e alla luce del sole nella vita. Cresci. Questa è una cosa che ho imparato lavorando per Gunther."

"Modificare il mio curriculum...non lo so."

"E, per amor di Dio, non dirgli che vuoi recitare." Amy alzò gli occhi.

"Mentire...due volte? Non penso di poterlo fare."

Amy fissò Erica. "Certo che puoi. Fidati di me. Puoi farcela. Ti mentirà, quindi è solo una vendetta."

"Non l'ho nemmeno mai conosciuto."

Amy si sfregò le mani e lanciò un sorriso malizioso alla sua coinquilina. "Sarai perfetta."

"Che cosa succederà se non riesciurò a gestirlo?"

"Indossa una bella scollatura e penderà dalle tue labbra."

"Amy!" Erica scoppiò a ridere.

"Consideralo il tuo miglior ruolo da attrice, Erica." Amy sorrise. "Un po' come interpretare un ruolo di Katharine Hepburn. Puoi farcela."

"Come sai che riuscirò a ottenere il lavoro? E le altre candidate?" Erica si portò il bicchiere alle labbra.

"Intendi queste?" Amy prese il mucchio di curricula che giaceva accanto a lei sul divano, li strappò a metà e li gettò nel cestino della carta straccia. "Problema risolto."

Erica sussultò, con gli occhi spalancati. "Che cosa hai fatto?"

"Ho eliminato la concorrenza. Per una volta, qualcuno otterrà qualcosa lavorando per quell'uomo malvagio. Sono felice che sarai tu."

Erica aggrottò la fronte. "Non ne sono sicura," borbottò lei.

"Indosserai un abito blu scuro. Un paio di occhiali. Un crocchia tra i capelli."

Perché dobbiamo farlo?"

"Se ti metterà gli occhi addosso, non sarai al sicuro. Ti inseguirà per tutto l'ufficio, cercando di farlo con te."

"Orribile! L'ha fatto anche con te?"

"Lui non è attratto da me. Ma tu sei un'altra storia." Amy guardò la sua coinquilina con uno sguardo critico. "Sicuramente dovrai nascondere le tue...risorse."

"Non penso di poterlo fare, Amy." Erica scosse la testa.

"Sei un'attrice fantastica. Perdonami, ma sei una ragazza come tante altre. Pensi di poter avere un'altra opportunità come questa nel mondo del cinema? Ripensaci. Devi cogliere tutte le occasioni possibili."

"Non posso darti torto."

"Tu sei una mia grande amica. Sono felice di vederti costruire una carriera, usando il signor Gunther Quill come trampolino di lancio."

"Non lo so, Amy. È così disonesto."

"Che cosa potrebbe accadere? Al massimo, verrai licenziata. Tutto qui. Forza, Erica. Non sai se ti si ripresenterà mai un'opportunità come questa."

"Ok. Che cosa ho da perdere?"

"Niente di niente."

Amy sollevò il bicchiere per brindare.

"Brindiamo, a chi è più astuto della volpe. È tutto tuo, Erica." Amy fece tintinnare il bicchiere contro quello della sua coinquilina e sorrise.

FINE

Continua...

Volete continuare a leggere? Acquistate la vostra copia di LOVERS & LIARS, il sesto della serie Hollywood Hearts.

Altri libri in italiano di Jean Joachim

First & Ten (Edizion Italiana)
Griff Montgomery, Quarterback
Buddy Carruthers, Wide Receiver
Pete Sebastian, Coach
Devon Drake, Cornerback
Sly "Bullhorn" Brodsky, Offensive Line
Bottom of the Ninth (Edizione Italiana)
Dan Alexander, Pitcher
Matt Jackson, Catcher
Jake Lawrence, Third Base
Nat Owen, First Base
Bobby Hernandez, Second Base
Skip Quincy, Short Stop
Will Grant, Center Field
Hollywood Hearts
Se Ti Amassi
Un Amore da Red Carpet
Ricordi d'Amore
Un Amore da Film

La Lista di Matrimonio
Un' House-Sitter per Natale
Un Dolce Amore Riaffiorata

Notizie sull'autrice

Jean Joachim è un'autrice di romance di successo e i suoi libri sono in cima alla classifica Amazon Top 100 fin dal 2012. Scrive romance contemporanei, tra cui gli sport romance e la romantic suspense. *Dangerous Love Lost & Found* ha vinto il primo premio International Digital Award dell'Oklahoma Romance Writers of America nel 2015. *The Renovated Heart* ha vinto il premio Miglior Romanzo dell'Anno del Love Romances Café, *Lovers & Liars* è arrivato tra i finalisti del Rom-Con del 2013 e *The Marriage List* ha conquistato il terzo posto nella classifica Miglior Romance Contemporaneo del Gulf Cost RWA. To Love or Not to Love si è classificato al secondo posto del Reader's Choice contest del 2014 della sezione del New England dell'associazione Romance Writers of America. È stata nominata Miglior Autore dell'Anno nel 2012 dalla sezione di New York dell'associazione Romance Writers of America. Moglie e madre di due figli, Jean vive a New York City. Solitamente, di mattina presto la si può trovare al computer a scrivere mentre beve una tazza di tè, con al suo fianco Homer, il carlino che ha salvato, e la sua scorta segreta di liquirizia nera.

Jean ha scritto e pubblicato più di 30 libri, novelle e racconti brevi. Consultate il sito: http://www.jeanjoachimbooks.com.